Jenna Hansen

Oaks Harbor: Nur eine Nacht

Roman

Impressum

Bibliografische Information der Deutschen Nationalbibliothek:
Die Deutsche Nationalbibliothek verzeichnet diese Publikation in der
Deutschen Nationalbibliografie; detaillierte bibliografische Daten sind
im Internet über http://dnb.dnb.de abrufbar.

© 2025 Jenna Hansen

Cover: Susanna Schober

Lektorat und Korrektorat: Lektorat Detailteufel Susanna Schober

Verlag: BoD · Books on Demand GmbH, In de Tarpen 42,
22848 Norderstedt, bod@bod.de
Druck: Libri Plureos GmbH, Friedensallee 273, 22763 Hamburg

Jenna Hansen
c/o Autorenbetreuung I Caroline Minn
(Impressumservice)
Kapellenstraße 3
54451 Irsch

ISBN: 978-3-7693-6825-3

CONTENT NOTE

Dieses Buch enthält Themen, die emotional herausfordernd sein können. Falls du empfindlich auf bestimmte Inhalte reagierst oder wissen möchtest, welche potenziell triggernden Themen vorkommen, findest du am Ende des Buches eine detaillierte Übersicht.

Bitte achte auf dich und entscheide selbst, ob diese Geschichte für dich geeignet ist.

PROLOG

Langsam fuhren seine Finger die Wölbung ihrer Wirbelsäule entlang, jeden einzelnen Wirbel nachzeichnend. Wohlig rekelte sie sich unter den Berührungen, während sich ein leises Lächeln auf ihr Gesicht stahl. Gänsehaut und ein leichter Film aus Schweiß bedeckten ihre Haut.

Die letzten Stunden hatten sie nicht nur bis an ihre Grenzen gebracht, sondern sie direkt darüber hinauskatapultiert. Jeden Gedanken der Vernunft schob sie rigoros beiseite. Dafür war die Zeit hier in diesem Bett zu gut, zu intensiv. Zu unerwartet gewesen.

Und es war noch nicht vorbei.

»Du machst mich fertig, Baby«, erklang seine raue Stimme, die von den Anstrengungen zeugte, mit denen er sie in nie zuvor erlebte Sphären gebracht hatte. Warmer Atem gesellte sich zu den Berührungen auf ihrer Schulter und es fehlte nicht viel, dass sie wie ein Kätzchen geschnurrt hätte. »Weißt du eigentlich, wie verführerisch du bist?«

Normalerweise hätte sie das Kompliment abgeschmettert. Es war zu abgedroschen, zu aufgesetzt. Aber in seinem Fall nahm sie es mit einem Lächeln und lasziven Augenaufschlag an. Sog es in jede Zelle ihres Körpers und speicherte es ab. Für später, wenn sie allein in ihrem kalten

Bett liegen würde, während sich ihre Haut nach seiner Wärme und den Streicheleinheiten verzehrte.

Sein Mund arbeitete sich von ihrer Rückseite vor über ein Schulterblatt, dann den Hals, ein Ohrläppchen, Wangenknochen ... bis er endlich auf ihrem landete. Gierig streckte sie sich seinen Lippen entgegen, die sich sofort in einem unerbittlichen Rhythmus auf ihren bewegten. Für gewöhnlich hätte sie sich geschämt für ihr Verhalten, ihre Gier, die Zügellosigkeit, die er in ihr entfachte. Heute jedoch ... heute war es ihr egal. Heute ergab sie sich der Lust und seinen Zärtlichkeiten. Gab ihm alles, was er von ihr mit seinen Berührungen verlangte, und nahm gierig, was er ihr so bereitwillig gab.

Hart stieß seine Zunge in ihren Mund und versprach gleichzeitig so viel. Prompt drehte er sie auf den Rücken und kaum hatte sie die Beine wie selbstverständlich geöffnet, um Platz für ihn zu machen, drückte er auch schon einen Oberschenkel gegen ihre Mitte. Das Stöhnen, welches ihr unweigerlich entschlüpfte, wurde von seinem Mund kaum geschluckt, so sehr trieb er sie mit dem Druck seines Beines in den Wahnsinn.

»Mehr«, keuchte sie, während sie sich in seine Schultern krallte. Es würde sie nicht wundern, wenn dort morgen Abdrücke von ihren Fingernägeln zu sehen wären.

Und es war ihr egal.

»Du willst mehr, Baby?« Seine Stimme klang so dunkel und gefährlich, dass sie eigentlich schreiend Reißaus hätte nehmen müssen. Stattdessen rieb sie sich immer schneller an seiner Haut und wunderte sich nicht, als sie dabei die feuchte Spur wahrnahm, die sie hinterließ.

Nur er vermochte, sie in diese ungehemmte Version ihrer selbst zu verwandeln. Alle Pflichten ihres wirklichen Lebens vergessend und sich der Lust vollständig hingebend.

»Bitte«, hauchte sie und begann auch schon im nächsten Moment, ihre Hand nach unten zu bewegen, um sich selbst die erhoffte Erlösung zu schenken.

»Finger weg«, erklang es grollend. »Das gehört mir!«

»Ja ...«

Sie musste im Delirium sein, denn unter keinen Umständen hätte sie dieser Aussage bei klarem Verstand jemals zugestimmt.

10

Im nächsten Augenblick kniete er auch schon zwischen ihren Beinen, zog sie auf seine Oberschenkel und drang mit einem kraftvollen Stoß in sie ein. Der ungewohnte Winkel sorgte dafür, dass sie ihn tiefer spürte, als ein Mann jemals zuvor vorgedrungen war. Überwältigt kniff sie die Augen zusammen, während sich ein Schrei aus ihrer Kehle befreite. Am Rande nahm sie wahr, wie sich Tränen einen Weg über ihre Wangen bahnten.

»Sieh mich an, Baby!«

Sie kam der Aufforderung sofort nach. Etwas anderes stand überhaupt nicht zur Debatte. Als ob ihr Körper dazu geboren war, seinen Befehlen Folge zu leisten.

»So ist es gut.«

Der sanfte Ausdruck in seinem Gesicht stand im krassen Gegensatz zu seinen Bewegungen. Die Hände in ihre Hüften gekrallt, stieß er in einem unerbittlichen Rhythmus in sie hinein. Was andere zu Schnappatmung getrieben hätte, schien ihn kaum zu beeindrucken. Lediglich ein leichter Film aus Schweiß auf seiner festen Haut sowie eine hervorstehende Sehne am Hals zeugten davon, wie sehr er sich anstrengte, um sie beide zum erneuten Male in dieser Nacht alles vergessen zu lassen.

Nur diese eine Nacht …

Beinahe war sie ein bisschen traurig darüber, dass sie sich nur diese eine Nacht zugestanden hatten. Dann wurde sie auch schon wieder aus ihren Gedanken gerissen.

»Schön hierbleiben, Baby«, erklang es knurrend. »Nur du und ich sind wichtig. Nichts und niemand sonst.«

»Ja …«

Sie wusste nicht, ob sie seiner Aussage zustimmte oder ihn wissen ließ, wie zielsicher er mit seinen Bewegungen in ihr war. Immer fester krampfte sie sich um ihn zusammen und dennoch setzte er sein Tun ohne nachzulassen fort. Bis schließlich eine Hand den Weg zu ihrer Mitte fand und zusätzlichen Druck ausübte. Sofort war es um sie geschehen. Mit einem Schrei, der seinesgleichen suchte, ergab sie sich den Empfindungen. Am Rande nahm sie wahr, wie er noch ein paar Mal in sie stieß, bevor er sich in ihr ergoss.

Sekunden später lag er neben ihr auf dem Rücken und zog ihren Kopf auf seine Brust, wo sie seinen kräftigen Herzschlag spürte. Während sich ihr Atem wieder verlangsamte, lag sein Arm beruhigend auf ihrer Seite. Wohlige Schwere hatte ihren Körper in Beschlag genommen und sie hoffte, dass er ihr noch einen Moment geben würde, um sich zu sammeln, bevor er sie aus seinem Bett schmiss.

Plötzlich spürte sie seine Lippen an ihrer Stirn. Gleichzeitig zog ein Arm sie noch näher an ihn heran, sodass sie halb auf ihm zu liegen kam.

»Schlaf, Baby.«

Und da ihr genau danach der Sinn stand, befolgte sie seine Anweisung.

KAPITEL 1

NADINE

Mit dem für sie üblichen Lächeln begrüßte mich Alice an diesem frostigen Februarmorgen, als ich das Sekretariat der Oaks Harbor High betrat.

»Guten Morgen, Nadine. Bereit für einen neuen Tag im Chaos?«

Nur Alice nannte mich auch bei der Arbeit Nadine. Für den Rest des Kollegiums – mit Ausnahme von Rebecca, die zeitgleich meine Freundin war – war ich Principal Friedman. Alice jedoch war wie eine Mutter für mich, da wäre es merkwürdig gewesen, so förmlich von ihr angesprochen zu werden.

Außerdem hatten wir hier mit unserem Bereich eine eigene kleine Blase der Ruhe in dem von Alice so treffend beschriebenen Chaos, das die Oaks Harbor High darstellte. Zumindest während der Unterrichtszeiten. In den Pausen brach auch hier nicht selten die Hölle aus, wenn uns Kollegen mit dringenden Anliegen heimsuchten und sich Teenager zum Nachsitzen melden mussten.

Vom Gang aus betrat man das Sekretariat durch eine große Glastür, durch die man das Geschehen davor mit relativer Sicherheit betrachten konnte. Was für Dramen sich auf den Fluren einer Highschool abspielten, darüber waren schon Songs geschrieben und ganze Filme gedreht worden. Das war zu meiner Zeit nicht anders gewesen. Lediglich die Mode und Haarschnitte hatten sich geändert. Die Emotionen ... nicht.

Alice's Reich befand sich hinter einem Tresen und bestand aus einem riesigen Eckschreibtisch, einem Aktenschrank, jeder Menge Grünpflanzen, die sie alle selbst gezogen hatte, und einer kleinen Kaffeebar. So mussten wir unsere Höhle nicht einmal zum Kaffeeholen verlassen. Zumal der Filterkaffee im Lehrerzimmer bei weitem nicht an das süße Gebräu heranreichte, das unser Vollautomat, den ich mir selbst geschenkt hatte, zu zaubern vermochte.

Ein großes Fenster am gegenüberliegenden Ende gab den Blick auf das Footballfeld und die dazugehörigen Zuschauerbänke hinter der Highschool frei.

Rechts vom Tresen ging eine Tür ab, die zu meinem Büro führte. Es war zweckmäßig und neutral eingerichtet, passend für eine Direktorin, die an ihrer Highschool eine gewisse Rolle abzuliefern hatte. Ganz im Gegensatz zu meinem Büro zu Hause, wo ich mich wahrlich bei der Einrichtung ausgetobt und auch vor klassisch weiblichen Farben sowie Deko-Elementen nicht zurückgeschreckt hatte. Dort sahen mich allerdings weder meine Kollegen noch die Teenager, denen ich allen beizeiten Respekt eingeflößt hatte. Dies war, kurz nachdem ich zur jüngsten Direktorin in der Geschichte der Oaks Harbor High ernannt wurde, geschehen und hielt seitdem erfolgreich an.

Ich wünschte Alice ebenfalls einen guten Morgen, während ich am Tresen vorbei direkt die Bar ansteuerte. Zu Hause hatte die Zeit gefehlt, mir eine Tasse Kaffee zu machen. Was definitiv nicht an dem Traum lag, der mich letzte Nacht nicht zum ersten Mal seit dem letzten Herbst heimgesucht hatte. Aber daran wollte ich jetzt nicht denken. Ich war hier in der Schule, meiner Arbeitsstätte, da hatten Gedanken an heiße Träume und noch heißere Poli... – Männer im Allgemeinen, korrigierte ich mich selbst schnell – nichts zu suchen.

Mit einem randvoll gefüllten Kaffeebecher und einem Lächeln für meine Sekretärin begab ich mich in mein Büro, um mich auf die anstehende Arbeit vorzubereiten.

Auf einen neuen Tag voller Überraschungen an meiner Highschool.

»Principal, haben Sie einen Moment für mich?«

Ich befand mich gerade auf dem Rückweg von meiner Biologie-stunde in der zehnten Klasse – den einzigen Unterricht, den ich als Direktorin noch hielt –, als mich Mrs Rodriguez, unsere Mathelehrerin, auf dem Flur ansprach.

»Natürlich, Roswita. Was kann ich für Sie tun?«

»Es geht um Hailey Brooks.«

Bei dem Namen spürte ich sofort ein verräterisches Ziehen in meiner Brust. Ich versuchte als Direktorin stets, zu allen Schülern und Schülerinnen gleichermaßen die Distanz zu wahren. Allerdings gelang mir das nicht immer erfolgreich, auch wenn ich mich selbst dafür zur Genüge rügte. Hailey Brooks war so ein Fall. Ich selbst hatte sie nicht im Unterricht, sie war aktuell in der neunten Klasse. Trotzdem war sie mir nicht unbekannt und nie weit von meinen Gedanken entfernt. Was nicht zuletzt daran lag, dass mich ihre Lehrer immer wieder auf sie ansprachen.

Das fünfzehnjährige Mädchen war eines unserer Sorgenfälle an der Oaks Harbor High. Aufmüpfig, oft zu spät im Unterricht und absolut nicht auf den Kopf gefallen. Und, wie so oft in solchem Fall, ein Opfer ihrer äußeren Umstände. Mir war nicht viel über ihr Elternhaus be-kannt. Nur, dass sie im Trailerpark in Ashton wohnte, einem Ort etwa zehn Meilen entfernt und der im Einzugsgebiet der Highschool lag, wie alle kleineren Orte im Umkreis von Oaks Harbor. Es brach mir das Herz, Teenagern wie Hailey nicht in dem Maße helfen zu können, wie ich das gerne getan hätte.

»Was ist mit ihr?«, fragte ich Mrs Rodriguez, mich innerlich bereits wappnend für das, was unweigerlich kommen würde.

Meine ältere Kollegin seufzte, während sie sich sichtlich in Gedanken versunken die Stirn rieb. »Nun, ich mache mir Sorgen um sie. Diese Woche scheint sie sich noch mehr zurückzuziehen als sonst. Ihre Leistungen lassen zu wünschen übrig. Sie wirkt abwesend im Unterricht und ist nicht auf Konfrontationskurs wie sonst.«

Ein Schauer durchfuhr mich. Das war wirklich untypisch für das Mädchen. »Das klingt beunruhigend. Haben Sie ein Gespräch mit ihr gesucht?«

Mrs Rodriguez nickte.

»Ja, aber sie blieb verschlossen. Wenn ich eine Vermutung anstellen müsste, würde ich sagen, bei ihr Zuhause ist etwas vorgefallen.«

Ein Gefühl der Hilflosigkeit überkam mich. Als Pädagogin wollte ich den Schülern helfen und sie unterstützen, aber nicht immer konnten wir tatsächlich etwas ausrichten.

»Ich werde der Sache nachgehen«, versprach ich. »Danke, dass Sie mich darüber in Kenntnis gesetzt haben.«

Sie lächelte traurig. »Das wäre großartig, Principal Friedman. Ich mache mir wirklich Sorgen um Hailey. Sie ist so ein schlaues Mädchen.«

Noch immer in Gedanken bei Hailey streifte ich nach der Arbeit durch Oak's Mart, Oaks Harbors Minimarkt, der an der Hauptstraße unseres Städtchens lag. Der Tag schrie förmlich nach Schokolade und Eiscreme zum Abendessen. Nur um mein schlechtes Gewissen zu beruhigen, hatte ich ein paar Äpfel und Tomaten in den Einkaufskorb, der an meinem Arm baumelte, gelegt. Ich plante nicht, sie heute zu essen. *Rocky Road oder Cookie Dough?*, das war die Frage, mit der ich mich gerade beschäftigte, als ich unsanft aus den Gedanken gerissen wurde.

»Ist das eine Party für einen oder ist Gesellschaft erlaubt?«

Mit Müh und Not behielt ich die Eisbecher in den Händen, während ich die Augen aufriss und ruckartig zur Seite sah. Blöde tiefe, raue Stimme, die mir Schauer über den Rücken sandte und Stellen zum Prickeln brachte, die gefühlt seit dieser einen Nacht im letzten Herbst nicht mehr aufgehört hatten zu kribbeln.

Das freche Grinsen verschwand aus Tylers Gesicht, als er mich nun frontal betrachtete.

»Ist etwas vorgefallen, Trouble? Gab es Probleme in der Schule?«

Ich wusste nicht, was unangenehmer war. Tyler flirtend, oder, wie in diesem Moment, einfühlsam und eine Spur fürsorglich. Meine Wahl wäre eindeutig auf desinteressiert gefallen, wenn man mich gefragt hätte. Nur tat das keiner.

Seufzend ergab ich mich meinem Schicksal. »Nichts, was meine Freunde Ben und Jerry nicht für mich aus der Welt schaffen können.«

»Sicher?«

Warum musste der Chief der Polizei von Oaks Harbor ausgerechnet heute seinen Sinn für Gerechtigkeit an mir ausleben? Das tat er sonst schließlich auch nicht.

»Klar. Es wäre kein normaler Tag an der Highschool ohne ein bisschen Drama. Es geht mir gut.«

Das war zwar nicht seine Frage gewesen, aber mir war es wichtig, das klarzustellen. Tyler, frech und provozierend, damit konnte ich umgehen. Besorgt und hilfsbereit hingegen, dafür fehlte mir an diesem Tag die Geduld.

Auch wenn es manchmal schön gewesen wäre, jemanden zu haben, an den ich mich nach einem Tag wie diesem anlehnen und meine Sorgen um eine meiner Schülerinnen teilen könnte.

Resolut vertrieb ich den unerwünschten Gedanken aus meinem Kopf und schickte mich an, an Tyler vorbei in Richtung Kasse zu gehen.

»Wenn das so ist, würde ich gern meine Wiedergutmachung einlösen.«

Schlagartig blieb ich stehen. Dieser aufgeblasene Schnösel! »Wiedergutmachung wofür? Dafür, dass wir die gleiche Luft atmen?«

»Na, na, na, Frau Direktorin. Du weißt ganz genau, dass ich das Valentinstags-Date der Hölle meine.«

Eine Leidensmiene hatte von Tylers Gesicht Besitz ergriffen und ich konnte mir ein schadenfreudiges Glucksen nicht verkneifen. Vor zwei Tagen hatte Oaks Harbors' alljährliche Valentinstags-Auktion stattgefunden. Die Bachelors der Stadt wurden dabei an die willigen Frauen von Oaks Harbor und Umgebung versteigert. Der Erlös kam einem wohltätigen Zweck zugute.

Und unser werter Chief of Police war in die Klauen von Shelley geraten, die vor Kurzem erst Ehemann Nummer zwei Lebewohl gesagt hatte und nun offensichtlich einen der begehrtesten Junggesellen der Stadt ins Auge gefasst hatte.

Ihr Timing hätte nicht besser sein können.

»Wie lief es mit der lieben Shelley? Ihr beide hattet doch bestimmt eine Menge Spaß, so gut wie ihr einander ergänzt.«

Tyler trat einen Schritt auf mich zu, einen eindringlichen Ausdruck im Gesicht. Aufgrund seiner Statur musste ich den Kopf in den Nacken legen, um ihn weiterhin ansehen zu können. Das Gefühl, das er dabei in mir auslöste, gefiel mir nicht. Ehrlich gesagt, überhaupt nicht.

»Vorsichtig, Trouble. Wenn du es so übertreibst, könnte man noch annehmen, du wärst eifersüchtig.«

Den warmen Atem, der mich bei seinen Worten am Ohr streifte und heiße Schauer über mich sandte, ignorierend, straffte ich die Schultern.

»Ich, eifersüchtig? Pah! Lass dir etwas Besseres einfallen, Chief.«

Damit drehte ich mich in die entgegengesetzte Richtung um, warf kurzerhand beide Packungen Eiscreme in meinen Korb und marschierte zur Kasse.

Nichts wie weg hier.

KAPITEL 2

TYLER

M it einem Seufzen lehnte ich mich gegen die Wohnungstür, durch die ich soeben getreten war. Der heutige Tag hatte es in sich gehabt und so rein gar nichts mit einem typischen Arbeitstag eines Kleinstadt-Polizisten gemein. Er erinnerte mich viel eher an die Zeit in Chicago nach meiner Ausbildung. Ich hatte mich jahrelang die Karriereleiter hochgearbeitet, all die Schrecken, die das Leben in einer Großstadt mit sich brachten, kennengelernt und war schließlich als Ermittler beim Drogendezernat gelandet. Bis der alte Herr es für an der Zeit befand, dass ich mich genug ausgetobt hatte und endlich in seine Fußstapfen als Chief treten sollte. Das war drei Jahre her.

Hier in Oaks Harbor bestand mein Arbeitsalltag nicht aus verdeckten Ermittlungen und Razzien in zwielichtigen Lagerhäusern. Hier fuhr ich Streife, machte Geschwindigkeitskontrollen und schlichtete Streitigkeiten zwischen Nachbarn. Ja, aufgrund der Größe unserer Kleinstadt und des entsprechend klein ausfallenden Budgets musste auch ein Chief zu solchen Tätigkeiten ran. Ein Umstand, der meinem alten Herrn eindeutig in die Hände spielte.

19

Heute allerdings war so anders gewesen als jeder andere Arbeitstag in Oaks Harbor zuvor. Suzie, die Yogalehrerin in unserem Städtchen und Freundin meines Kumpels Liam, war doch tatsächlich entführt worden. Seit Tagen hatten Liam und ich uns mit ihrem plötzlichen spurlosen Verschwinden beschäftigt. Bis auf mehrere Suchaktionen, die ergebnislos geblieben waren, und eine landesweite Fahndung, hatte ich jedoch nicht viel ausrichten können. Heute kam dann endlich das erhoffte Lebenszeichen von Suzie. Ihr Ehemann, der anscheinend gewalttätig und vor dem sie im letzten Jahr geflohen war, hatte sie vor etwas mehr als einer Woche am helllichten Tag aus Oaks Harbor entführt und zurück in sein Haus nach Miami verschleppt. Am Nachmittag hatte sie dank der Hilfe der Haushälterin Liam anrufen und von ihrer Lage berichten können.

Ich hatte alle Hebel in Bewegung gesetzt, um Suzie so schnell wie möglich aus den Fängen dieses Mistkerls zu befreien.

Männer wie er, die diese Bezeichnung wahrlich nicht verdienten, widerten mich einfach nur an.

In diesem Augenblick war Liam auf dem Weg nach Miami, um bei der Rettungsaktion seines Mädchens dabei zu sein und sie anschließend hoffentlich unbeschadet in seine Arme schließen zu können. Ich hingegen war nach einem nervenaufreibenden und adrenalingeladenen Tag nach Hause gefahren, da ich nichts weiter ausrichten konnte.

In diesem Moment jedoch fragte ich mich, was ich in meiner leeren Wohnung eigentlich machte. Die unverputzten Backsteinwände schienen sich immer näher auf mich zuzubewegen und einzukesseln. Fahrig zerrte ich an den Knöpfen meiner Uniform, um wieder freier zu atmen, während ich zwischen Eingangsbereich und Wohnzimmer getrieben von einer mir unerklärlichen inneren Unruhe hin und her tigerte. Was hätte ich jetzt nicht alles dafür gegeben, um nicht allein zu sein. Von jemandem in meinem Heim begrüßt zu werden, mit dem ich meine Sorgen, was bei der Rettungsaktion alles schiefgehen könnte, teilen konnte. Die mir versicherte, dass Liam wohlbehalten mit Suzie zurückkehren würde.

Blonde Haare und eine schwarze Brille, die Bibliothekarinnenfantasien aufblitzen ließen, brachten mich dazu, lauthals zu fluchen. Auch wenn Nadine nicht das war, was ich im Sinn hatte, wenn ich an die Person dachte, mit der ich mir mal ein gemeinsames Haus – und Leben – teilen würde. So lenkten mich die Emotionen bei dem Gedanken an sie erfolgreich von der aktuellen Lage ab.

Nadine sorgte regelmäßig für die widersprüchlichsten Reaktionen von mir. Groll, Frustration, tiefste Leidenschaft. Und seit Neuestem ein Beschützerinstinkt, wie ich ihn noch nie zuvor für jemanden entwickelt hatte. Und ja, musste ich mir still und heimlich eingestehen, Sehnsucht. Dabei würde eher die Hölle zufrieren, bevor Nadine ein auf trautes Paar mit mir machen würde.

Ihre Worte.

Denen ich zu dem Zeitpunkt ihrer Aussage aus tiefstem Herzen zugestimmt hatte. Was nichts daran änderte, dass ich sie seitdem bereute und nach wie vor auf den geeigneten Moment wartete, um ihr das mitzuteilen.

Andererseits war ich auch froh darüber, mich ihr nicht etwa zwischen Tiefkühlpizza und Eiscreme im Oak's Mart letzte Woche mitgeteilt zu haben. So wie ich diese frustrierende Frau kannte, hätte sie mich direkt in die Mangel genommen. Und das verkraftete mein malträtiertes Herz seit dem Valentinstags-Auktions-Debakel nicht mehr.

Ehrlich gesagt, seit dieser einen Nacht im letzten Herbst.

Die innere Stimme und meine Weichlichkeit verfluchend, befreite ich mich endlich aus dem Hemd und ließ es noch an Ort und Stelle fallen, um mit dem Gürtel und der Hose ebenfalls kurzen Prozess zu machen. Jetzt half nur noch eine wohltuende Dusche. Auf dem Weg ins Bad fanden Socken, Unterhemd und Boxershorts ebenfalls ihren Weg auf den Boden, während ich mich am Kühlschrank noch mit einem Bier ausstattete.

Bevor ich überhaupt die Dusche betreten hatte, war die Flasche bereits zur Hälfte geleert. Mit einer Hand drehte ich das Wasser so heiß auf, wie es meine Haut vertrug, während ich das Bier mit der anderen Hand zu einem weiteren tiefen Schluck ansetzte und anschließend auf der Ablage abstellte. Den Kopf nach unten geneigt, stützte ich mich an der Wand ab und ließ das Wasser minutenlang einfach nur auf mich hinab rieseln, bis ich endlich nach dem Duschgel griff. Mit langsamen, kraftvollen Bewegungen verteilte ich es auf dem Körper. Als ich dabei meinen Schwanz streifte, richtete sich dieser sofort zu seiner vollen

Größe auf. Verstimmt schnaufte ich. Viel hatte sowieso seit meinen Gedanken an die Direktorin der hiesigen Highschool nicht mehr dafür gefehlt.

Also tat ich, was jeder andere halbwegs vernünftige Mann in meiner Situation ebenfalls getan hätte, und pumpte ein paarmal mit kräftigen Zügen auf und ab. Und musste mich prompt mit meiner freien Hand an den Fliesen abstützen, um nicht zu Boden zu gehen.

Fuck, das würde eine schnelle Nummer werden. Den Kopf in den Nacken legend, fluchte ich erneut, als sich ein freches Grinsen umrahmt von blonden Locken vor meine Augen schlich, während der Griff um meinen Schwanz immer fester, beinahe schmerzhaft wurde. Immer schneller pumpte meine Hand und es kam, wie es kommen musste.

Mit einem Grollen spritzte ich ab, während mein Atem hörbar durch die Duschkabine hallte.

So war der Feierabend nicht geplant gewesen.

Genauso frustriert wie vor meiner Eskapade beendete ich die Dusche, leerte mein Bier und schloss gedanklich mit diesem Tag ab.

Mal sehen, was der morgige bringen würde.

NADINE

Erleichtert las ich die Textnachricht von Tyler, die er in dem Gruppenchat unseres gemeinsamen Freundeskreises geteilt hatte. Suzie hatte sich gestern endlich nach tagelanger Funkstille bei Liam gemeldet, der sich sofort auf den Weg zu ihr nach Miami gemacht und sie aus den Fängen ihres psychopathischen Ehemannes befreit hatte. Mittlerweile war unsere Freundin den Umständen entsprechend wohlbehalten wieder in Liams Armen angekommen und die beiden auf dem Rückweg nach Michigan.

Bereits gestern hatte Tyler uns mitgeteilt, dass Suzie, die eigentlich Harriet hieß, von ihrem Ehemann entführt worden war. Aus Oaks Harbor am helllichten Tag! Anscheinend war sie vor einem Jahr aus der Villa ihres Mannes geflohen, nachdem dieser sie jahrelang misshandelt hatte. Auf der Flucht hatte sie sich eine neue Identität zugelegt und war nach vielen Umwegen schließlich in unserem Städtchen gelandet. Kaum zu glauben, dass die kleine, unscheinbare und immer freundliche

Yogalehrerin so eine Vergangenheit hatte. Da merkte man wieder einmal, wie sehr das Sprichwort *stille Wasser sind tief* immer zutraf.

Ich dankte Tyler mit einer kurzen Nachricht für das Update und schloss anschließend den Chat. Seit unserem Aufeinandertreffen im Minimarkt letzte Woche hatten wir uns nicht mehr gesehen. Einerseits war ich froh darüber, denn dieser Mann schaffte es jedes Mal, mich zur Weißglut zu treiben, wenn wir aufeinandertrafen. Andererseits vermisste mein verräterischer Körper ihn schmerzlich. *Nicht ihn!*, schimpfte ich mich selbst aus. Vielmehr das Gefühl, das er in mir ausgelöst hatte. Das eine Mal, als ich seinen geschmeidigen Worten und heißen, vielversprechenden Blicken nachgegeben hatte. *Einmal und nie wieder!* Das war seitdem meine Devise, und daran hielt ich fest.

Was nichts daran änderte, dass mich nachts, wenn ich nach einem langen Tag in der Schule allein in meinem Bett lag, die Sehnsucht heimsuchte. Ein Sehnen nach jemandem, der mir geduldig zuhörte, einfühlsam seine Sichtweise kundtat und mir das Gefühl gab, mich bei jedem meiner Schritte zu unterstützen und an meiner Seite zu sein.

Dieser Jemand würde niemals Tyler sein. Der Chief von Oaks Harbor war definitiv nicht für Beziehungen gemacht. Das zeigte er immer wieder eindrucksvoll, wenn er schamlos mit den Touristinnen in seiner Bar flirtete oder mit der bekanntesten Männerjägerin im Umkreis von fünfzig Meilen auf ein Date ging.

Wofür sie ihn ersteigert hatte.

Mit einem Schnauben vertrieb ich die innere Stimme und öffnete den Chat mit Rebecca. Kaum zu glauben, dass meine Erzfeindin aus Schultagen mittlerweile zu meinen besten Freundinnen gehörte. Um mich von meinem Selbstmitleid abzulenken, fragte ich sie, ob wir uns auf einen Drink im Oaky's treffen wollten. Natürlich unter dem Vorwand, auf Suzies Rettung anzustoßen.

Die Tatsache, dass heute Dienstag und nicht Wochenende war, spielte mir dabei auch in die Karten, denn dann würde der Inhaber des Oaky's aller Voraussicht nach nicht selbst hinter dem Tresen stehen, da er entweder noch im Dienst war oder beim Training der Little League, Oaks Harbors jüngster Eishockeymannschaft.

Ja, unser Chief war ein viel beschäftigter Mann. Noch ein Grund, warum er kein Beziehungsmaterial darstellte.

Nicht, dass ich ihn auf diese Art und Weise mochte oder mir mehr mit ihm vorstellen konnte. Die eine Nacht war heiß gewesen, und ja, auch aufregend. Aber sie war eine absolute Ausnahme, ein Ausrutscher sozusagen. Noch heute, Monate später, wusste ich nicht, wie es dazu überhaupt gekommen war.

Lügnerin!, ertönte es erneut.

Zum Glück kam in diesem Moment die Antwort von Rebecca, dass sie sich direkt auf den Weg ins Oaky's machen und mich dort treffen würde. Erleichtert, mich, wenn schon nicht auf mich selbst, so wenigstens auf meine Freundin verlassen zu können, schlüpfte ich in warme Stiefel, warf mich in die dicke Winterjacke und schnappte meine Handtasche, um ebenfalls den kurzen Weg zur Bar zurückzulegen.

KAPITEL 3

TYLER

Dankbar, mich heute für eine Schicht im Oaky's eingetragen zu haben, stürzte ich mich auf die Getränkebestellungen. Die letzten arbeits- und sorgenreichen Tage – und schlaflosen Nächte – steckten mir in den Knochen. Aber selbst, wenn ich es gewollt hätte, ich würde zu Hause kein Auge zu bekommen.

Da hilft nur ein weicher Frauenkörper, noch dazu ein ganz bestimmter.

Brummig wischte ich den Gedanken beiseite und richtete den Blick auf die Neuankömmlinge, die sich soeben einen Platz an der Bar ergattert hatten.

Wenn man vom Teufel sprach.

Nadine schien mindestens genauso überrascht zu sein, mich hinter dem Tresen zu sehen, wie ich sie davor. Während sich ihr Gesichtsausdruck allerdings in einen genervten wandelte, erschien bei mir ein Grinsen, das ich selbst unter größter Anstrengung nicht hätte verhindern können.

Ein Schlagabtausch mit dieser Frau war genau das, was ich an diesem Abend brauchte.

»Ladys, willkommen in meiner bescheidenen Hütte. Was darf es sein?«

»Hi, Tyler.« Die Freundin meines Kumpels Max strahlte mich an.

»Wir sind hier, um auf Suzies Befreiungsaktion anzustoßen.«

»Da seid ihr zu dem Richtigen gekommen. Und ich weiß auch schon das perfekte Getränk für euch.«

Aus dem Augenwinkel sah ich, wie Rebecca mich dankbar anlächelte. Mein Blick aber hatte sich an ihrer Freundin festgesaugt und löste sich auch nicht, als ich begann, die verschiedenen Zutaten für einen *Appletini* zusammenzumischen.

Auch wenn das Oaky's nicht mit einer der hippen Cocktailbars in Chicago mithalten konnte – dafür war das Interior zu rustikal und kleinstadtmäßig – so mussten wir uns auch nicht verstecken. Über die Zeit und dank zahlreicher YouTube-Videos konnte ich mittlerweile mit vielen Barkeepern der Großstadt mithalten.

Und ja, ich war stolz drauf.

Auch wenn das Oaky's ein Dorn in den Augen meines Vaters war, so war die Bar mein ganzer Stolz. Hier konnte ich mich austoben, ich selbst sein und etwas Eigenes kreieren. Für nichts auf der Welt hätte ich sie aufgegeben. Auch wenn der alte Herr nichts lieber als das gesehen hätte und mich auch jedes Mal, wenn wir miteinander redeten, darauf ansprach. Da halfen auch die vermeintlich lebenswichtigen Pflichten als Chief und die daraus resultierenden fehlenden Kapazitäten nicht als überzeugendes Argument. Im Gegenteil stachelte mich das nur noch mehr an, beides – und das Training meiner Little League Mannschaft – unter einen Hut zu kriegen.

Was brachte es mir, in einer Kleinstadt zu leben, fernab von dem Job, dem ich eigentlich nachgehen wollte? Wenn ich mir hier kein Leben aufbauen konnte, das mir Freude bereitete und das ich, so gut es ging, genießen konnte, hatte das doch keinen Sinn.

Hilfreich war auch die Tatsache, dass sich meine Loft-Wohnung direkt über der Bar befand und sich somit der Nachhauseweg als sehr angenehm entpuppte, wenn ich eine Schicht übernahm.

Ganz zu schweigen von der Tatsache, dass Frauen – Einheimische und Touristinnen gleichermaßen – aus irgendeinem der Männerwelt nicht erschließbaren Grund darauf standen, wenn sie mir beim Mixen der Getränke zusehen konnten.

Wer war ich denn, ihnen diesen Anblick zu verwehren?

Anscheinend waren meine Mixkünste allerdings noch ausbaufähig, denn eine ganz bestimmte Person der weiblichen Gattung wirkte alles anderes als beeindruckt, als ich den Cocktailshaker direkt vor ihren Augen kraftvoll schüttelte, ihn anschließend öffnete und den grünen Inhalt mit einer geschmeidigen Bewegung in die beiden Gläser vor mir entleerte.

»Ladys.«

Mit einem Zwinkern platzierte ich erst kleine Servietten auf dem Tresen und stellte dann die mit einer Limette dekorierten Martinigläser darauf.

»Auf Suzie!«

Mit einem Griff hatte ich das Wasserglas in der Hand, aus dem ich im Laufe einer Schicht immer wieder ein paar Schlucke trank, um hydriert zu bleiben, und erhob es in die Richtung von Nadine und Rebecca.

Während ihre Freundin enthusiastisch ihr Glas gegen meines stieß, war Nadine deutlich verhaltener unterwegs. Sie schien ehrlich über meine Anwesenheit verärgert zu sein. Zugegeben, aufgrund meiner Schichten stand ich gewöhnlicherweise nur an den Wochenenden hinter dem Tresen. Aber das hier war meine Bar. Da durfte ich Getränke ausschenken, wann immer mir danach war, verdammt nochmal.

Ich gab es nur ungern zu, aber ihre Verstimmung über meine Anwesenheit stieß mir sauer auf.

Dabei dachte ich, dass wir nach unserer gemeinsamen Nacht, die mir, nebenbei erwähnt, den besten Sex meines Lebens beschert hatte – und ich wusste, wovon ich sprach – endlich unsere Differenzen überwunden hatten und den nächsten Schritt gehen konnten. Wir mussten ja nicht gleich zusammenziehen oder heiraten. Aber zumindest gemeinsam herausfinden, was das zwischen uns war, das war ja wohl nicht zu viel verlangt, oder?

Anscheinend doch. Nadines Verhalten mir gegenüber kühlte mit jedem Aufeinandertreffen ab, soweit das überhaupt noch möglich war.

Und ehrlich gesagt, ich hatte genug davon. Wenn sie nicht gewillt war, uns eine Chance zu geben, sollte sie damit glücklich werden. Ich hatte ihr lange genug klargemacht, dass ich mehr wollte.

Und jetzt reichte es mir.

Zum Glück kam bald der Frühling und damit die Touristen in unser verschlafenes Städtchen. Sollte sie doch zusehen, wo sie blieb. Ich würde mir zukünftig meine Befriedigung wieder woanders suchen.

Warum mir der Gedanke an belanglose One-Night-Stands mit fremden Frauen alles andere als ein euphorisches Gefühl bereitete, ignorierte ich. Stattdessen wandte ich mich nach dem Anstoßen von den beiden Frauen ab und widmete mich den anderen Gästen meiner Bar. Für mein Seelenheil war es eindeutig die richtige Entscheidung.

NADINE

Beinahe hätte ich mich umgedreht und wäre aus dem Oaky's gestürmt, als ich beim Betreten der Bar Tyler hinter dem Tresen stehen sehen hatte. Nur Rebeccas Anwesenheit hinter mir hatte mich davon abgehalten. Niemand wusste von unserer gemeinsamen Nacht, auch meine Freundin nicht, und das sollte so bleiben.

Wenn ich direkt nach der Ankunft wieder gegangen wäre, hätte das Fragen nach sich gezogen, für die ich absolut nicht bereit war.

Also hatte ich mich widerwillig auf dem Hocker am Tresen niedergelassen, da Rebecca natürlich an mir vorbei gestürmt war, direkt auf Tyler zu.

Nun, zehn Minuten später, nippte ich an meinem Cocktail und konnte ein Stirnrunzeln nicht verhindern, als meine Augen Tyler folgten. Nachdem er mit uns angestoßen hatte, schien ein Ruck, den nur ich wahrzunehmen schien, durch ihn gegangen zu sein. Mit einem fast schon kühlen Nicken hatte er sich von uns abgewandt und uns selbst überlassen.

Klar, wir waren nicht die einzigen Gäste an diesem Abend. Aber das Verhalten hatte in einem so krassen Widerspruch zu dem davor gestanden, dass ich mich fragte, was passiert war.

Lag es an Suzies Rettungsaktion? War er sauer, dass er nicht live vor Ort dabei gewesen war im Gegensatz zu Liam? Bei Männern wusste man ja nie. Noch dazu war er Polizist und hatte sich dem Helfen verschrieben. Wer wusste schon, ob er sich nun in seiner Ehre gekränkt fühlte?

Noch immer sah ich ihm nach und grübelte über seinen Sinneswandel nach, als Rebecca mich von der Seite anstieß.

»Mhm?«, fragte ich wenig eloquent, nachdem ich den Blick von ihm endlich losgerissen und mich zu ihr gedreht hatte.

Meine Freundin sah mich besorgt an. »Ich habe dich gefragt, ob alles in Ordnung ist. Du siehst aus, als wärst du in Gedanken meilenweit fort.«

Oje. Ich musste mir schnell etwas überlegen, um sie von der Fährte, auf die sie unweigerlich gelangen würde, abzubringen. »Ach. Ich denke nur an dieses eine Mädchen aus der Neunten, das mir Sorgen bereitet.«

»Du meinst Hailey Brooks?«

Für einen Moment hatte ich tatsächlich vergessen, dass Rebecca nicht nur meine Freundin, sondern auch Kollegin an der Highschool war.

Noch ein Zeichen, dass ich Tyler dringend aus meinen Gedanken verbannen musste, und zwar für immer und ewig!

»Ja, genau.«

»Schlimm, das mit ihrer Mutter ...«

Sofort wurde ich hellhörig. Ich hatte bislang nichts in meinen Nachforschungen herausfinden können. »Was hast du gehört?«

»Das weißt du nicht? Charlotte hat davon berichtet, wie auf dem Schulhof getuschelt wurde, dass Haileys Mutter auf und davon ist. Angeblich mit einem reichen Mann. Hat sie und ihren Vater einfach zurückgelassen«, schloss sie mit einem Seufzen.

»Oh Gott ...«

Mehr fiel mir nicht ein, als ich darüber nachdachte, was das für einen Teenager bedeuten musste. Von der eigenen Mutter verlassen, allein, mit einem Vater, der bekannt dafür war, alle paar Monate einen neuen Job zu haben, weil er bei der Arbeit entweder alkoholisiert aufgetaucht war oder eine Schlägerei angezettelt hatte.

Oaks Harbor war nicht groß. Natürlich tuschelten da die Menschen.

»Hat Charlotte noch etwas erzählt?«

Rebecca schüttelte den Kopf. »Das war alles, was sie mir berichten konnte.«

Da hatte ihre sechzehnjährige Tochter allerdings auch wesentlich mehr in Erfahrung bringen können als ich.

Nun war es an mir, ein Seufzen auszustoßen.

Ich wusste, als Direktorin einer Highschool war ich gar nicht in der Lage, mich um das Wohlergehen jeder Schülerin und jedes Schülers zu kümmern. Aber manche Ausnahmefälle, so wie Hailey Brooks, gingen mir einfach zu nahe. Ich konnte mich noch so oft ermahnen, einen objektiven Abstand zu wahren – es gelang mir einfach nicht. Dafür war ich zu empathisch, und das ungewisse Schicksal dieser Jugendlichen machte es unmöglich, den Kopf in den Sand zu stecken und tatenlos zuzusehen.

Abgesehen davon, dass ich das mit meinem Auftrag als Direktorin nicht vereinbaren konnte. Es mochte Kollegen an anderen Schulen geben, die in solchen Fällen unbeteiligt blieben und dem Schicksal seinen Lauf ließen. Ich konnte das nicht.

»Danke, dass du es mir erzählt hast. Ich werde mich darum kümmern«, brachte ich mich aus den Gedanken zurück in die Gegenwart.

Anscheinend musste ich einen ziemlich kläglichen Eindruck bei meiner Freundin hinterlassen, weil sie mich aus mitfühlend schauenden Augen ansah und eine Hand auf meinen Arm legte. »Es ist nicht immer einfach, oder? Als Direktorin die Verantwortung für so viele Menschen zu tragen?«

Fasste das nicht die gesamte Situation perfekt zusammen?

Ich schluckte den Kloß in meinem Hals hinunter und schüttelte den Kopf, während ich angestrengt auf das leere Cocktailglas vor mir starrte.

Verdammt, warum nahm mich die Geschichte um Hailey so mit? Ich war eine toughe Frau, die sich zielstrebig bis an die Spitze einer großen Highschool gearbeitet hatte. Da musste ich einfach objektiv bleiben und meinen Abstand wahren, sonst wäre mein Job bald Geschichte.

Und Scheitern kam absolut nicht infrage!

»Du musst die Lasten nicht alle allein tragen. Wir sind für dich da.« Fragend sah ich zu meiner Freundin auf. Sie erkannte meine stumme Bitte und führte weiter aus: »Max und ich. Tyler ...«, setzte sie nach einem Atemzug an.

Unweigerlich glitt mein Blick zu besagtem Mann, der gerade am anderen Ende der Theke stand und einem Stammkunden ein Bier servierte.

Als ob er spüren würde, dass meine Aufmerksamkeit auf ihm lag, sah er plötzlich zu mir. Der Ausdruck in seinen Augen war unlesbar, und nicht mal einen Atemzug später blickte er auch schon wieder zu dem Gast vor ihm.

Da ich an diesem Abend keine Kapazität für das Gefühlschaos in mir hatte, das dieser Mann auslöste, wandte ich mich wieder Rebecca zu.

»Danke. Ich werde morgen das Gespräch mit Hailey suchen.«

»Meinst du, sie wird sich dir öffnen?«

Ratlos zuckte ich mit den Schultern. »Es ist zumindest einen Versuch wert. Denn so, wie sich ihr Verhalten verändert hat und ihre schulischen Leistungen leiden, kann es nicht weitergehen«, stieß ich seufzend aus.

Ein Gefühl, als ob die gesamte Last der Welt auf mir lag, nahm von mir Besitz. Suzies Entführung, die Gott sei Dank einen glücklichen Ausgang gefunden hatte, die Sorgen um eine meiner Schülerinnen, Tyler, der plötzlich wie ausgewechselt wirkte und mich ignorierte.

So hatte ich mir diesen Abend nicht vorgestellt.

KAPITEL 4

NADINE

Es war noch früh an diesem ersten Morgen nach den Osterferien, während ich den Weg zwischen dem Lehrerparkplatz und dem Eingang der Highschool zurücklegte. Kein weiteres Fahrzeug befand sich um diese Zeit auf dem Schulgelände. Das würde sich in einer halben Stunde ändern.

Noch aber war es ruhig, als ich mich mit der Tasche auf der Schulter enger in meinen Mantel kuschelte, um der kühlen Frühjahrsluft zu entfliehen. Auch wenn wir bereits sehr sonniges und mildes Wetter über die Feiertage gehabt hatten, war es morgens noch ziemlich frisch, wie ich heute am eigenen Leib zu spüren bekam.

Selbst schuld, wenn ich so früh dran bin wie selten zuvor.

Den Kopf nach unten geneigt, während ich über den Parkplatz eilte, um schnell in die Schule zu kommen, wäre ich beinahe gestolpert, als ich die Treppen zum Eingang erreichte.

Und staunte nicht schlecht, als sich mein Hindernis als eine menschliche Gestalt entpuppte, die im selben Moment auch schon den Blick hob.

»Hailey?«

Was tat das Mädchen um diese Zeit und in dieser Kälte auf den Stufen der Oaks Harbor High?

»Morgen, Principal«, erklang es nuschelnd hinter ihrem Schal.

»Was machst du schon hier? Die Schule öffnet erst in einer halben Stunde.«

Zu perplex entfiel mir glatt, auf die Begrüßung zu reagieren.

»Mein Dad musste früh los und hat mich auf dem Weg abgesetzt.« Sofort sprangen meine Instinkte auf den Plan. An sich war an der Aussage nichts auszusetzen – auch wenn es unnatürlich früh an diesem Morgen war. Allerdings glitt Haileys Blick unruhig durch die Gegend, während sie sprach. Als ob das nicht alles war, was sich zugetragen hatte.

Schnell dachte ich nach. War dies meine Chance, mehr von dem Mädchen erfahren zu können? Meine Bemühungen, in den Wochen vor den Ferien mehr Informationen über ihre Situation zu erhalten und gegebenenfalls helfend einspringen zu können, waren kläglich gescheitert. Ihre Leistungen ließen weiter zu wünschen übrig, ganz zu schweigen von ihrem Verhalten.

Ich konnte es nicht genauer erklären, aber irgendetwas an Hailey berührte mich. Ich fühlte mich auf eine gewisse Art und Weise mit ihr verbunden, ja verantwortlich über die übliche Beziehung zwischen Direktorin und Schülerin hinaus. So war es mir seit Haileys erstem Tag an der Oaks Harbor High ergangen, als ich die Jugendlichen für das neue Schuljahr bei uns willkommen geheißen hatte.

Langsam ließ ich meinen Blick über sie gleiten. Ihr Äußeres sah eindeutig in Mitleidenschaft gezogen aus. Schuhe und Kleidung waren mit Schlamm bespritzt. Die Jeans hatte mehrere Risse, die nicht danach aussahen, dass sie gewollt waren. Auf ihrer Wange befanden sich dunkle Striemen. Haare, die danach aussahen, als ob sie länger nicht gewaschen worden waren, lugten unter ihrer Strickmütze hervor.

»Ich wollte mir einen Tee gegen die Kälte machen. Komm doch mit rein, dann mache ich einen für dich mit.«

Auch wenn das keine übliche Praktik war, so wusste ich, dass sich mir so schnell nicht wieder eine Chance bieten würde, an das Mädchen heranzukommen. Wir hatten eine halbe Stunde, bis die Schule offiziell öffnete, und die musste ich nutzen.

Misstrauisch sah Hailey zu mir auf, erhob sich auf mein auffordendes Lächeln allerdings, wenn auch zögerlich. Ich vertraute darauf, dass das das Zeichen war, meiner Einladung zu einer Tasse Tee zu folgen, und ging die restlichen Stufen hoch, ohne mich nach ihr umzusehen.

»Hattest du schöne Osterferien?«, stellte ich eine, so hoffte ich, unverbindliche Frage, um sie für ein Gespräch zu öffnen. Nebenbei kramte ich in meiner Tasche, um den Schlüssel für die Schule herauszuholen und die Tür aufschließen zu können.

»Mhm ...«, erklang es wenig später.

Es war weder eine Zustimmung noch eine Verneinung.

»Bist du etwa schon zu alt für den Osterhasen?«, fragte ich mit einem Augenzwinkern.

Und hätte mir am liebsten im nächsten Augenblick vor die Stirn geschlagen.

Ernsthaft, du fragst nach Geschenken, die der Osterhase gebracht hat?

Die Fünfzehnjährige schien das Gleiche zu denken wie meine innere Stimme und bedachte meine Frage erst gar nicht mit einer Antwort.

Mit angespanntem Schweigen betraten wir schließlich die Highschool, während es in meinem Kopf ratterte. Was konnte ich sagen oder fragen, damit sie sich mir öffnete?

Als wir beim Sekretariat ankamen, hatte mich noch immer kein Geistesblitz ereilt. Verdammt, das hier war so eine gute Gelegenheit und ich vermasselte es direkt mit der zweiten Frage!

»Welchen Tee magst du? Alice hat einen Vorrat, der jedem Teeladen Konkurrenz machen könnte.«

Ich ließ Hailey Zeit für ihre Antwort und schaltete zunächst das Licht an, bevor ich mich ihr wieder zuwandte. Und sah, wie sie mit dem Vollautomaten liebäugelte.

»Könnte ich lieber einen Kaffee haben?«

Ich stutzte, versuchte aber gleich darauf, mir nichts anmerken zu lassen. Klar, Teenager waren im Geiste schon halbe Erwachsene und taten alles dafür, um zu diesem Kreis dazuzugehören. Aber Kaffee trinken mit fünfzehn? Das war doch reichlich früh.

»Deine Eltern erlauben, dass du Kaffee trinkst?«

»Pah«, war die aussagekräftige Antwort auf meine Frage. Dieses Mal beließ sie es aber nicht dabei. »Ich bin diejenige, die dafür sorgt, dass immer Kaffee zu Hause ist. Da darf ich ihn ja wohl auch trinken.«

Das war nicht die Antwort, die ich erwartet, geschweige denn erhofft hatte. Und da ich an das Mädchen herankommen, nicht sie von mir wegtreiben wollte, bevor ich nicht ein paar Informationen gesammelt hatte, schaltete ich ohne Widerworte die Kaffeemaschine ein. Der Wassertank war schnell gefüllt, und wenig später hielt Hailey eine Tasse der dampfenden Flüssigkeit in den Händen.

Während ich mir selbst eine Tasse aus Gründen der Solidarität zubereitete, beobachtete ich sie aus dem Augenwinkel. Langsam führte sie das Getränk an ihren Mund. Bevor sie jedoch einen Schluck nahm, schien es, als ob sie den Geruch tief einatmen und in sich aufnehmen würde.

»Du kümmerst dich also um die Einkäufe in deiner Familie?«

Angespannt hielt ich die Luft an und hoffte, mit meiner Frage nicht zu weit vorgedrungen zu sein.

»Einer muss es ja machen.«

»Deine Eltern arbeiten viel?«

»Könnte man sagen ...« Wie fasziniert starrte Hailey in ihren Becher, anstatt mich anzusehen, während sie mir antwortete.

Vorsichtig fragte ich mich weiter voran. »Und was machen sie?« Bewusst wählte ich meine Worte und sagte nicht arbeiten.

»Dad hat gerade bei einer Spedition angefangen.«

»Und deine Mom?«, hakte ich nach, als von dem Teenager nichts weiter kam.

Ich konnte beinahe zusehen, wie sich ein Vorhang über ihr Gesicht legte. Kurz darauf stellte Hailey die Tasse auf dem Tresen ab. »Danke für den Kaffee, aber ich muss jetzt los.«

Damit drehte sie sich um und stürmte regelrecht aus dem Raum.

Seufzend sah ich ihr hinterher. Das Gespräch war nicht unbedingt aufschlussreich verlaufen. Auch wenn sie nicht bestätigt hatte, dass ihre Mutter fort war, so war doch eindeutig, dass sich etwas zugetragen haben musste, so wie sie nicht über sie sprechen wollte.

Nächstes Mal, redete ich mir gut zu und hoffte, mein Vorhaben bald zu einer günstigen Gelegenheit umsetzen zu können, bevor ich mein Büro betrat und den Arbeitstag begann.

»Dir liegt etwas an Hailey, oder?«

Einfühlsam sah Rebecca zu mir herüber, während wir über das Schulgelände spazierten. Wir hatten in dieser Mittagspause beide keine Aufsicht und daher beschlossen, das sonnige Wetter für eine Runde über das weitläufige Gelände zu nutzen. Gerade hatte ich meiner Freundin von dem Gespräch mit Hailey am Morgen berichtet.

Abwehrend zuckte ich mit den Schultern. Rebecca hatte mit ihrer untrüglichen Empathie erkannt, was auch mir bereits Kopfzerbrechen bereitet hatte.

»Nicht mehr als an jedem anderen der Schüler in einer ähnlichen Situation.«

»Hey, ich meinte das nicht vorwurfsvoll.« Wie um ihre Aussage zu bekräftigen, legte sie eine Hand auf meinen Arm und drückte ihn kurz. »Ich finde das bewundernswert. Wenn du ihr helfen möchtest, zeichnet dich das aus. Nicht jede Direktorin legt sich so ins Zeug für ihre Schützlinge.« Aufmunternd sah sie mich an, ehe sie weitersprach. »Und wenn du jemanden besonders in dein Herz schließt und helfen möchtest, ist das etwas Gutes.«

»Findest du?«, fragte ich zweifelnd.

Ich verabscheute es, jemanden zu bevorzugen. Auf keinen Fall wollte ich bezichtigt werden, einige der Jugendlichen besser zu behandeln als andere.

Aber auch nicht jeder steckte in einer Situation wie der von Hailey.

»Ja. Gib sie nicht auf, nur weil das Gespräch heute nicht so verlief, wie du erhofft hast. Es wird sich wieder eine Gelegenheit finden. Bleib dran, so wird Hailey merken, dass du es ernst meinst und Vertrauen in dich entwickeln.«

Rebecca sprach nur das aus, was ich mir selbst schon zurechtgelegt hatte. Trotzdem tat es gut, die Worte von ihr zu hören. Wir waren im letzten Jahr, seit sie nach Oaks Harbor zurückgekehrt war, echte Freundinnen geworden. Sie gehörte zu meinem engsten Kreis und war jemand, dem ich vertraute.

Dazu zählten nicht gerade viele Menschen.

Als Direktorin war es mir wichtig, professionelle Distanz zu den Mitarbeitern zu wahren. So hielt ich es auch mit Rebecca zu Anfang, nachdem ich ihr die Stelle als vorübergehende Musiklehrerin gegeben hatte.

Mittlerweile war sie fest an unserer Highschool angestellt und aus meinem Leben nicht mehr wegzudenken. Mit ihrer einfühlsamen und offenen Art hatte sie es hinter meine Mauern geschafft, die ich mir mühsam und notgedrungen über die Jahre aufgebaut hatte.

Nur wenige schafften das.

Ich versprach Rebecca, bald wieder das Gespräch mit Hailey zu suchen, und wir beendeten unseren Spaziergang mit leichteren Gesprächsthemen.

Als ich zurück an meinem Schreibtisch saß, atmete ich tief durch. Ich würde es wahrscheinlich niemals laut zugeben, aber es hatte verdammt gutgetan, mich meiner Freundin zu öffnen. Meine Sorgen und Bedenken um Hailey mit ihr zu teilen, sowie Zuspruch von ihr zu bekommen.

KAPITEL 5

TYLER

Diese Woche hatte es in sich, dabei war es gerade mal Montag. Nicht nur hatte der Tag mittelprächtig gestartet, als ich feststellen musste, dass meine Kaffeevorräte zu Hause aufgebraucht waren, und ich auf die Plörre im Polizeirevier zurückgreifen musste. Es hatte mich außerdem der Wecker viel zu früh aus einem Traum, in dem eine gewisse Blondine mit strengem Dutt und dunkler Hornbrille die Hauptrolle spielte, aus dem Schlaf gerissen.

Entsprechend schlecht gelaunt war ich zu einem Einsatz aufgebrochen, der just in dem Moment einging, als mein Deputy Ben zur Streife aufgebrochen war. Sein Kollege lag mit Grippe flach und so war ich der einzige diensthabende Polizist gewesen, der dem Verdacht auf Einbruch bei Mrs Schouler hatte nachgehen müssen.

Willkommen auf dem Kleinstadt-Revier.

Für gewöhnlich nahmen wir die Einsätze ernst, vor allem, wenn es um etwas wie Einbruch und Diebstahl ging. Wobei sich diese Fälle in Oaks Harbor zum Glück in Grenzen hielten. Allerdings war Mrs Schouler eine wohlbekannte Bürgerin unserer Stadt und die Nummer der Polizeiwache ihre liebste. Die alte Dame hatte keine Angehörigen mehr und schien manchmal nicht zu wissen, wie sie den Tag vor lauter

Einsamkeit herumbekommen sollte. Dadurch rief sie des Öfteren auf dem Revier an und holte einen von uns unter einem fadenscheinigen Vorwand zu sich nach Hause. Mal waren es gefährlich klingende Geräusche unter ihrer Veranda, heute angeblich ein Einbruch, bei dem ihre Geldbörse abhandengekommen war.

Wie auch sonst hatte sich alles zeitnah aufgeklärt, dessen war ich mir bereits im Vorhinein sicher gewesen. Und wie sonst auch hatte ich sie ermahnt, die Rufnummer der Polizei nur zu wählen, wenn wirklich etwas vorgefallen war. Dabei war ich wie immer auf taube Ohren gestoßen.

Aber ich konnte ihr keinen Vorwurf machen. Niemand konnte das. Nicht, wenn sie sich jedes Mal bei uns mit selbstgebackenen Keksen und einem Glas Milch entschuldigte. So war es auch heute gewesen. Und das war auch der Grund, warum sie nie eine Rechnung von uns erhielt, nachdem sie ohne triftigen Grund die Nummer des Reviers gewählt hatte.

»Es tut mir so unglaublich leid, Chief. Ich hätte schwören können, dass ich meine Brieftasche nicht in die Schublade im Wohnzimmer gelegt habe, sondern wie immer in die Kommode im Flur, als ich vom Einkaufen nach Hause gekommen bin.«

Mit einem bestürzten Gesichtsausdruck saß die ältere Dame mir gegenüber an dem runden Küchentisch, auf dem die Zeichen der Zeit abgebildet waren.

Wie viele Generationen wohl schon in dieser Küche gesessen und Mahlzeiten zu sich genommen hatten? Mit dem hellbraunen Boden aus Linoleum und den orangen Küchenfronten hatte sie eindeutig vor einigen Jahren bereits ihren Zenit überschritten.

Beruhigend streckte ich meinen Arm aus und tätschelte ihre Hand. »Schon in Ordnung, Mrs Schouler. Es ist ja noch mal alles gut gegangen und wir haben Ihre Brieftasche gefunden. Vielleicht sollten Sie aber darüber nachdenken, nicht ganz so viel Bargeld zu Hause zu deponieren und immer nur das Nötigste von der Bank zu holen, wenn Sie einkaufen gehen. Dann kann im Fall der Fälle auch nicht viel wegkommen. Egal, ob Sie Ihr Portemonnaie nun verlieren oder es Ihnen tatsächlich einmal geklaut werden sollte.«

Nach dieser Ansprache tunkte ich einen Keks in das Milchglas und biss herzhaft ab.

Sofort holten mich Erinnerungen an meine eigene Kindheit ein. Wie ich nach der Schule bei meiner Großmutter am Tisch gesessen und mich mit ihren Backkünsten vollgestopft hatte, während Dad auf dem Revier war und ich auf ihn wartete. Meine Mom war schon früh gestorben und ich hatte kaum noch Erinnerungen an sie. Das einzige mütterliche Vorbild, das ich in meinem Leben gehabt hatte, war meine Großmutter väterlicherseits.

Meine Eltern hatten sich in Grand Rapids kennengelernt, wo mein Vater zur Polizeiakademie gegangen war und meine Mutter in einem Kosmetikstudio gearbeitet hatte. Sie war kurz nach der Highschool von Montana nach Michigan gekommen, um dem Farmleben, mit dem sie aufgewachsen war, zu entkommen. Deshalb hatte sie hier keine Familie. Ihre Eltern hatte ich einmal kurz während meiner Schulzeit getroffen. Da sie eine Rinderfarm besaßen, war es ihnen nie möglich gewesen, für längere Zeit zu reisen und die Ranch mit den Tieren allein zu lassen.

Und meinem Vater war es nach dem Tod meiner Mutter sichtlich schwergefallen, die Eltern der Frau, die er über alles geliebt hatte, zu sehen. Somit hatte ich keine Beziehungen zu dieser Seite meiner Familie.

»Möchten Sie noch einen Keks, Chief?«

Die Frage der älteren Dame riss mich aus meinen Gedanken und ich kehrte in den gegenwärtigen Moment zurück. Was mich daran erinnerte, dass ich immer noch im Dienst war und langsam zurück zum Revier fahren sollte. Dort wartete schließlich ein nicht enden wollender Stapel an Berichten und Budgets, die vom Chief selbst bearbeitet werden mussten.

Nachdem ich die Frage nach dem dritten Keks verneint und mich von Mrs Schouler verabschiedet hatte, verließ ich das in die Jahre gekommene Cottage und stieg in meinen Dienstwagen. Erneut holten mich die Gedanken an die Vergangenheit auf der Rückfahrt zum Revier ein. Dieses Mal war es jedoch nicht meine Kindheit und die leckeren Kuchen meiner Großmutter, während ich an ihrem Küchentisch meine Hausaufgaben gemacht hatte. Sondern meine eigene Ausbildung. Nicht in Grand Rapids, sehr zum Unwillen meines Vaters, sondern in Chicago.

Wie ich, ähnlich wie mein Vater, die Frau kennengelernt hatte, von der ich ausgegangen war, dass sie die Eine war. Die Frau, mit der ich eine Familie gründen und mein Leben verbringen würde.

Charlene.

Ich hatte ihr sogar bereits einen Ring an den Finger gesteckt. Dann allerdings kam die Aufforderung, mein Leben in der Großstadt hinter mir zu lassen und in die Fußstapfen meines Vaters zu treten. Bei ihm wäre die Zeit gekommen, vom Posten des Chiefs zurückzutreten und seine Tage mit alten Bekannten auf dem Golfplatz zu verbringen. Das hatte Charlene, die aus einer einflussreichen Familie der Künstlerszene mit eigenen Galerien im ganzen Land und einem weltweiten Kunsthandel stammte, nicht gepasst. Sie sei für ein Leben in der Großstadt bestimmt, hatte sie mir gesagt, während sie mir den Ring voller Bedauern in den Augen zurückgegeben hatte.

Das Schulterzucken tröstete nur wenig darüber hinweg, dass mein Traum von dem Leben, wie ich es mir immer vorgestellt hatte, geplatzt war.

Mit einem Seufzen setzte ich mich an den Schreibtisch in meinem Büro und vergrub mich in dem Papierkram, der auf mich wartete. Die Erinnerungen an ein erfülltes Leben, was nicht hatte sein sollen, schob ich rigoros beiseite.

NADINE

Das war merkwürdig. Ich hätte schwören können, dass ich, als ich das letzte Mal in meinem Gartenhäuschen gewesen war, die kleine Fensterluke einen Spalt offengelassen hatte, damit die modrige Luft vom Winter abströmen konnte.

Als ich an diesem Abend das Gartenhaus betrat, um einen Besen zu holen, da der gepflasterte Weg zwischen Haustür und Straße dringend eine Reinigung benötigte, war sie jedoch geschlossen.

Langsam gewöhnten sich meine Augen an das schwummrige Licht im Inneren und mir fiel noch mehr auf, was definitiv fehl am Platze wirkte. Wie die beiden Auflagen für meine Verandaschaukel zum Beispiel, die aufeinandergestapelt am Boden lagen. Oder die Krümel, die um die Kissen verteilt waren.

Mein Körper schien bereits zu realisieren, was mein Verstand sich noch weigerte zu glauben. Ich hatte einen uneingeladenen Gast in meinem Gartenhaus.

Wie aus dem Nichts begann mein Herz wild zu klopfen, so als ob es die Gefahr erkannte, die diese Tatsache zu bedeuten vermochte.

Bestimmt rief ich mich zur Ordnung. Das hier hatte überhaupt nichts zu heißen.

Meine schwitzigen Hände lehrten mich allerdings eines Besseren. Wem machte ich hier eigentlich etwas vor?

Den eigentlichen Grund, für den ich das Gartenhaus aufgesucht hatte, vergessend, machte ich auf dem Absatz kehrt, schloss die Tür mit Nachdruck hinter mir und drehte den Schlüssel zweimal um. Anstatt ihn dieses Mal jedoch unter den kleinen Keramikfrosch neben der Tür zu legen, steckte ich ihn in meine Hosentasche.

Auf dem Rückweg durch den Garten zum Haus redete ich mir gut zu. *Das hier hat überhaupt nichts zu bedeuten.* Auch beim zweiten Mal wirkte der Satz nicht überzeugend. *Selbst wenn jemand in meinem Gartenhaus gewesen war, so heißt das nicht, dass der- oder diejenige sich weiterhin auf meinem Grundstück aufhält.*

Trotzdem verriegelte ich alle Außentüren fest, als ich zurück im Haus war. Außerdem kontrollierte ich alle Fenster sowohl im Erdgeschoss als auch in der ersten Etage. *Nur um auf Nummer sicher zu gehen,* redete ich mir gut zu. Als das erledigt war, setzte ich mich an den Schreibtisch in meinem Arbeitszimmer und rief mich selbst zur Ordnung. Ich hatte die Vorschläge des Kunstlehrers für die Ausstellung zum Schuljahres-abschluss in der Highschool-Aula zu sichten.

Eine halbe Stunde später legte ich den Stift und die Unterlagen beiseite und stellte erleichtert fest, dass mich die Gedanken an den ungebetenen Gast größtenteils in Ruhe gelassen hatten.

Jetzt aber waren sie wieder mit aller Macht da.

Fröstelnd kuschelte ich mich enger in meinen Cardigan und verschränkte die Arme vor der Brust, als ich vom Schreibtisch aufstand. Erneut kontrollierte ich alle Türen und Fenster im Erdgeschoss, ob sie auch wirklich fest verschlossen waren. Mit hämmerndem Herzen und einem mulmigen Gefühl im Bauch ging ich die Treppe nach oben, um mich zum Schlafen fertig zu machen. Ich wusste nicht, ob ich das Ganze überdramatisierte, weil der ungebetene Gast in meinem Gartenhaus vermutlich schon längst wieder über alle Berge war. Oder einfach nur naiv war, weil ich die Gefahr nicht ernst nahm und sie stattdessen versuchte zu ignorieren, anstatt den Vorfall der Polizei zu melden. Aber das würde bedeuten, dass tatsächlich etwas vorgefallen war. Und das einzugestehen, dazu war ich noch nicht bereit. Denn das würde bedeuten, dass ich in meinem eigenen Haus nicht mehr sicher war.

KAPITEL 6

TYLER

»Was machst du hier?«
Sichtlich unzufrieden über meine Anwesenheit auf ihrer Veranda sah Nadine mir entgegen, kaum hatte sie die Haustür auf das Klingeln hin geöffnet. Äußerlich ließ ich mir nichts anmerken, aber in meinem Innersten brodelte es.

Diese Frau trieb mich zur absoluten Weißglut. Wer kam bitte auf die Idee, einen Einbruch in sein Gartenhaus einfach unter den Teppich zu kehren, anstatt ihn der Polizei zu melden?

Nur eine Frau, die nichts über ihre eigene Unabhängigkeit stellt und alles dafür tut, auch wirklich von niemandem abhängig zu sein oder Hilfe anzunehmen, gab ich mir selbst die Antwort auf meine stumme Frage. Ich würde einen Teufel tun und sie laut aussprechen. Schließlich war ich hier, um Nadine zur Vernunft zu bewegen, und nicht, um mit ihr zu streiten.

Aber wie ich unsere Erfolgsbilanz kannte, war das ein Unterfangen, das aller Wahrscheinlichkeit nach nicht von Erfolg gekrönt sein würde.

»Ich habe gehört, du hattest unerwünschte Gäste?«

Ich ließ meine Aussage wie eine Frage klingen, um Nadine die Möglichkeit zu geben, darauf antworten zu können, und sie nicht in eine

Ecke zu drängen. Bei ihr wusste ich schließlich nie, wie sie reagieren würde.

An manchen Tagen wie ein Kätzchen auf Schmusekurs und an anderen wie ein Tiger auf der Jagd.

Leider entsprach die zweite Möglichkeit deutlich mehr der Realität als die erste.

Außer in dieser einen Nacht ...

Wenn mich nicht alles täuschte, gruben sich die Falten auf ihrer Stirn noch tiefer ein, und sie seufzte tief, bevor sie sich um eine Antwort bemühte.

»Ich wüsste nicht, was dich das angeht, Chief.«

Wie sie meinen Titel aussprach, hätte man meinen können, sie hätte mir die wüsteste Beschimpfung an den Kopf geworfen. Beinahe musste ich mir ein Grinsen verkneifen. Das hier war jedoch zu ernst, um darüber zu lachen.

»Max hat mir erzählt, dass sich jemand Zutritt zu deinem Gartenhaus verschafft hat, ohne dass du es mitbekommen hast.«

»Ich sollte Rebecca wirklich weniger anvertrauen«, erklang es murmelnd aus ihrem Mund. Dann etwas lauter: »Wie gesagt, ich wüsste nicht, was dich das angeht.«

Diese Frau ...

Tief atmete ich durch, um mich daran zu hindern, etwas zu sagen, was ich im nächsten Moment bereuen würde, oder ihr an die Gurgel zu springen.

Es lag gerade nicht im Bereich des Unmöglichen.

»Es geht mich etwas an, wenn ein Einwohner von Oaks Harbor in Gefahr ist.«

»Wie du siehst, geht es mir gut. Du kannst wieder gehen.«

Damit trat sie einen Schritt zurück und machte Anstalten, die Haustür zu schließen. Bevor sie jedoch dazu kam, stellte ich flink einen Fuß auf die Schwelle. Und unterdrückte augenblicklich ein Ächzen, als die Tür ihn einklemmte. Den Schmerz vergaß ich allerdings schnell wieder, als ich mit einer fast perfiden Zufriedenheit wahrnahm, wie Nadine genervt seufzte.

»Kann ich dir sonst noch irgendwie helfen, Chief?«

»Ja«, grollte ich. »Du kannst dich hilfsbereit zeigen und mich zum Gartenhaus bringen, damit ich eine Bestandsaufnahme vom Tatort machen kann.«

»Herrgott noch mal, das ist kein Tatort, sondern mein Gartenhaus. Ja, dann hatte ich eben einen uneingeladenen Gast für eine Nacht oder auch mehr. Aber der- oder diejenige ist wieder weg. Es ist alles gut. Du kannst jetzt gehen.«

Beinahe meinte ich, Rauch aus ihren Ohren aufsteigen zu sehen.

»Davon würde ich mir selbst gerne ein Bild machen. Das ist schließlich meine Aufgabe als Hüter von Ordnung und Recht.«

Wieder folgte ein genervtes Schnauben. Aber dieses Mal straffte sie die Schultern und richtete sich auf. »Du kannst außen herum gehen. Du kannst den Weg nicht verfehlen.«

Sie schloss die Tür von innen, während ich mich umdrehte und die wenigen Stufen von der Veranda hinunterging, um dem kleinen Pfad um das Haus herum zu folgen.

Als ich bei der hinteren Terrasse ankam, hatte Nadine diese bereits überquert. Auf halber Strecke zum Gartenhaus holte ich auf und folgte ihr, keine ihrer Bewegungen aus den Augen lassend. Vor dem Eingang blieb sie stehen und zog einen Schlüssel aus ihrer Hosentasche. Bevor sie ihn in das Schloss der kleinen Holztür stecken konnte, stoppte ich sie mit einer Hand auf dem Arm.

»Ab hier übernehme ich«, brummte ich.

Wieder folgte ein Seufzen. Aber sie ließ mich gewähren und trat einen Schritt zur Seite. Ich öffnete die Tür und musste deutlich den Kopf einziehen und in die Knie gehen, um ins Innere zu treten. Da es bereits dämmerte, zog ich die Taschenlampe aus meinem Einsatzgürtel hervor und knipste sie an, um sogleich durch das Innere des Schuppens zu leuchten. Er bestand aus gerade einmal einem Raum und war mit den üblichen Verdächtigen eines Gartenhauses ausgestattet. Haken, an denen Besen und Rechen hingen, Wandregale, auf denen sich Töpfe und alte Farbeimer und Körbe mit Gartenutensilien stapelten. Mehrere Säcke mit Blumenerde, eine große Gießkanne und eine Schubkarre säumten das Innere.

»Warst du hier drinnen und hast irgendetwas verändert oder angefasst, seit du deinen Fund gemacht hast?«, fragte ich über meine Schulter hinweg die toughe Direktorin.

Es dauerte einen Moment, bis sie antwortete. So lange, dass ich mich zu ihr umdrehte und meine Frage gerade wiederholen wollte, als sie schließlich zu sprechen begann. »Nein. Ich habe alles so gelassen und war nicht mehr hier.« Täuschte ich mich oder huschte ein Schatten über ihr Gesicht? Mit aller Macht hielt ich mich zurück, um nicht näherzutreten und sie in meine Arme zu ziehen.

Machte dieser sonst so unbezwingbaren Frau die Situation zu schaffen?

Natürlich. Herauszufinden, dass jemand auf dem eigenen Grundstück war und sich Zutritt verschafft hatte, auch wenn es nur das Gartenhaus war, ließ niemanden kalt.

Aber ich war hier, um meine Arbeit zu erledigen, und nicht um mit Nadine anzubändeln und ihr Trost zu spenden. Dafür lag der Ball in ihrem Feld. Ich hatte mehr als ausreichend Initiative gezeigt und mitgeteilt, wo ich stand. Mehr würde von mir zu diesem Thema nicht mehr kommen, solange es unerwidert blieb.

Ich mochte manchmal ein Volltrottel sein, aber so dumm dann auch wieder nicht, dass ich ewig einer Frau nachstellte, die für meine Avancen so offensichtlich unempfänglich war.

Meine Augen folgten dem Lichtstrahl der Taschenlampe, während ich alles sorgsam ableuchtete. Außer der Tür gab es nur ein kleines Fenster. Soweit ich das von meinem Punkt aus beurteilen konnte, ließ sich dieses nur einen Spalt weit aufklappen. Außerdem war es zu schmal, als dass eine Person dort hindurchklettern konnte.

Unter dem Fenster lagen zwei Gartenauflagen, die eindeutig als Lager für eine Person dienen konnten. Langsam trat ich näher und entdeckte bei genauerem Hinsehen Krümel und Schokoladenflecken auf den Auflagen sowie auf dem Boden darum verteilt. Mit einer Schuhspitze hob ich die vordere Auflage etwas an und entdeckte die Verpackung eines Schokoriegels. Ich ließ die Taschenlampe erneut über die Kissen wandern und wurde fündig. Etwas, das sich bei näherer Betrachtung als Haargummi entpuppte, lag dort.

Wer auch immer hier gewesen war, schien sich keine Gedanken darüber gemacht zu haben, Spuren zu hinterlassen.

Als ich nichts weiter entdecken konnte, was für ein Gartenhaus fehl am Platze wirkte, drehte ich mich erneut zu Nadine um. Sie stand noch immer mit verschränkten Armen vor der Tür und hatte diesen Ausdruck im Gesicht, der mir zeigte, dass sie sich sichtlich unwohl fühlte. Dieses Mal überkam mich der Instinkt, sie an beiden Armen zu packen und kräftig durchzuschütteln. Diese störrische Frau! Wie kam sie nur auf die Idee, den Einbruch in ihre Privatsphäre einfach unter den Teppich kehren zu wollen? Aber auch diesen Impuls unterdrückte ich. Stattdessen hielt ich ihr das Zopfgummi entgegen.

»Hast du eine Idee, wer das gewesen sein könnte?«

Nadine zuckte mit den Schultern, kurz darauf schüttelte sie den Kopf. Dem Ausdruck in ihren Augen allerdings nach zu urteilen, arbeitete es auf Hochtouren hinter ihrer Stirn.

»Könnte es eine Schülerin von dir gewesen sein?«

Überrascht blickte sie von dem Zopfgummi, welches ich noch immer in meiner Hand hielt, zu mir auf.

»Wer sonst würde hier einbrechen und so offensichtlich Spuren hinterlassen?«, sprach ich weiter. »Vielleicht hatte jemand Stress mit den Eltern und ist von zu Hause ausgerissen, bevor sie festgestellt hat, dass es bei Mommy und Daddy doch am besten ist.«

»Ich wüsste nicht, wer …« Schlagartig hörte Nadine auf zu sprechen. Aufmerksam sah ich zu ihr.

»Du weißt, wer infrage kommt?«

»Es könnte sein«, erwiderte sie zögerlich.

»Wer, Nadine?«, fragte ich sie eindringlich.

Ein Ruck schien durch sie zu gehen. Aus stahlblauen Augen sah sie mich fest an. »Ich kümmere mich darum, Tyler.«

»Nadine …«, setzte ich an.

»Nein«, unterbrach sie mich. »Wenn es sich hierbei wirklich um eine meiner Schülerinnen handelt, dann ist es Sache der Schule und ich kümmere mich darum.«

»Das gefällt mir nicht.«

In einem Anflug von Trotz kreuzte sie die Arme vor der Brust. »Das ist mir egal, Chief. Ich kläre das. Sind wir dann hier fertig?«

Ihr Ton deckte sich mit ihrer Körperhaltung.

Fürs Erste gab ich mich geschlagen und nickte. Während ich die Taschenlampe zurück in meinen Gürtel verschwinden ließ, trat ich aus dem Gartenhaus hinaus an die frische Luft, den muffigen Geruch nach Erde und Staub hinter mir lassend. Nachdem ich abgeschlossen hatte, zog ich den Schlüssel aus dem Schloss und überreichte ihn Nadine.

»Ich lasse eine Streife vorbeifahren, die nach dem Rechten sieht. Wenn dir irgendetwas auffällt, melde dich. Sofort«, ergänzte ich nachdrücklich.

Mein Tonfall war Polizist durch und durch und duldete keinen Widerspruch. Das musste auch die sture Direktorin erkennen, denn sie nickte ergeben. Damit gab ich mich zufrieden.

Ich verabschiedete mich und ging den Weg um Nadines Haus herum zurück zu meinem Dienstwagen. Und bemerkte erst, als ich mich hinter das Steuer gesetzt hatte, dass ich meine Hände zu Fäusten geballt hatte und die Fingernägel Abdrücke auf den Handflächen hinterlassen hatten.

Diese Frau …

Ihretwegen würde ich bald die ersten grauen Haare bekommen.

Dabei war ich noch zwei Jahre von der großen Vier entfernt.

KAPITEL 7

NADINE

Rebecca würde etwas von mir zu hören bekommen! Das schwor ich mir, als ich nach einer weiteren unruhigen Nacht am Morgen nach Tylers Besuch bei mir zu Hause zur Arbeit fuhr. Ich hatte ihr im Vertrauen von dem Einbruch erzählt. Aber ich hätte mir denken können, dass sie damit sofort zu ihrem Partner lief, der leider einer von Tylers besten Freunden war.

Diese verdammte Kleinstadt, in der ständig irgendwelche Leute ihre Nasen in die Angelegenheiten von anderen steckten! Es war Fluch und Segen zugleich.

Im Fall des Chiefs allerdings eindeutig Ersteres. Wenn ich daran dachte, wie er am gestrigen Abend wie ein aufgeblasener Gockel vor mir herumstolziert war und seine Predigt gehalten hatte, stellten sich erneut meine Nackenhaare auf. Ich war eine erwachsene Frau, verdammt noch mal. Noch dazu fest etabliert in Oaks Harbor. Ich war mit nicht einmal Mitte dreißig Direktorin geworden. Das musste mir erst einmal jemand nachmachen. Und er behandelte mich wie ein kleines, unfähiges Kind, das beim Fahrradfahren ohne Schutzblech erwischt worden war. Und dann tat er so, als wäre jemand in meinem Garten ermordet worden. Jemand war in mein Gartenhaus eingebrochen. So what? Es war absolut nichts passiert, nichts und niemand war zu Schaden gekommen, und alles war noch vorhanden. Nicht, dass ich in meinem Gartenhaus irgendetwas Wertvolles lagern würde. Dass ich diesem Kerl einmal nachgegeben hatte, verfolgte mich bis heute. Aber dieser Charme, den er regelmäßig vor den Touristinnen sprühen ließ, hatte auch mich in einem Moment der geistigen Umnachtung erfolgreich schwach gemacht. Heute hätte ich mich dafür schütteln können, dass ich ihm nicht länger hatte widerstehen können. *Dann hättest du aber auch die beste Nacht deines Lebens verpasst,* flüsterte die kleine Stimme in mir drin.

Und sie hatte recht. Ich vermutete, das war das Problem an der Sache, warum ich noch heute, ein halbes Jahr später, so sauer auf Tyler war. Der Sex mit ihm war unglaublich gewesen. So phänomenal, dass ich es kaum in Worte fassen konnte. Aber es war einmalig gewesen und würde sich nie wiederholen. Egal, wie gut es gewesen war.

Als ich an der Schule aus meinem Wagen stieg, stellte ich fest, dass Rebecca zur selben Zeit angekommen war. Mit ausgestrecktem Zeigefinger ging ich auf sie zu.

»Du …«

Ruckartig blickte sie von ihrer Tasche, in der sie gerade ihren Autoschlüssel verstaute, zu mir auf. »Ich?«, fragte sie und riss die Augen auf.

»Ja, du. Deinetwegen hatte ich gestern Abend Besuch von Tyler.«

Sofort glättete sich das Gesicht der Frau, die die längste Zeit meine Freundin gewesen war. »Gut«, fing sie an, doch ich unterbrach sie sofort.

»Gar nichts ist gut. Dass er vorbeikommt und den *Tatort* aufnimmt«, sagte ich, während ich Anführungszeichen um das Wort Tatort in der Luft machte, »war absolut nicht notwendig. Ich hatte alles unter Kontrolle.«

Warum nur brach meine Stimme bei dem letzten Satz?

»Und deshalb warst du die letzten Tage auch so ausgeschlafen und bei der Sache?«, fragte Rebecca mit einem Hauch Ironie in der Stimme, während sie die Hände in die Hüften stützte.

»Das tut hier überhaupt nichts zur Sache«, erwiderte ich stur.

»Nadine«, setzte meine Kollegin in ihrer sanftesten Stimme an und mir schwante Schlimmes. »Ich habe mir Sorgen gemacht. Du kannst mir nicht übelnehmen, dass ich nicht möchte, dass dir etwas passiert.«

»Mir ist nichts passiert! Es war mein Gartenhaus, in das eingebrochen wurde, verdammt nochmal.«

Rebecca seufzte und trat einen Schritt näher. »Ja, dieses Mal war es dein Gartenhaus. Und beim nächsten Mal ist es vielleicht dein Wohnhaus, während du nichts ahnend in deinem Bett liegst und schläfst. Das wollte ich um jeden Preis vermeiden.«

Ich verstand, warum Rebecca diesen Gedanken hatte. Gleichzeitig wusste ich aber auch, dass ihre Sorge unbegründet war. Das hatte mir das Zopfgummi, welches Tyler während seines gestrigen Besuches am Boden gefunden hatte, gezeigt.

»Soweit wäre es nicht gekommen.« Ich versuchte, meine Aussage mit ausreichend Überzeugung in der Stimme hervorzubringen. Ohne Erfolg.

»Das weißt du nicht.«

Ich wusste nicht, warum ich ihr nichts von meinem Verdacht erzählte. Aus irgendwelchen Gründen wollte ich zunächst noch für mich behalten, dass ich eine Ahnung hatte, wer in meinem Gartenhaus Unterschlupf gesucht hatte. Wenn ich ein paar Nachforschungen angestellt hatte, konnte ich meiner Freundin immer noch davon berichten.

Bis dahin würde ich aber die Zeit nutzen und heute Abend etwas zu essen und zu trinken in meinem Gartenhaus bereitstellen. *Und ein paar warme Decken*, setzte ich gedanklich noch hinzu. Wenn mein Instinkt mich nicht trog, würde sich mein Übernachtungsgast darauf stürzen und meine These untermauern. Zumindest zählte ich darauf, dass ihre hoffnungslose Lage sie nicht dazu trieb, sofort wieder Reißaus zu nehmen, wenn sie richtig schlussfolgerte, dass ihre vorübergehende Herberge entdeckt worden war.

Die Hände zu Fäusten geballt, sodass sich meine Fingernägel in die Handflächen bohrten, dass es beinahe schmerzhaft war, betete ich, dass ich nicht falsch lag.

Nach einer weiteren unruhigen und viel zu kurzen Nacht stand ich am nächsten Morgen an der Spüle in meiner Küche und füllte die Kaffeemaschine mit Wasser. Dabei ließ ich die Ecke meines Vorgartens, von der aus der Weg um mein Haus in den Garten führte, nicht aus den Augen.

Da ich in den letzten Tagen nichts bemerkt hatte, wenn ich morgens meinen Tag in der Küche startete, war ich heute eine halbe Stunde früher als sonst aufgestanden. Und ich wurde in diesem Moment für mein frühes Aufstehen belohnt, auch wenn ich den extra Schlaf eindeutig hätte gebrauchen können.

Ein Schatten machte sich bemerkbar, und ich überließ schnell die Kaffeemaschine ihrem eigenen Schicksal, während ich zur Haustür eilte. Im Gehen griff ich nach einer Jacke und dem Haustürschlüssel und schlüpfte direkt hinein, während ich das Haus verließ. Fast hätte ich meine Chance verpasst.

»Hailey!«, rief ich, gerade laut genug, um die Nachbarn trotz der frühen Stunde nicht auf den Plan zu rufen, aber so laut, dass mein Übernachtungsgast mich hören musste.

Ein kurzes Zögern in ihrem Schritt zeigte mir, dass ich Erfolg hatte. Sie machte jedoch keine Anstalten, stehenzubleiben. Stattdessen beschleunigte sie ihr Tempo in Richtung Auffahrt, sodass mir nichts anderes übrigblieb, als ihr fluchend zu folgen.

Der Rasen war von Tau bedeckt und kühle Nässe fraß sich durch meine Socken, da ich in der Eile vergessen hatte, mir Schuhe anzuziehen.

Zielstrebig biss ich die Zähne zusammen. Egal, jetzt gab es Wichtigeres.

»Hailey, warte!«, sprach ich erneut. Dieses Mal klang es leicht abgehakt, als ich einen Zahn zulegte, um den Teenager nicht entwischen zu lassen.

Auf dem Bürgersteig vor meinem Grundstück hatte ich Glück und bekam sie zu fassen. Nicht zu fest, um ihr keinen Schrecken einzujagen, legte ich meine Hand auf ihren Ellenbogen, um sie am Weiterlaufen zu hindern. Ich wusste, dass das hier meine einzige Chance war, um mit ihr zu reden. Jetzt, wo sie wusste, dass ich über ihren nächtlichen Aufenthaltsort Bescheid wusste, würde sie mit Sicherheit in der kommenden Nacht nicht wieder mein Gartenhaus aufsuchen.

Nur zögerlich drehte sie sich zu mir um. In ihren Augen standen so viele Emotionen, die keine Fünfzehnjährige fühlen sollte. Schmerzhaft zog sich mein Herz bei dem Gedanken zusammen.

»Möchtest du reinkommen?«, fragte ich sie mit so sanfter Stimme, wie mir nach der kleinen Sprinteinlage möglich war, um sie nicht weiter zu verschrecken. »Ich habe mir gerade Frühstück gemacht. Leider ist es wie immer viel zu viel geworden und es wäre schade darum, es wegschmeißen zu müssen.«

Hör auf zu reden, Nadine, sprach ich mir innerlich zu, als ich mich dabei ertappte, wie ich fieberhaft nach etwas suchte, was ich noch sagen könnte, um sie am Weglaufen zu hindern.

»Habe ich denn eine Wahl?«, erklang es trotzig.

Ich schluckte. »Du hast immer eine Wahl, Hailey«, bemühte ich mich um Fassung.

Was hatte dieses Mädchen bereits alles in ihrem Leben durchmachen müssen?, fragte ich mich nicht zum ersten Mal.

Meine Aussage wurde mit einem ungläubigen Schnauben bedacht und es rumorte unheilvoll in meinem Bauch.

»Komm«, forderte ich sie sanft, aber bestimmt auf. »Es gibt Rührei und Speck.«

Wie aufs Stichwort meldete sich Haileys Magen und ich fühlte einen kleinen Triumph darüber, als sie sich mir anschloss und neben mir in Richtung Haus ging.

»Möchtest du erst essen«, wagte ich mich weiter vor, »oder lieber duschen?«

Das Misstrauen in ihren Augen wuchs bei meiner Frage. Ich ließ mich davon nicht aus der Fassung bringen.

»Weißt du was?«, plauderte ich betont fröhlich weiter, so als ob diese Situation alltäglich wäre und ich als Direktorin der Oaks Harbor High ständig irgendwelche gestrandeten Schüler in meinem Gartenhaus nächtigen ließ. »Ich zeige dir einfach, wo das Bad ist. Dann kannst du dich ein wenig frisch machen, während ich den Tisch decke.«

Damit führte ich sie den Flur in meinem Cottage entlang bis zum Gästebad.

Das Haus war so klein, dass sich im Obergeschoss nur mein Schlafzimmer mit einem dazugehörigen Bad befand. Deshalb gab es hier im Erdgeschoss auch ein Duschbad, damit sich Gäste – so selten ich auch welche hatte – nicht in meinem Reich zurechtmachen mussten.

Ich zeigte Hailey, wo alles war, und holte noch ein frisches Duschtuch aus dem Schrank im Flur, welches ich ihr auf den Waschtisch legte.

»Ich bin in der Küche, falls du mich brauchst.«

Damit ließ ich sie allein.

Es dauerte nicht lange, bis ich das Rauschen der Dusche hörte, und ich konnte mir ein kleines Siegerlächeln nicht verkneifen. Auch wenn es noch einiges an Überzeugungskraft kosten würde, aus dem Mädchen herauszubekommen, was in ihrem Leben gerade los war.

Zehn Minuten später betrat sie mit noch nassen Haaren die Küche.

»Ich wusste nicht, was du trinken möchtest.«

Damit deutete ich auf die Auswahl bestehend aus Orangensaft, Wasser, Milch und Tee vor mir auf dem Tisch. Fast wäre mir der neidische Blick auf meinen eigenen Kaffeebecher entgangen. Obwohl ich kein Freund von Koffein in dem Alter war, riss ich mich zusammen. Schließlich ging es hier um das große Ganze und nicht meine Prinzipien.

»Oder vielleicht einen Kaffee?«

Bestätigend nickte der Teenager und ich goss ihr einen Becher voll aus der Kanne ein, bevor ich diese zurück in die Kaffeemaschine schob. Nachdem ich Hailey die Tasse hingestellt hatte, setzte ich mich ihr gegenüber an den kleinen Küchentisch und griff nach meinem Besteck. Während ich Rührei und Bacon auf der Gabel stapelte, wagte ich einen weiteren Vorstoß.

»Sollen wir über den Elefanten im Raum sprechen?«

Ich vernahm ein minimales Schulterzucken bei meinem Frühstücksgast und unterdrückte ein Seufzen.

»Okay, dann machen wir es so: Wir essen jetzt in Ruhe dieses Frühstück und reden nicht über die Tatsache, warum du die letzten Nächte in meinem Gartenhaus geschlafen hast. Dafür möchte ich, dass du nach der Schule hierherkommst und wir gemeinsam eine Lösung für deine aktuelle Situation finden.«

Verdrießlich sah Hailey mich an. Zeit für den Joker.

»Dafür verständige ich vorerst«, das Wort betonte ich, um den Ernst der Lage zu verdeutlichen, »noch nicht das Jugendamt. Abgemacht?«

Ich konnte förmlich dabei zusehen, wie die Luft aus Hailey entwich. Wenn das herauskam, würde ich in Teufels Küche kommen. In diesem Moment fiel mir allerdings keine Alternative ein, um dem Mädchen zu helfen. *Und es wäre auch nur für einen Tag*, redete ich mir ein.

»Abgemacht, Hailey?«, fragte ich noch einmal ausdrücklicher nach.

»Von mir aus«, kam es grummelnd von dem gesprächigen Teenager mir gegenüber.

Damit begnügte ich mich fürs Erste und ließ sie das restliche Frühstück in Ruhe zu sich nehmen. Bei dem Tempo, mit dem sie aß, wurde mir erneut ganz anders und ich musste mich zusammenreißen, mein eigenes Frühstück weiterzuessen. *Wie lange mochte das mit ihr schon so gehen?*, fragte ich mich still.

Ich würde hoffentlich heute Abend eine Antwort auf diese Frage erhalten.

KAPITEL 8

NADINE

Sie war nicht erschienen.

Frustriert stieß ich den Atem aus und strich mir über die Haare, die wie an jedem Arbeitstag in einem hohen Dutt steckten. Nach unserem gemeinsamen Frühstück hatte ich Hailey im Auto mit zur Schule genommen, sie auf ihre Bitte hin allerdings zwei Straßen vorher aussteigen lassen, damit wir nicht zusammen gesehen wurden. Den restlichen Schultag über hatten wir uns nicht mehr getroffen, da wir keinen gemeinsamen Unterricht hatten und ich auch keine Pausenaufsicht.

Diese Tatsache biss mir nun in den Hintern, denn dann hätte ich die Gelegenheit genutzt und sie noch einmal darauf hingewiesen, dass sie heute zum Reden zu mir kommen sollte. Da es mittlerweile dunkel wurde und nach dem sonnigen Tag, den wir heute hatten, merklich abkühlte, begann ich mir unweigerlich Sorgen zu machen.

Zum wiederholten Male an diesem Abend kontrollierte ich, ob sie sich nicht doch unbemerkt von mir am Haus vorbei in den Schuppen geschlichen hatte. Den Schlüssel dafür hatte ich extra wieder unter der Froschfigur versteckt. Doch auch dieses Mal fand ich ihn leer vor.

Es nützte nichts.

Mit einem resignierten Seufzen stieß ich den Atem aus. Zurück im Haus schnappte ich mir Autoschlüssel, Handtasche und schlüpfte in Schuhe und Mantel, bevor ich aus dem Haus trat und die Tür hinter mir abschloss. In meinem Wagen tippte ich die Adresse für den Trailerpark in Ashton ins Navi und folgte der Stimme, die mich aus meiner Straße Richtung Ortsende von Oaks Harbor lotste.

Ein beklemmendes Gefühl breitete sich in mir aus, je näher ich dem Trailerpark kam. Aber eine andere Lösung wollte mir partout nicht einfallen.

Zumindest würde ich so zwei Fliegen mit einer Klappe schlagen. Sicherstellen, dass Hailey wohlbehütet zu Hause war, und herausfinden, was die aktuelle Situation in besagtem Zuhause war.

Am Rande des Trailerparks begegnete mir eine ältere Frau, die mit ihrem Hund gerade eine Abendrunde drehte. Langsam fuhr ich auf sie zu und ließ dabei das Fenster auf der Fahrerseite herunter.

»Guten Abend«, sprach ich sie höflich an.

Misstrauisch blickte die Frau, die bei näherem Blick deutlich älter, als zunächst vermuten ließ, aussah, zu mir. Beides passierte in einem Trailerpark wie dem in Ashton zwangsläufig – die misstrauischen Blicke und das schnelle Altern.

Schnell schüttelte ich die Beklemmung ab und konzentrierte mich auf die Frau neben meinem Auto. »Ich hoffe, Sie können mir weiterhelfen.«

»Was wollen Sie denn wissen?«, ertönte die misstrauisch klingende Gegenfrage.

Ich konnte es ihr nicht verübeln. »Ich suche das Haus von den Brooks.«

Hätte ich sie nicht so genau betrachtet, während ich auf ihre Antwort wartete, wäre mir die Augenbraue, die bei dem Namen in die Höhe gewandert war, nicht aufgefallen.

»Ich weiß zwar nicht, was Sie bei denen wollen, aber das ist das letzte Haus in der Straße. Können Sie gar nicht verfehlen bei dem ganzen Unrat, der drumherum verteilt ist.«

Ihre Worte waren so stark genuschelt, dass ich Mühe hatte, sie zu verstehen. Dennoch bedankte ich mich höflich und fuhr langsam weiter, nachdem ich ihr noch einen schönen Abend gewünscht hatte.

Die Frau sollte Recht behalten. Was sich mir im Scheinwerferlicht zeigte, ließ sich nur als Unrat beschreiben. Unkraut schoss aus jeder Furche, Bierdosen lagen überall verteilt herum. Dazu gesellte sich ein alter Sessel plus eine Couch, ein Grill und diverse nicht zueinander passende Campingstühle.

Nicht gerade ein heimisches Umfeld, wie ich es mir für eine meiner Schülerinnen vorstellte.

Natürlich wusste ich, dass nicht alle Menschen gleich gut gestellt waren und viele von ihnen mit Lebensumständen zu kämpfen hatten, für die sie nur selten etwas konnten. Aber es mit eigenen Augen zu sehen, wenn ich selbst in einem gemütlichen Cottage im beschaulichen und friedlichen Oaks Harbor mein Leben lebte, drückte schmerzhaft auf meine Brust. Es katapultierte mich in eine Zeit, die ich schon lange aus meinem Gedächtnis verbannt hatte.

Mit einem Gefühl, als ob ein Zentner Steine in meinem Bauch liegen würden, parkte ich vor etwas, was man wohl als Auffahrt bezeichnen würde, wenn es nicht von Unkraut überwuchert gewesen wäre, und stieg aus dem Wagen. Vorsichtig bahnte ich mir im Schein der flackernden Straßenlaterne einen Weg bis zur Haustür. Mein Herz drohte aus der Brust zu springen, als ich in Mangel einer Klingel an die Tür klopfte.

Obwohl ich nur wenig Kraft aufwand, hatte ich das Gefühl, dass meine Knöchel eine Delle im Material hinterlassen würden, so dünn fühlte sie sich unter meiner Berührung an.

Definitiv kein sicheres Heim für ein Kind, auch wenn es sich bereits um einen Teenager handelte.

Da auf mein erstes Klopfen nichts geschah, versuchte ich es erneut und wurde mit schlurfenden Schritten auf der anderen Seite der Tür belohnt. Wenig später öffnete sie sich auch schon und ich blickte in das Gesicht von einem Mann, der eindeutig älter aussah, als es der Vater eines Teenagers normalerweise tat. Spuren von jahrelanger harter Arbeit, Alkohol und Nikotin zeichneten sein Gesicht. Ein abfälliger und deutlich misstrauischer Blick wanderte einmal zur Gänze über meinen Körper, und mich überkam das dringende Bedürfnis, eine Dusche zu nehmen.

Schnell schüttelte ich das Gefühl ab und rief mein höflichstes Direktorinnen-Lächeln ab.

Auch wenn es mir deutlich schwerfiel.

»Ich kaufe nichts«, erklang seine nuschelnde Stimme, die von einem eindeutigen Krächzen untermalt war. Und dann schickte sich Haileys Vater auch schon an, die Tür wieder zu schließen.

Mit einem mutigen Griff dagegen hielt ich ihn auf.

»Mr Brooks, ich bin nicht hier, um Ihnen etwas zu verkaufen. Mein Name ist Nadine Friedman, ich bin die Direktorin der Oaks Harbor High«, sprach ich schnell, bevor er sich gegen meine Kraft auflehnen und die Tür gegen mein Gesicht knallen konnte.

Als Antwort vernahm ich ein Seufzen.

»Was hat das Gör jetzt schon wieder angestellt?«, grummelte er zur Antwort.

Das klang ja verheißungsvoll. Ich straffte die Schultern, um mir nicht anmerken zu lassen, dass ich genauso wenig hier sein, wie Haileys Vater mich auf seiner Türschwelle stehen haben wollte. Schnell dachte ich nach.

Ich hätte mir meine Taktik wirklich vorher überlegen sollen, bevor ich Hals über Kopf in den Trailerpark gefahren bin.

Egal, jetzt war ich hier und würde herausfinden, wo Hailey sich herumtrieb.

»Ich würde gerne mit Hailey sprechen. Es geht um ein Projekt an der Schule, bei dem ich ihre Hilfe brauche.«

»Die ist nicht da.«

Offensichtlich schien das Gespräch für ihn damit beendet zu sein, denn erneut schickte sich Mr Brooks an, mir die Tür vor der Nase zuzuschlagen.

»Wann kommt sie denn nach Hause?«, wagte ich einen letzten Vorstoß.

»Woher soll ich denn das wissen?«

Unter größter Anstrengung gelang es mir, keine meiner Augenbrauen voller Unglauben in die Höhe zu ziehen.

Sollte er das als ihr Vater nicht wissen? Das Mädchen war fünfzehn. In dem Alter gab es klare Regeln und sich zu später Abendstunde ohne das Wissen der Eltern irgendwo herumzutreiben, gehörte auf jeden Fall nicht dazu.

Da mich seine Aussage auf kaltem Fuß erwischt hatte, blieb ich für einen Moment stumm. Haileys Vater schien das für sich zu nutzen.

»Wenn das alles war, Frau Direktorin, würde ich mich jetzt gerne wieder meinem Abendprogramm widmen.«

Ich hörte den eindeutig ironischen Unterton heraus, mit dem er »Frau Direktorin« gesagt hatte. Meine Gedanken waren wie leergefegt und ich trat entmutigt einen Schritt zurück. Bevor ich mich von ihm verabschieden konnte, war die Tür schon mit einem Krachen ins Schloss gefallen.

Verdammt, das war alles andere als erfolgreich verlaufen.

Wo steckst du, Hailey?

Schleppenden Schrittes ging ich zu meinem Wagen. Wie aus dem Nichts suchten mich der Schlafmangel der letzten Zeit und die Ausweglosigkeit der Situation gepaart mit der Sorge um das Mädchen heim. Mit einem an Verzweiflung grenzenden Seufzen ließ ich mich auf dem Fahrersitz nieder und musste alles an Kraft aufwenden, was ich in diesem Moment besaß, um den Schlüssel ins Schloss zu stecken und die Zündung zu betätigen.

Mit kreisenden Gedanken um Hailey, die mich beinahe in den Wahnsinn trieben, machte ich mich entmutigt zurück auf den Heimweg.

KAPITEL 9

TYLER

Nach einem langen Tag, gefüllt mit Verkehrskontrollen auf dem Highway, um die auch ein Chief dank unseres Kleinstadtstatus nicht herumkam, machte ich mich nach einer gefühlten Ewigkeit endlich auf den Heimweg. Im Kühlschrank zu Hause wartete ein Bier mit meinem Namen darauf und ich konnte nicht schnell genug aus meiner Uniform steigen und endlich den Staub des Highways mit einer heißen Dusche von meinem Körper spülen.

Gerade werkelte ich am Radio herum, da mir der gefühlsduselige Countrysong, der in diesem Moment erklang, auf die Nerven ging, als ich plötzlich auf die Bremse treten musste. Ich hatte eindeutig Vorfahrt. Das schien den Fahrer des Wagens, der gerade aus dem Trailerpark in Ashton auf die Straße vor mir abwog, allerdings nicht zu interessieren.

Ich wollte gerade die Sirene samt grell aufleuchtenden »Halt, Polizei!« einschalten, als ich innehielt. Das Modell, das sich in meinem Scheinwerferlicht zeigte, kannte ich doch.

Ein ungutes Gefühl breitete sich in mir aus und ich stieß einen Fluch aus. Das konnte nicht ihr Ernst sein!

Leider bewahrheitete sich meine Befürchtung, als wir uns der Stadtgrenze von Oaks Harbor nährten und der Wagen vor mir in Richtung des Zuhauses einer gewissen Highschool-Direktorin fuhr.

Na warte, die würde was von mir zu hören kriegen.

Hatte sie etwa zu wenig Aufregung in ihrem Leben und das, obwohl vor Kurzem in ihr Gartenhaus eingebrochen wurde, dass sie sich jetzt auch noch im Trailerpark herumtreiben musste?

Wir waren kein Paar und außer, dass wir gemeinsame Freunde hatten, verband uns nichts.

Außer einer gemeinsamen, verdammt heißen Nacht, die mich vollkommen erschüttert zurückgelassen hat und die sie erfolgreich ignoriert, so als ob sie sich niemals zugetragen hätte.

Trotzdem weckte diese Frau in mir einen Beschützerinstinkt, wie ich ihn noch nie zuvor in meinem Leben verspürt hatte. Was bei näherer Betrachtung einiges über meine letzte Beziehung in Chicago aussagen sollte, ich aber so schnell, wie der Gedanke gekommen war, wieder zurück in die hinterste Schublade meines Bewusstseins drängte.

Ich parkte meinen Cruiser quer in Nadines Auffahrt und stieg schwungvoll aus. Kurz keimte ein schlechtes Gewissen auf, als ich im Lichtschein ihrer Verandalampe beobachten konnte, wie Nadine beim Zuschlagen meiner Tür zusammenzuckte, jedoch unterdrückte ich es sofort wieder. Um auf ihre Befindlichkeiten Rücksicht zu nehmen, war jetzt keine Zeit. Mit schnellen Schritten schloss ich zu ihr auf.

»Kannst du mir vielleicht mal erklären, was du um diese Tageszeit im Trailerpark zu suchen hast?! Ist dir eigentlich bewusst, was für Gestalten sich dort herumtreiben und was dir alles hätte passieren können? Was wolltest du dort?«

Erst als ich mit meiner Tirade aufhörte, bemerkte ich, dass ich sie an ihren Schultern gepackt und bei meinen Worten durchgeschüttelt hatte. Das Resultat war, dass sie mir mit weit aufgerissenen Augen wie ein aufgescheuchtes Reh ins Gesicht starrte.

Fuck!

Das war nicht meine Absicht gewesen.

Bewusst langsam lockerte ich den Griff und trat einen Schritt von ihr zurück. Ob beabsichtigt oder nicht, streiften dabei meine Finger über ihre Arme. Die Berührung half nicht, um meinen Herzschlag zu beruhigen.

Kaum hatte ich Nadine losgelassen und ihr etwas Raum gegeben, legte sie die Arme um sich. Die Geste hatte so etwas Verletzliches an sich, dass ich sie kaum mit der toughen – und sturen! – Direktorin in Einklang bringen konnte. Nur diese Frau schaffte es, dass ich sie in einem Moment voller Wut durchschüttelte und sie im nächsten in meine Arme ziehen wollte, um sie vor den Gefahren der Welt zu beschützen. Anstatt mir zu antworten, senkte Nadine den Blick zu Boden. Jedoch nicht, bevor ich nicht den hilflosen und glasigen Ausdruck in ihren Augen bemerkt hatte.

»Trouble?« Vorsichtig trat ich wieder auf sie zu und legte behutsam einen Finger unter ihr Kinn, damit sie mich ansah. »Was ist los?«

Herr im Himmel. Der Anblick, als sich eine Träne aus ihrem Augenwinkel löste, zwang mich beinahe in die Knie. Ich beobachtete Nadine dabei, wie ihre Zunge hervorschnellte und über ihre Lippen fuhr. Dieser normalerweise sinnliche Anblick tat in diesem Augenblick nichts für mich, außer, dass er meine Besorgnis nur noch weiter steigerte.

»Hailey«, erklang es krächzend.

Der Name sagte mir nichts, darum fragte ich nach.

»Eine Schülerin von dir?« Nadine nickte. »Was ist mit ihr?«

Sie blickte sich um und schien in diesem Moment erst wahrzunehmen, dass wir mitten in ihrer Auffahrt standen. Ihre Schultern schoben sich nach oben, wie um die Kälte des Abends davon abzuhalten, von ihr Besitz zu ergreifen.

»Komm, lass uns reingehen. Dann kannst du mir alles in Ruhe erzählen.«

Meine Wut war verraucht, an ihrer Stelle stand nur noch Sorge um Nadine und diese Hailey. Eine Vorahnung durchfuhr mich, dass alles, was Nadine mir gleich erzählen würde, mir nicht gefallen würde.

Im Eingangsbereich entledigen wir uns unserer Jacken und Schuhe und ich führte Nadine in die Küche; mir durchaus der Ironie bewusst, dass es sich hier um ihr Haus handelte. Nachdem ich sie auf einen Stuhl dirigiert hatte, füllte ich den Wasserkocher und stellte ihn an. Zum Glück bewahrte Nadine ihre Teebeutel sichtbar auf der Arbeitsfläche in einem dieser Kästchen, auf die Frauen zu stehen schienen, auf, sodass ich nicht ihre Schränke nach ihnen durchforsten musste. Im zweiten Schrank, den ich öffnete, fand ich Becher und nahm zwei heraus. Sekunden später hingen zwei Teebeutel in ihnen, bereit für das kochende Wasser.

Ich griff beide Tassen, stellte eine von ihnen vor Nadine und setzte mich ihr gegenüber an den kleinen Küchentisch. Sofort schlossen sich ihre Hände um den warmen Becher.

»Kannst du mir der Reihe nach erklären, was du im Trailerpark gemacht hast und was das mit dieser Hailey zu tun hat?«, setzte ich vorsichtig an, bewusst bemüht darum, meine Stimme ruhig klingen zu lassen.

Nadine räusperte sich, bevor sie zu sprechen begann.

»Hailey ist diejenige, die in meinem Gartenhaus geschlafen hat.«

Sofort stieg mein Puls in die Höhe. Nur einmal in den Kopf dieser Frau hineinsehen können! Was würde das mein Leben erleichtern.

»Und das weißt du seit wann?«

Schuldbewusst zuckte sie zusammen. Anschließend begann sie, mir die gesamte Geschichte zu erzählen. Wie sie Hailey seit Wochen beobachtete und sich Sorgen um sie machte, weil sie erfahren hatte, dass ihre Mutter verschwunden war. Dass sie eins und eins zusammengezählt hatte, als sie das Zopfgummi in meiner Hand gesehen hatte, dass ich am Boden des Gartenhauses gefunden hatte. Wie sie Hailey heute früh abgepasst hatte, als sie sich wegschleichen wollte, und sie anschließend in ihr Haus gelotst und zu einer Dusche und Frühstück überredet hatte. Wie sie ihr das Versprechen abgenommen hatte, dass Hailey nach der Schule wieder hierherkommen sollte und sie über ihre aktuelle Situation sprechen würden.

Sie stockte kurz und mir schwante Böses.

»Aber Hailey ist nicht aufgetaucht?«, stellte ich meine Vermutung auf.

Nadine nickte.

»Ich gehe davon aus, dass sie im Trailerpark wohnt?« Wieder ein Nicken. »Verdammt, Nadine! Was hast du dir nur dabei gedacht? Wieso hast du mich nicht angerufen? Ich hätte mich sofort darum gekümmert.«

»Ich wollte mich erst auf meine Art darum kümmern. Ich habe Hailey heute Morgen versprochen, vorerst niemanden zu informieren und gemeinsam mit ihr eine Lösung zu finden.«

Sofort wurde ich hellhörig.

»Eine Lösung wofür?«, fragte ich, das Grummeln in meiner Stimme deutlich hörbar.

Nadine knetete ihre Finger, die zwischen uns auf der Tischplatte lagen. So als ob sie wusste, dass das, was sie Hailey versprochen hatte, nicht funktionierte.

»Es wird gemunkelt, ihre Mutter sei von zu Hause abgehauen und habe die Familie im Stich gelassen. Hailey war in der Schule schon immer verhaltensauffällig. Sie arbeitet kaum mit, ist aufmüpfig und in den Pausen nur für sich allein.«

»Und ihre Noten?«, fragte ich nach.

»Das ist ja das Merkwürdige. Sie ist nicht dumm, was sich in ihren schriftlichen Arbeiten verdeutlicht hat. Aber seit ein paar Wochen hat auch das rapide nachgelassen.«

»Lass mich raten. Seit darüber gesprochen wird, dass ihre Mutter weg ist?«

Zur Bestätigung nickte Nadine. »Das ist zumindest meine Vermutung.«

»Aber warum fährst du dann direkt in den Trailerpark und dann noch zu so einer Uhrzeit? Ich wusste nicht, dass Hausbesuche auf dem Dienstplan einer Direktorin stehen«, konnte ich mir nicht verkneifen, hinterherzusetzen.

Nadine zuckte mit den Schultern. »Tun sie auch nicht.«

»Aber …?«, hakte ich nach.

»Ich bin davon ausgegangen, dass, wenn ich ihr einen Brief für ihren Vater mit der Bitte um ein Gespräch in der Schule mitgegeben hätte, dieser niemals bei ihm angekommen wäre.«

Zurecht, dachte ich, verkniff mir aber eine laute Bemerkung. Leider musste ich mir ebenfalls eingestehen, dass Nadine nicht falsch lag, aber auch das würde ich ihr nicht sagen. Diese Frau musste zu Verstand kommen und nicht noch für ihre wahnsinnige Aktion bestätigt werden.

In diesem Moment traf ich einen Entschluss. Auch wenn ich mir geschworen hatte, auf Abstand zu gehen, so machte mir diese Frau dieses Unterfangen schlichtweg unmöglich.

Oder du bist halt ein armseliger Trottel, der auf Abfuhren steht.

Mein Unterbewusstsein konnte seine Klappe halten.

»Wie lautet Haileys Nachname?«

»Brooks.«

»Ich werde morgen wieder rausfahren und so lange an die Tür von diesem Brooks klopfen, bis er mit mir spricht.«

»Und wenn er dir nicht aufmacht?«, fragte Nadine zu Recht. »Wenn ein Polizeiwagen in seiner Auffahrt steht, wirkt das nicht gerade vertrauenerweckend auf einen Mann wie ihn.«

»Dann höre ich mich in der Nachbarschaft um.«

Nadine stieß ein Schnauben aus. »Als ob die auskunftsfreudiger sind.«

Wo sie recht hatte …

»Nadine«, stieß ich grollend aus, während ich gleichzeitig versuchte, nicht die Fassung zu verlieren. »Ich versuche hier, eine Lösung mit dir zu finden. Oder soll ich direkt beim Jugendamt anrufen?«, fragte ich mit erhobener Augenbraue, auch wenn das ein totaler Dick Move von mir war.

Sofort hatte ich die Version von Nadine mir gegenübersitzen, die mir nur allzu bekannt war.

»Untersteh dich!«

»Was möchtest du denn tun, wenn wir über Haileys Mutter mehr in Erfahrung gebracht haben?«

Die Art und Weise, wie ihre Augen durch die schummrige Küche huschten, verhieß nichts Gutes.

»Ich weiß es nicht. Vielleicht …«, setzte sie an, schluckte, leckte sich über die Lippen. Ein tiefer Atemzug, bevor sie schließlich weitersprach. »Ich meine, vielleicht hat es einen Grund, dass sie sich ausgerechnet mein Gartenhaus ausgesucht hat, um dort zu schlafen.«

»Ja, weil es leicht zugänglich war«, stieß ich genervt hervor. Die Richtung, die das Gespräch nahm, gefiel mir überhaupt nicht.

»Aber wenn es ein Hilferuf war?«

Die Hilflosigkeit, die ich in ihren Augen entdecken konnte, riss mich beinahe entzwei. Mit aller Kraft kämpfte ich darum, die inneren Mauern nicht einstürzen zu lassen und die ganze Angelegenheit rational zu behandeln, anstatt mich von meinen Gefühlen mitreißen zu lassen.

»Was willst du machen? Willst du sie etwa bei dir aufnehmen?«, fragte ich provozierend.

Das Schulterzucken war das erste Indiz, dass ich mit meiner Frage gar nicht so falsch lag.

Und dann: »Vielleicht. Warum nicht?«

Nun lag wieder dieser kämpferische Ausdruck, der ihre Augen zum Strahlen brachte, in ihrem Blick.

»Ich bin eine angesehene Einwohnerin in Oaks Harbor, ich habe einen anständigen Beruf und ein festes Einkommen. Ich kann ihr ein stabiles Umfeld bieten, wo sie ohne Angst und Unsicherheit leben kann.«

»Für wie lange?«, fragte ich, da mir nichts anderes einfiel.

Wieder ein Schulterzucken. »So lange, wie es nötig ist.«

»Nadine ...«, setzte ich an. Nur mühsam unterdrückte ich ein Fluchen, während ich mir mit beiden Händen über das Gesicht fuhr, plötzlich erschöpft und fertig mit diesem Tag. »Du kannst nicht jedes Kind bei dir aufnehmen, das Hilfe benötigt.«

»Wer redet denn von mehreren Kindern?«, fragte sie aufgebracht.

»Jetzt ist es nur Hailey, aber was ist, wenn dir der nächste Fall bekannt wird? Du kannst sie nicht alle retten.«

Den letzten Satz sprach ich so sanft aus, wie es mir möglich war, und legte gleichzeitig eine tröstende Hand auf ihre, die noch immer zwischen uns auf dem Tisch lag.

»Wer sagt, dass ich das vorhabe?«

Anstatt zu antworten, sah ich sie nur eindringlich an.

»Ja, okay. Ich verstehe, wie man zu dem Schluss kommen könnte. Ich habe nun einmal etwas gegen Ungerechtigkeiten, vor allem wenn es Kinder und Jugendliche betrifft. Aber Hailey ...«

»Was ist mit Hailey?«, fragte ich nach, als sie ins Stocken kam.

»Ich weiß auch nicht.« Beinahe hilflos zuckte sie mit den Schultern. »Seit sie an die Schule gekommen ist, habe ich sie im Blick. Irgendetwas hat dieses Mädchen an sich. Immer wenn ich sie sehe, möchte ich sie

einfach nur an mich ziehen und vor allem Unheil dieser Welt beschützen.«

*Jetzt weißt du mal, wie es mir immer geht, wenn ich einen Blick auf dich
werfe.*

Nur half uns das in diesem Moment nicht weiter.

KAPITEL 10

NADINE

Zum wiederholten Male an diesem Vormittag sah ich auf mein Handy, das vor mir auf dem Schreibtisch lag. Es war bestimmt das fünfzigste Mal, dass ich den Bildschirm an diesem Tag aktivierte. Wie die neunundvierzig Male davor erschien nur gähnende Leere auf dem Homescreen.

Kein Wunder, es war schließlich gerade mal halb zehn.

Tyler hatte mir am vergangenen Abend keine genaue Uhrzeit genannt, wann er heute nach Ashton hinausfahren würde. Und ich war zu abgelenkt von meinen Sorgen um Hailey gewesen, um nachzufragen.

Und nur weil das Mädchen mir besonders am Herzen lag, musste das nicht heißen, dass es jedem so ging. Tyler als Chief hatte gewiss wichtigere Dinge zu tun, als in den heruntergekommenen Trailerpark zu fahren, um mir einen Gefallen zu tun.

Sicher? Es geht hier schließlich um ein vermisstes Mädchen.

Auch wenn es eine Jugendliche war, so war sie für einige Jahre noch nicht volljährig und somit war ihr Verschwinden durchaus im Interesse der Polizei.

Bislang konnte man wohl aber noch nicht von einem echten Verschwinden sprechen. Schließlich war sie gestern noch in der Schule

70

gewesen. Heute jedoch hatte ich sie noch nicht gesehen. Diese Tatsache sorgte für ein ungutes Gefühl, das sich langsam durch meine Adern zu fressen und meinen gesamten Körper in eine Art Starre zu versetzen schien.

Als es an meiner Tür klopfte, ließ ich für den Moment das Handy Handy sein und richtete meinen Fokus wieder auf das Hier und Jetzt. Schließlich hatte ich einen Job zu erledigen, und das war, Direktorin dieser Highschool zu sein.

»Herein«, antwortete ich in meinem berüchtigten brüsken Tonfall, auch wenn ich mich dafür deutlich anstrengen musste. Die Sache mit Hailey ging mir doch näher, als ich mir eingestehen wollte.

Das schien auch Tyler mitbekommen zu haben. Zum derzeitigen Zeitpunkt wusste ich noch nicht, was ich von der Sache halten sollte. Ich hatte ihn um jeden Preis auf Abstand halten wollen. Nun, wo er mir bei der Suche nach Hailey half, rückten wir eindeutig näher zusammen, als mir lieb war.

Egal. Es geht hier schließlich um das Wohlbefinden einer deiner Schülerinnen und nicht um deine eigenen Befindlichkeiten.

Alice betrat auf meine Aufforderung hin das Büro, einen Stapel Papier in der Hand. »Die heutigen Anwesenheitslisten«, erklärte sie, als sie nähertrat und reichte mir anschließend die Zettel.

Mit einem Nicken bedankte ich mich bei ihr und fing sofort an, den Stapel durchzusehen. Aus dem Augenwinkel konnte ich erkennen, wie Alice mir einen Blick zuwarf, den ich in diesem Moment jedoch nicht eindeutig interpretieren konnte. War das Verwunderung? Oder Sorge? Schließlich stürzte ich mich sonst nie direkt auf die Anwesenheitslisten, wenn Alice sie mir brachte. Warf für gewöhnlich nur einen flüchtigen Blick darauf und widmete mich weiter meinen aktuellen Aufgaben.

Heute jedoch gab es einen Grund, und wenn ich meine Sekretärin richtig einschätzen konnte, wusste sie auch, welchen. Nicht vieles ging an der guten Fee unserer Schule vorbei.

Als ich bei den Listen der Neuntklässler angekommen war, überflog ich schnell die Zeilen mit den einzelnen Namen.

Adams, Anderson, Armstrong, Bell … Brooks.

Kein Haken für den heutigen Tag.

Verdammt, Hailey. Wo bist du?

Da ich mein Handy heute ausnahmsweise nicht auf stumm geschaltet und es in den letzten fünf Minuten keinen Ton von sich gegeben hatte, wusste ich, dass Tyler bislang noch nichts herausbekommen hatte. Dass Hailey heute jedoch nicht in die Schule gekommen war, änderte alles.

Ich griff nach meinem Handy und wählte Tylers Nummer. Es kleingelte zweimal, dann nahm er auch schon ab.

»Nadine, ich habe dir doch versprochen, dass ich mich sofort bei dir melde, wenn ich was habe.«

»Tyler ...«

Verdammt, wieso fiel es mir auf einmal so schwer, zu sprechen?

»Was ist, Baby?« Er musste mir angehört haben, dass etwas nicht stimmte.

Mühsam schluckte ich, bevor ich erneut ansetzte. »Hailey ...« Ein Räuspern.

»Was ist mit ihr?« Noch immer dieser sanfte Ton, den ich so zuvor noch nie von ihm gehört hatte. Aus irgendeinem Grund, den ich jetzt nicht genauer erörtern wollte, geschweige denn konnte, gab mir sein einfühlsamer Tonfall Kraft, weiterzureden.

»Sie ist heute nicht zur Schule gekommen.« Ich hörte Tyler am anderen Ende des Telefons fluchen.

»Bist du sicher?«

Ich nahm ihm die Frage nicht übel, schließlich ging er hier nur seinem Job nach. »Bin ich«, antwortete ich. »Sie ist auf der Anwesenheitsliste als abwesend vermerkt.«

»Verdammt.«

»Warst du schon bei ihr Zuhause?«, fragte ich nach.

»Es war keiner da. Die Nachbarn haben mir notgedrungen Auskunft erteilt. Brooks ist heute früh mit seinem Wagen weggefahren.«

»Und Hailey?«

Mein Herz pochte mittlerweile so laut, dass ich Mühe hatte, Tylers Stimme über die Geräusche hinweg zu hören.

»Hat seit Tagen niemand gesehen. Genauso wenig wie ihre Mutter.«

»Also stimmen die Gerüchte, dass sie weg ist?«

Ein Seufzen, dann: »Scheint so.«

Ich traute mich kaum, zu fragen, gab mir jedoch einen Ruck. »Was machen wir jetzt?«

»Das, was wir am besten können. Du als Direktorin und ich als Chief.«

Da war er wieder, dieser arrogante Tonfall, der mich an die Decke trieb.

»Tyler ...«

»Ich finde sie, Trouble. Und dann bringe ich sie eigenhändig zu dir.«

Das klang schon wieder einfühlsamer. Wenn ich es nicht besser gewusst hätte, wäre ich davon ausgegangen, dass Tyler das mit Absicht gemacht hatte. Um mich von meinen Sorgen um Hailey abzulenken. Aber das konnte doch nicht sein, oder?

»Vertraust du mir?«

Anscheinend hatte ich zu lange meinen Gedanken nachgehangen und Tyler nicht geantwortet. »Tue ich.« Ich horchte in mir nach und musste feststellen, dass es der Wahrheit entsprach.

»Gut. Ich melde mich bei dir.«

Damit legte er auf.

Und ich versank abwechselnd in Sorgen um das Mädchen und Gedanken, wie ich Tyler das nächste Mal so auf die Palme treiben konnte, wie er das regelmäßig mit mir tat.

Als ich abends die Aula betrat, tat ich das mit gemischten Gefühlen. Die monatliche Stadtversammlung fand heute statt und wie immer in unserer Kleinstadt würde es eine Mischung aus Unterhaltung und Fremdschämen gepaart mit Langeweile werden. Es hatte sich sogar eingebürgert, dass die Einwohner von Oaks Harbor Snacks und Getränke mitbrachten und sich damit die Bäuche vollstopften, während sie den größtenteils sinnlosen Diskussionen, ohne die die Stadtversammlung niemals auskam, folgten.

Es war wie eine Art grotesker Theatervorstellung.

Zum Glück wurde kein Eintritt verlangt.

Tatsächlich wäre ich selbst liebend gern der Veranstaltung ferngeblieben. Da ich aber als Direktorin der Highschool so etwas wie eine Person des öffentlichen Lebens in Oaks Harbor darstellte, ergab sich diese Option nicht für mich.

Seit unserem Gespräch am Vormittag hatte ich den restlichen Tag über nichts von Tyler gehört. Erst kurz vor meinem Feierabend war eine kurze Nachricht von ihm auf meinem Handy eingegangen. Deren Inhalt war kurz und auf den Punkt gewesen. Sie hatte außerdem dafür gesorgt, dass die Ladung Steine, die in meinem Bauch seit gestern Abend zu Besuch war, sich dort häuslich niedergelassen hatte.

Nichts Neues.

Einerseits machte mich die an Informationen mangelnde Nachricht wahnsinnig. Andererseits traf sie auf den Punkt. Tyler hatte mir versprochen, nach Hailey zu suchen und offensichtlich am heutigen Tag nichts erreichen können. Also gab es dem nichts weiter hinzuzufügen.

Ich ließ meinen Blick durch die Aula schweifen und musste nicht lange suchen. Auf der rechten Seite, aus einer der mittleren Reihen, winkte mir Rebecca zu. Meine Freundin, die einen perversen Gefallen an der Stadtversammlung zu finden schien, aber auch noch nicht allzu lange wieder in Oaks Harbor lebte, freute sich sichtlich, mich zu sehen. Der rote Haarschopf neben ihr zeigte mir, dass die Dritte in unserem Bunde, Suzie, ihr Yogastudio für den Abend geschlossen und den Weg hierher gefunden hatte.

Was sollte sie auch in einem leeren Studio die Zeit absitzen, wenn doch eh ganz Oaks Harbor zur Stadtversammlung erschien.

Die Veranstaltung hatte einen eindeutig gemischten Ruf. Einerseits hielten Kenny Montgomery, unser Bürgermeister, und Tyler als Chief der Polizei die Tagesordnungspunkte so kurz wie möglich. Andererseits konnte man nicht umhin, die Vorzüge – und das meinte ich durchaus ironisch – einer Kleinstadt mitzunehmen.

Wenn die geplanten Themen für den jeweiligen Abend nach zwanzig Minuten abgehakt waren, konnte man davon ausgehen, dass die restlichen vierzig Minuten für Diskussionen jeglicher Art von den Einwohnern genutzt wurden.

Mal sehen, was es heute so Dringendes zu besprechen gibt. Und ob mich das von den Sorgen um Hailey ablenken wird.

Ich bezweifelte es stark.

Einen tiefen Atemzug nehmend, presste ich eine Hand auf den Bauch, um das unwohle Gefühl darin irgendwie unter Kontrolle zu bekommen. Aber selbst die kraftvollste Pranayama half nichts. Mit einem, so hoffte ich, authentischen Lächeln machte ich mich auf den Weg zu meinen Freundinnen. Rebeccas Gesten nach zu urteilen, hatte sie mir einen Platz gesichert. Mit ihrem so offensichtlich erwartungsvollen Blick wollte ich sie auf keinen Fall enttäuschen.

Das hätte mir am heutigen Tag den Rest gegeben.

Als ich schließlich bei meinen beiden Freundinnen, die unterschiedlicher nicht hätten aussehen können, sich aber in ihrer Art gar nicht so sehr unterschieden, ankam, ließ ich mich mit einem Seufzen auf den Stuhl sinken.

»Harter Tag?«

Da hier weder der Ort noch die Zeit war, um den beiden von der Sache mit Hailey zu berichten – ja, ich hatte es bislang sträflich vernachlässigt, meinen besten Freundinnen etwas zu erzählen –, nickte ich nur.

»Kann man so sagen.«

Ich wusste in diesem Moment auch nicht, ob und wann ich sie in meine aktuellen Probleme einweihen würde. Um mir darüber Gedanken zu machen, musste ich selbst erst einmal herausfinden, was Sache war. Aber so war ich nun einmal gestrickt. Ich hatte Dinge, die mich persönlich betrafen, schon immer mit mir selbst ausgemacht. Bloß nicht von anderen abhängig machen, dafür wurde man nur bestraft und stand am Ende mit weniger da als vorher.

Nicht alle sind wie deine Eltern ...

Die innere Stimme ignorierend, so wie ich das am besten konnte, ließ ich meinen Blick erneut über die Aula schweifen. Fast jeder Platz war besetzt.

»Steht irgendetwas Besonderes auf der Agenda oder warum erscheint die Versammlung heute noch besser besucht zu sein als sonst?«

»Nun«, vermeldete in diesem Moment Suzie kauend. Ich staunte nicht schlecht, als ich mich in ihre Richtung drehte und sah, wie sie vor sich eine Tüte mit Popcorn auf dem Schoß hielt. »Angeblich gibt es eine Katzenplage in der Stadt, die heute thematisiert werden soll.«

Als ob das ein alltägliches Thema war, nahm sie sich ungerührt eine weitere Portion des Popcorns und steckte es sich in den Mund.

»Erstens, Katzenplage? Ernsthaft? Und zweitens, was hat es mit dem Popcorn auf sich?«

»Ist dir beim Reinkommen nicht aufgefallen, dass Abel vom Oak's Mart einen Stand im Foyer aufgebaut hat, an dem er Snacks und Getränke für die Stadtversammlung verkauft?«

Eine gute Sache hatte es: Meine Sorgen um Hailey waren für den Moment spurlos verschwunden.

Ungläubig blickte ich mich im Saal um. Tatsächlich. Nicht wenige Einwohner hielten die typisch rot-weiß gestreiften Popcorntüten in den Händen. Warum auch immer fiel mir erst in diesem Moment der Geruch auf, der mich an Kinobesuche in früheren Zeiten erinnerte. Ein Zischen ließ mich den Blick wieder neben mich richten. Rebecca hatte sich in diesem Moment eine Flasche geöffnet, die verdächtig nach Limonade aussah und die sie nun an ihren Mund führte.

»Ernsthaft?«, konnte ich nur erneut hervorbringen. Offensichtlich war mein Wortschatz aufgrund der skurrilen Vorkommnisse extrem geschrumpft.

Keine guten Voraussetzungen für eine Direktorin.

»Was?«, antworte Rebecca schulterzuckend. »Schließlich sind wir hier zur Unterhaltung.«

Anstatt dieser Aussage etwas Sinnvolles zu entgegnen, fragte ich nach dem Nächstliegenden:»Wo sind überhaupt eure Männer?«

»Max passt auf Ben auf.«

Das war Rebeccas zweijähriger Sohn aus ihrer vorherigen Ehe.

»Und Liam ist in Grand Rapids zur Therapie.«

Suzies Freund hatte sich vor ein paar Monaten seiner posttraumatischen Belastungsstörung gestellt, die er sich während seiner Zeit bei den Marines zugezogen hatte.

In diesem Moment trat der Bürgermeister ans Mikrofon auf der Bühne, sodass unsere Unterhaltung zu einem Ende fand. Allerdings hielt Suzie das nicht davon ab, mir über Rebeccas Beine hinweg ihre Popcorntüte unter die Nase zu halten.

Mit einem unwirschen Handwedeln verscheuchte ich sie. Ich war hier nicht zur Unterhaltung, sondern um meine Zeit abzusitzen und anschließend Tyler zu seinen Bemühungen auf der Suche nach Hailey auszufragen.

»Guten Abend, liebe Einwohner und Einwohnerinnen von Oaks Harbor«, begann Bürgermeister Montgomery mit seiner üblichen

Begrüßung.»Lasst uns direkt zur Tagesordnung übergehen. Ich bin mir sicher, wir haben alle noch Besseres an diesem Abend zu tun, als endlos Zeit in dieser Aula zu verbringen.«

Mit einem geschäftig klingenden Räuspern studierte er den Zettel, der vor ihm auf dem Pult lag, als ob er nicht genau wusste, was darauf stand.

»Als ersten Punkt haben wir die Angelegenheit des neuen Stoppschilds an der Ecke Main Street und Pine Avenue.«

Mrs Thompson, die wie immer in der ersten Reihe saß, hob, kaum hatte Kenny zu Ende gesprochen, die Hand. Und wie ebenfalls immer wartete sie nicht ab, bis er sie an die Reihe genommen hatte.

»Ich predige schon seit Monaten, dass wir dieses Stoppschild brauchen. Diese rasenden Jugendlichen müssen gebremst werden!«

Ehrlich gesagt war mir nicht klar, warum sich Mrs Thompson so über die angeblich rasenden Jugendlichen in unserem beschaulichen Städtchen aufregte. Schließlich wohnte die alte Frau schon seit einigen Jahren im Sunny Oaks, dem Seniorenheim am See, und war so gut wie gar nicht mehr im Stadtzentrum unterwegs, weil sie nicht mehr ohne Gehilfe auskam, es ihr aber unangenehm war, sich damit in der Öffentlichkeit zu zeigen. Zur Stadtversammlung stützte sie sich immer auf den Nächstbesten, der sie zu ihrem Platz in der ersten Reihe führen musste.

»Vielen Dank, Iris«, sagte der Bürgermeister mit einem gezwungenen Lächeln.»Dann lasst uns doch die heutige Stadtversammlung nutzen, um darüber abzustimmen. Wer ist dafür?«

Tatsächlich flogen die meisten Hände in die Luft.

»Und wer ist dagegen?«

Nur wenige streckten ihre Hand nach oben aus.

Der Bürgermeister warf einen Blick zu Tyler, der schräg hinter ihm auf einem Stuhl auf der Bühne Platz genommen hatte. Als dieser nickte, wandte sich Kenny wieder dem Publikum zu und sprach ins Mikro: »Beschluss angenommen. Das Stoppschild wird bestellt und in den nächsten Wochen aufgestellt.«

»Das war ja aufregend.«

Diese flüsternde Aussage kam von Rebecca, welche von Suzie mit einem Kichern beantwortet wurde. Natürlich begleitet vom Rascheln der Popcorntüte.

»Der nächste Punkt auf der Agenda ist das Midsommarfest. Gibt es Vorschläge für das diesjährige Motto?«

»Wie wäre es mit *Oaks Harbor blüht*?«, schlug Mr Wilson vor, ein älterer Herr, der stets eine Blume am Revers trug.

»Interessant«, antwortete der Bürgermeister und machte sich mit stoischer Miene eine Notiz. »Gibt es weitere Vorschläge?«

Mrs Hawthorne, die Besitzerin des kleinen Cafés Lake View, erhob ihre Stimme. »Ich finde, wir sollten das Motto *Gemeinsam stark* nennen. So wie diese Stadt immer zusammenhält und die vielen Stadtfeste gemeinschaftlich ausrichtet, würde das hervorragend passen.«

Kenny nickte zustimmend.

»Ein guter Vorschlag. Danke, Peggy. Wir werden beide Vorschläge zur Abstimmung stellen.«

Kaum waren seine Worte verklungen, brach eine angeregte Diskussion in der Aula aus. Der Bürgermeister verschaffte sich schließlich wieder Gehör, nachdem er den Gesprächen ein paar Minuten lang ihren Lauf gelassen hatte, und ließ über die beiden Vorschläge abstimmen.

Gemeinsam stark gewann mit einem knappen Vorsprung.

»Kommen wir nun zu den Finanzberichten.«

Ein kollektives Stöhnen ging durch die Aula, in welches ich innerlich einstimmte.

»Wir haben gute Nachrichten«, begann Kenny. »Dank der neuen Parkuhren an der Main Street haben wir einen Anstieg der Einnahmen verzeichnet.«

»Endlich zahlt sich das nervige Kleingeldsuchen aus«, murmelte jemand aus den Zuschauerreihen, was allgemeines Gelächter hervorrief.

»Und jetzt zu einem ernsteren Thema«, fuhr der Bürgermeister fort. »Chief Monroe möchte einige Worte über die jüngsten Sicherheitsmaßnahmen in unserer Stadt sagen.«

Tyler stand auf und trat ans Mikrofon. »Guten Abend, allerseits.« Sofort ging mir seine tiefe Stimme durch Mark und Bein. Unruhig rutschte ich auf meinen Stuhl hin und her, bis mir auffiel, was ich da machte, dann stoppte ich abrupt.

Bloß keine Aufmerksamkeit erregen.

»Wir haben bemerkt, dass die Zahl der nächtlichen Einbrüche in letzter Zeit gestiegen ist. Wir bitten alle Anwohnerinnen und Anwohner, wachsam zu sein und verdächtige Aktivitäten sofort zu melden.«

Mich überzog eine Gänsehaut. Spielte er auf Hailey an und war das seine Aufforderung an die Bewohner, wachsam zu sein, falls sie irgendwo auftauchte, damit er sofort informiert war? Oder war Hailey nicht die Einzige gewesen, die sich in letzter Zeit irgendwo unbefugt Zutritt verschafft hatte?

Weiter kam ich nicht mit meinen Überlegungen.

»Tyler, was ist mit der Katzenplage in der Maple Street?«, rief Mrs Harper vom hinteren Ende des Saals.

Dieser seufzte hörbar ins Mikrofon. Ich konnte seine Frustration nur allzu gut verstehen, auch wenn es mir widerstrebte, auf einer Wellenlänge mit diesem arroganten Kerl zu sein.

»Wir arbeiten daran, Jocelyn. Der Tierschutz ist informiert und wird sich darum kümmern.«

Tylers Blick begann, durch die Aula zu schweifen, bis er schließlich mich inmitten all der anderen Besucher fand. Plötzlich fiel es mir schwer, zu atmen. Wie konnte ein Mann bei so einem Thema so intensiv über all die Sitzreihen hinweg in meine Augen sehen und diese Gefühle auslösen, die ich am liebsten um jeden Preis der Welt unterdrückt hätte?

Genauso schnell, wie sein Blick mich gefunden hatte, war er auch schon weitergewandert. Ich gab ein langes Ausatmen von mir und konnte aus dem Augenwinkel beobachten, wie Rebecca mir einen wissenden Blick zuwarf. Dabei konnte sie gar nichts wissen. Ich hatte ihr schließlich nie etwas von der Nacht mit Tyler erzählt.

Super Freundin bist du, die ihre Geheimnisse alle für sich behält.

Entsprechend ignorierte ich wieder einmal mein Unterbewusstsein sowie Rebeccas Blick und konzentrierte mich auf das Geschehen auf der Bühne und im Publikum.

Als Nächstes erhob sich Mr Johnson.

»Und was ist mit dem Abfallproblem im Park? Es sieht aus wie eine Müllhalde.«

Kenny trat neben Tyler und nickte ernst.

»Wir haben bereits ein Team beauftragt, sich darum zu kümmern. Bis Ende der Woche sollte das Problem behoben sein.«

Die Versammlung zog sich weiter in die Länge, mit Diskussionen um den Zustand der Straßenbeleuchtung, dem Wunsch nach mehr Veranstaltungen im Gemeindezentrum und der Frage, ob die Bibliothek neue Bücher anschaffen sollte. Meine Gedanken jedoch schweiften immer wieder ab, da mich die Sorgen um Hailey nicht losließen.

Wo steckte sie nur?

KAPITEL 11

TYLER

Kaum hatte Kenny die Versammlung für beendet erklärt, sah ich, wie Nadine von ihrem Sitz aufsprang und begann, sich einen Weg nach vorn zur Bühne zu bahnen. Auch wenn ich sie die letzte Stunde über nicht permanent im Blick gehabt hatte, so hatte meine Aufmerksamkeit doch überwiegend auf ihr gelegen. Zu jedem Zeitpunkt war ich mir ihrer Anwesenheit bewusst gewesen; auch wenn mich so brisante Themen wie die Katzenplage oder rasende Jugendliche auf der Hauptstraße abgelenkt hatten.

Nur mit größter Anstrengung unterließ ich, mir in einer Geste von Erschöpfung und Frustration mit den Händen über das Gesicht zu fahren. Den ganzen Tag hatte ich nichts unversucht gelassen, um nach diesem Mädchen zu suchen. Brooks war erstaunlicherweise nicht zu Hause gewesen. Also ging er entweder einem Job nach oder er hatte sich in irgendeine Bar verzogen, die auch tagsüber bemitleidenswerte Gestalten, wie er einer war, versorgte. Sie alle wollten schließlich ihren Umsatz machen, egal, in welcher Form er kam.

Ehrlich gesagt war ich davon ausgegangen, dass Hailey in der Schule sein würde. Die Info von Nadine, dass sie heute nicht erschienen war, hatte für mehr Unruhe in meinem Inneren gesorgt und die Alarm-

81

glocken schellen lassen, als ich mir vor Nadine hatte anmerken lassen. Sie machte sich so schon genügend Sorgen um das Mädchen, da musste ich nicht noch Öl ins Feuer gießen.

Und warum auch immer bewirkten Nadines Befürchtungen, dass ich mir Sorgen machte und nichts unversucht gelassen hatte.

Mein Arbeitstag hatte damit geendet, dass ich eine County-weite Vermisstenanzeige geschaltet hatte, damit auch die anderen Reviere nach dem Mädchen Ausschau hielten. Sie war noch minderjährig, was die Dringlichkeit erhöhte, auch wenn sie kein kleines Kind mehr war und sich selbst versorgen konnte.

Und was sie offensichtlich auch machen musste, bei ihrem Elternhaus.

Trotzdem hatte ich das Gefühl, dass es nicht genug war. Und das lag nicht nur an meiner eigenen Unfähigkeit, den Teenager aufzuspüren. Sondern auch an den ozeanblauen Augen, die mir gerade entgegenblickten und aus denen die Emotionen nur so herausströmten. Angst, Sorge, Hoffnung. Die ich ihr nehmen musste; zumindest für den Moment. Denn ich würde nichts unversucht lassen, um das Lächeln auf ihr Gesicht zurückzuholen.

Was hatte diese Frau nur mit mir angestellt? Vor allem, wem machte ich eigentlich etwas vor? Ich würde mich nie zurückhalten können. Nicht, wenn es um sie ging.

Jetzt musste ich sie nur noch davon überzeugen, dass wir beide etwas Gutes hätten. Etwas, das sich lohnte, weiterzuführen, weil es nur selten im Leben eines Menschen vorkam und es zu kostbar war, um es einfach so abzutun, ohne es wenigstens einmal miteinander versucht zu haben.

»Und?«

Dieses eine Wort, so klein und doch so vielsagend, riss mich aus meinen Gedanken und brachte mich zurück ins Hier und Jetzt. Schmerzhaft zuckte der Muskel in meiner Brust, während ich kurz unsere Umgebung abscannte. Kurzerhand legte ich Nadine eine Hand auf den Rücken, um sie von der Menschentraube wegzulotsen, die sich vor der Bühne gebildet hatte. Die Stadtversammlung war beendet, ich musste niemandem mehr Rede und Antwort stehen. Wenn jemand etwas vorzutragen hatte, konnte er morgen immer noch zum Revier kommen und mich um ein Gespräch bitten.

Aber was ich mit Nadine zu besprechen hatte, ging niemanden etwas an außer sie und mich. Zumindest in diesem Moment, wenn ich ihr keine guten Nachrichten geben konnte. Ihre Reaktion darauf sollte niemand zu sehen bekommen. Ich wusste, wie wichtig Nadine ihr Ansehen war und dass sie ihre Gefühle für gewöhnlich mit sich selbst ausmachte und nicht nach außen zeigte. Allein, dass ich so viel in ihren Augen lesen konnte, zeigte mir, wie nah ihr das alles ging. Wenn ich sie ein kleines bisschen beschützen konnte, würde ich alles dafür tun, um das auch zu machen.

Langsam und leise berichtete ich ihr von meinem Tag. Ich wiederholte, was ich ihr bereits am Vormittag am Telefon erzählt hatte, und beschrieb meine Bemühungen, wie ich den restlichen Tag die Gegend abgefahren war, sämtliche Hotspots inspiziert hatte, aber nicht erfolgreich war. Wie ich den Tag mit der Vermisstenanzeige geendet hatte. Während sie lauschte, kaute Nadine auf ihrer Unterlippe, die Sorge um Hailey deutlich sichtbar in den Augen. Kaum hatte ich meinen Bericht beendet, schien ein Ruck durch sie zu gehen und sie wandte sich von mir ab.

Mit einer Hand auf ihrem Arm stoppte ich sie. »Warte, Nadine.«

»Ich kann nicht«, lautete ihre erstickt klingende Antwort.

Ich drehte sie sanft zu mir zurück, sodass sie mich ansehen musste. »Wir werden sie finden. Ich lasse nichts unversucht und telefoniere morgen die Reviere ab. Jemand von uns wird sie finden und wohlbehalten zurückbringen.«

Unwirsch schüttelte sie meine Hand ab. »Nein, das ist es nicht.«

In einer fahrig wirkenden Geste fuhr sie sich durch die Haare und ihr sonst so ordentlicher Dutt verlor ein paar Strähnen. In diesem Moment sah sie schöner aus, als jedes zurechtgemachte Styling von ihr das je vermochte.

Reiß dich zusammen, Monroe. Falscher Ort, falsche Zeit.

»Mir ist nur eingefallen …«

»Was?«, fragte ich eindringlich nach, als Nadine erneut auf ihrer Unterlippe kaute und nicht weitersprach.

Ich ballte meine Hand zu einer Faust, um sie daran zu hindern, sich in Richtung von Nadines Gesicht zu bewegen und ihre Lippe von den Zähnen zu befreien.

»Was ist, wenn sie zurückgekommen ist?«

»Was meinst du?«, fragte ich nach.

»Wenn sie jetzt, in diesem Moment, im Gartenhaus ist.«

»Aber sie weiß doch, dass ihr Versteck entdeckt wurde.«

»Ja, aber macht es das nicht offensichtlich?«

Wie ein Geistesblitz durchfuhr es mich, als mir klar wurde, auf was Nadine anspielte.

»Das perfekte Versteck.«

»Genau. Weil sie weiß, dass es entdeckt wurde, werden wir dort nicht wieder nach ihr suchen.«

»Worauf warten wir noch?«

Dieses Mal war ich es, der sich blitzschnell umdrehte und Richtung Hinterausgang lief, nicht ohne nach Nadines Hand zu greifen und sie hinter mir herzuziehen.

Mit verschränkten Armen wartete ich bereits in Nadines Auffahrt, als sie in diese einbog und aus dem Wagen stieg. Natürlich hatte sie darauf bestanden, selbst zu fahren, anstatt in meinen Dienst-SUV zu steigen, der gleich neben der Aula geparkt war. Während ihrer auf der anderen Seite der Highschool auf dem Lehrerparkplatz stand.

Diese Frau und ihre Unabhängigkeit würden mich noch ins Grab treiben.

Ohne ein Wort zu verlieren, eilte Nadine an mir vorbei, den kleinen Pfad, der um ihr Haus führte, entlang. Geradewegs in die Dunkelheit.

»Nadine!«, stieß ich fluchend aus und erwischte sie gerade noch so an ihrem Arm.

»Was?«, fragte sie, der ungeduldige, leicht aggressive Ton eindeutig in ihrer Stimme hörbar.

Ich wusste, dass sie von ihrer Sorge um Hailey getrieben wurde, und bemühte mich bewusst um einen beruhigenden Ton.

»Es ist dunkel, es ist spät. Du weißt nicht, was dich in deinem Garten erwartet. Lass mich vorgehen.«

Damit griff ich nach der Taschenlampe, die sich wie immer im Dienstgürtel an meiner Hüfte befand, ging an ihr vorbei und leuchtete den Weg. Ich konnte ihr Augenrollen förmlich hören, konzentrierte mich aber schnell wieder auf den Grund, warum wir hier waren.

Nadine dicht an meinen Fersen, gelangten wir zum Gartenhaus. Ein Griff zur Tür offenbarte mir, dass sie abgeschlossen war. Auch wenn es nichts heißen musste, schließlich hätte Hailey die Tür von innen abschließen können, um unbemerkt zu bleiben, musste mir aber eingestehen, dass meine Hoffnung, so gering sie auch gewesen war, weiter schwand.

»Wo ist der Schlüssel?«, wandte ich mich an Nadine. Meine Stimme nur ein Raunen, damit ich Hailey nicht aufschreckte, falls sie sich doch auf der anderen Seite der Tür befand.

Nadine trat einen Schritt um mich herum und hob eine Froschfigur aus Keramik, die zwischen Blumentöpfen auf den Steinplatten vor dem Gartenhaus stand, an. Zutage trat ein Schlüssel, nach dem sie schnell griff. Ich nahm ihn ihr ab, machte kurzen Prozess mit der Tür und leuchtete in das Innere.

Mit einem tiefen Seufzen trat ich einen Schritt zurück, um Nadine einen Blick auf das werfen zu lassen, was sich mir soeben offenbart hatte.

»Sie ist nicht hier.«

Auch wenn es keinen Grund gab, noch leise zu sprechen, traten die Worte nur als ein Flüstern hervor. Jegliche Luft schien aus ihr zu schwinden, und sie schlang die Arme in einer hilflos wirkenden Geste um sich.

»Wir finden sie, Nadine.«

Ich wusste nicht, woher ich diese Zuversicht nahm. Aber ich wusste, dass ich alles tun würde, um diesen bestürzten Ausdruck aus ihrem Gesicht zu vertreiben. Sie so zu sehen, brach mir das Herz. Und das war keine Option.

Meine Worte hatten nicht den gewünschten Erfolg.

»Wo denn, verdammt noch mal? Du hast heute alles abgesucht. Sie war nicht zu Hause, sie war nicht in der Schule, sie ist nicht hier gewesen, obwohl sie weiß, dass sie hier einen Zufluchtsort hat. Wo soll sie also sein? In den sechsunddreißig Stunden, seit ich sie das letzte Mal gesehen habe, könnte sie wer-weiß-wohin sein. Vielleicht ist sie auch schon in Grand Rapids oder mit irgendeinem Trucker auf dem Weg nach Chicago.«

Die Worte schienen nur so aus ihr herauszusprudeln, und ich hielt es nicht mehr länger aus. Ich trat einen Schritt auf sie zu und zog sie kurzerhand in meine Arme.

»Oh Gott, Tyler. Was ist, wenn sie wirklich bei irgendeinem zwielichtigen Trucker eingestiegen ist? Dann finden wir sie nie!«

»Schhhh…«, machte ich, während ich meinen Mund gegen ihre Stirn drückte. »Ich denke nicht, dass sie das macht. Nach allem, was du mir erzählt hast, ist Hailey ein vernünftiges Mädchen.«

»Das weißt du nicht«, erklang es nuschelnd, da Nadine ihr Gesicht mittlerweile fest gegen meine Brust drückte. Und mich beinahe in die Knie zwang, als ich die feuchten Stellen auf Höhe ihrer Augen spürte.

»Wenn ich dich ins Haus gebracht habe, fahre ich direkt aufs Revier und weite die Vermisstenanzeige auf landesweit aus. Irgendjemand wird sie erkennen und sie finden.«

Und betete innerlich, dass meine Worte keine Lüge waren.

KAPITEL 12

NADINE

Dieses Warten, dieses Nichtstun. Nicht zu wissen, was los war. Es machte mich wahnsinnig. Tyler hatte wie versprochen vorgestern die Vermisstenanzeige von Hailey ausgeweitet, und es war genau nichts seitdem geschehen. Kein einziger Hinweis auf ihren Verbleib war im Revier eingegangen und ich hatte keine Idee mehr, was wir noch tun konnten.

Von einer seit Tagen anhaltenden inneren Unruhe getrieben tigerte ich im Wohnzimmer auf und ab und raufte mir abwechselnd die Haare, die schon längst nicht mehr im Dutt steckten, und fuhr mir über das Gesicht. Ich musste hier raus, sonst würde ich noch wahnsinnig werden. Zumindest wahnsinniger, als ich es zum derzeitigen Zeitpunkt bereits war.

Da es spät und dunkel war, würde eine Runde im Garten ausreichen müssen. Auch wenn wir eine sehr geringe Kriminalitätsrate in unserer beschaulichen Kleinstadt hatten, musste ich das Schicksal in dieser Nacht nicht herausfordern und um dreiundzwanzig Uhr noch zu einem Spaziergang aufbrechen.

Ich steckte mein Handy in die Hosentasche, da ich auf keinen Fall einen Anruf von Tyler verpassen wollte, schließlich konnte es jederzeit so weit sein, dass seine Suche Erfolg hatte, und öffnete die Terrassentür. Ich hoffte, dass mir die kühle Nachtluft einen klaren Kopf bescheren würde. Auch wenn ich es stark bezweifelte. Tatsächlich war es verdammt kalt an diesem Frühlingsabend. Ein Blick nach oben zeigte mir, dass am Himmel keine einzige Wolke stand. Dafür war er übersät mit Abertausenden von Sternen und einem Mond, der in wenigen Tagen seine volle Größe erreichen würde.

Die Kälte fuhr mir augenblicklich in die Glieder und ich kuschelte mich enger in meine Strickjacke, während ich langsam im schwachen Licht des Mondscheins meine Runden über den Rasen zu drehen begann. Als ich zum dritten Mal am Gartenhaus vorbeiging, stockte ich. Irgendetwas … mit wenigen Schritten stand ich auf den Steinplatten und hob mit angehaltenem Atem den Frosch an, den ich bereits vorgestern in der Hand gehalten hatte und der heute anders als vorgestern nicht mehr in einer Reihe mit den Töpfen stand, sondern leicht verstellt. Es waren nur wenige Zentimeter, trotzdem hatten meine Augen es bemerkt und mein Gehirn als relevant eingestuft.

Tatsächlich, der Schlüssel darunter war weg.

Abrupt setzte ich den Frosch wieder ab, sodass er mit einem Klirren auf dem Boden aufkam. Schnell stand ich auf und wurde prompt aufgrund des Höhenwechsels mit einer Schwindelattacke belohnt. Ich gab mir einen Ruck und griff an die Klinke. Die Zeit schien stillzustehen, als ich sie herunterdrückte und die Tür sich öffnen ließ.

Vor Erleichterung traten mir Tränen in die Augen, als ich das Bündel am Boden liegen sah. Rasch trat ich ein und ließ mich neben ihr zu Boden sinken. Vorsichtig, um sie nicht zu erschrecken, legte ich eine Hand auf ihre Schulter.

»Hailey?«

»Mhm?«

»Alles gut, Hailey. Ich bin es, Nadine. Principal Friedman.«

Bei meinen Worten ging ein Zucken durch das Mädchen. Sie setzte sich so schnell auf, dass ich durch die Bewegung beinahe hinten übergekippt wäre. Im Schein des Mondes, der durch das Fenster leuchtete, konnte ich beobachten, wie Hailey ihre Augen weit aufriss.

»Es ist okay«, sprach ich beruhigend auf sie ein. »Möchtest du mit reinkommen? Etwas essen, das Bad benutzen?«

»Rufen Sie meinen Dad an?«

Auch wenn es nicht richtig war, so brachte ich es nicht über mich, ihr weitere Schmerzen zuzufügen. In der Frage waren eindeutig die Gefühle herauszuhören, die dieser Gedanke, ihren Vater anzurufen, in ihr auslöste. In meiner Brust wurde es schmerzhaft eng.

Sollten die eigenen Eltern nicht diejenigen sein, auf die man sich immer verlassen konnte? Zu denen man jederzeit zurückkehren konnte? *Als ob du es jemals anders erlebt hättest.* Ich ignorierte die Parallelen, die es eindeutig zwischen Haileys Gegenwart und meiner Vergangenheit gab, und antwortete ihr betont vorsichtig.

»Ich muss, Hailey. Du bist noch minderjährig.« Augenblicklich sah ich, wie sich ihr Gesicht verschloss. Ich schluckte. »Was hältst du davon, wenn ich ihm sage, dass es spät ist und du heute hier übernachten kannst? So wirst du ausgeschlafen für die Schule morgen sein.«

Zögerlich nickte sie. Aber ich meinte auch, einen Hauch von Misstrauen im schwachen Licht des Mondes auf ihrem Gesicht auszumachen.

»Dann komm.«

Ich erhob mich und trat zur Tür, die ich für Hailey aufhielt, während sie an mir vorbei hinaus ins Freie ging. Gemeinsam überquerten wir den Rasen, ich in meinen Cardigan gewickelt und Hailey mit ihrem Rucksack in der Hand. Zurück im Wohnzimmer wandte ich mich erneut an sie.

»Hast du Hunger? Soll ich dir ein paar Sandwiches machen?«

Hailey nickte, sah mich dabei aber nicht an. Stattdessen beobachte ich, wie ihr Blick Richtung Flur ging.

»Du weißt noch, wo das Bad ist?« Wieder ein Nicken. »Dann mach dich ruhig etwas frisch und ich bereite in der Zeit die Sandwiches zu.«

Kaum war Hailey im Bad verschwunden, griff ich in meine Hosentasche und zog das Handy hervor.

Hailey ist wieder aufgetaucht.

Mit meiner Nachricht zufrieden, schließlich konnten wir morgen alles Weitere besprechen, steckte ich das Handy zurück in die Hosentasche und ging Richtung Küche. Ich kam nicht weit, da klingelte es.

»Ja?«, nahm ich den Anruf mit einem Seufzen entgegen.

Offensichtlich konnte ein gewisser Chief nicht bis zum nächsten Morgen warten.

»Was meinst du, Hailey ist wieder aufgetaucht? Wo ist sie jetzt? Wo war sie?«

»Ich meine das, was ich geschrieben habe.«

Ich konnte eindeutig den genervten Ton in seiner Stimme heraushören, auch wenn ich nicht wusste, was sein Problem war. Schließlich war die Sache jetzt erledigt. Hailey war da, er konnte wieder seiner regulären Arbeit nachgehen. Beziehungsweise seinen Feierabend genießen.

»Nadine, ich brauche mehr Infos«, erklang es grollend am anderen Ende.

Tief atmete ich durch.

»Sie war im Gartenhaus und jetzt ist sie bei mir im Haus, genauer gesagt im Bad und macht sich gerade frisch, während ich ihr ein paar Sandwiches zum Essen machen wollte. Wovon du mich gerade abhältst mit deinen sinnlosen Fragen.«

»Sinnlos?« Sein Tonfall hatte grollend hinter sich gelassen und klang nun beinahe bedrohlich.

Fast augenblicklich traten mir Bilder unserer gemeinsamen Nacht vor mein inneres Auge, die ich mit einem Kopfschütteln zu vertreiben versuchte.

Nicht der richtige Ort und nicht der richtige Zeitpunkt dafür.

»Ich denke, in diesem Fall kann ich mehr als nur eine kurze Textnachricht erwarten. Schließlich haben wir eine landesweite Vermisstenanzeige für dieses Mädchen geschaltet«, holte mich Tyler zurück ins Hier und Jetzt.

»Und jetzt ist sie wieder da«, antwortete ich ungeduldig. »Du kannst die Vermisstenanzeige also zurücknehmen. Alles ist gut.«

»Hast du ihren Vater erreicht?«

Offensichtlich brauchte ich mit meiner Antwort zu lange.

»Nadine ...«

»Ich wollte es nach dem Essen machen. Hailey hat jetzt erst einmal Vorrang.«

»Ihr Vater muss wissen, dass sie wieder da ist.«

Als ob ihn das interessieren würde, lag mir auf der Zunge, aber ich verkniff es mir in letzter Sekunde. »Ich rufe ihn nach dem Essen an.«

»Vergiss es, ich übernehme Brooks. Bring sie nach dem Essen aufs Revier, dann kann er sie dort einsammeln.«

»Was?«

»Du glaubst doch nicht im Ernst, dass ich so einen Typen wie Brooks deine Privatadresse herausgebe. Er kann sie vom Revier abholen.«

»Tyler …«

»Was, Nadine?« Ein Seufzen so tief, als ob sein Tag bereits gefühlt seit achtundvierzig Stunden andauerte und auch in absehbarer Zukunft nicht enden würde, erklang.

»Ich habe Hailey versprochen, dass sie die Nacht hierbleiben und morgen mit mir zur Schule fahren kann«, erwiderte ich zögerlich, wissend, dass ihm das nicht gefallen würde.

Dann richtete ich mich zu meiner vollen Größe auf. Zum Teufel mit dem, was Tyler gefiel. Hier ging es nur um Hailey. Und es war eindeutig, dass sie nicht zurück nach Hause wollte.

Am anderen Ende des Handys war etwas, das wie »du bringst mich noch ins Grab« klang, zu vernehmen, ich war mir allerdings nicht zu einhundert Prozent sicher.

»Okay«, stieß er mit einem Seufzen etwas lauter aus. »Ich informiere ihn trotzdem und teile ihm mit, dass sie sicher für die Nacht aufgehoben ist und morgen nach der Schule nach Hause kommt.«

»Mach das«, erwiderte ich vielleicht ein bisschen kratzbürstig, aber es war mir egal.

In diesem Moment überwog die Erleichterung, mich heute um Hailey kümmern zu können und sie für die Nacht sicher zu wissen.

Bevor ich auflegte, hielt ich allerdings noch einmal inne.

»Danke!«, stieß ich in einem Atemzug aus.

Da ich nicht wusste, wie Tyler reagieren würde, legte ich schnell auf. Das Gespräch hatte mich wertvolle Minuten gekostet. Ein Lauschen Richtung Bad sagte mir jedoch, dass die Dusche lief. Ich hatte also noch einen Moment Zeit, um die Sandwiches für Hailey vorzubereiten und ihr einen Tee zu kochen.

Damit begab ich mich endlich in die Küche.

Als ich am nächsten Morgen die Treppe nach unten kam, im Gehen meine Armbanduhr umlegend, wurde ich vom Klingeln an der Haustür auf dem Weg in die Küche unterbrochen. Schlagartig breitete sich ein flaues Gefühl in meinem Magen aus.

War das Haileys Vater, der sie noch vor der Schule holen wollte? Aber hatte Tyler gestern Abend nicht gesagt, dass er ihm meine Adresse nicht geben wollte?

Da Hinauszögern mich noch nie weitergebracht hatte, straffte ich die Schultern und ging entschlossenen Schrittes zur Tür. Er konnte einen Blick auf seine Tochter werfen, sich davon überzeugen, dass es ihr gut ging, und dann würde ich ihm mitteilen, dass sie gemeinsam mit mir zur Schule fahren könnte und sie am Nachmittag nach Hause kommen würde.

Allerdings wurde mir der Wind nach meinem inneren Pep Talk aus den Segeln genommen, als ich feststellte, dass es Tyler war, der noch in Zivilkleidung bestehend aus verwaschenen Jeans, die sich um seine Oberschenkel schmiegten, und einem karierten Flanellhemd vor der Tür stand. Und, wie ein Blick nach unten offenbarte, einen Träger mit To-go-Bechern und einer Papiertüte vom Happy Bean in den Händen hielt.

»Dachte mir, ihr könntet eine kleine Stärkung gebrauchen nach der letzten Nacht.«

Damit trat er in den schmalen Flur meines Cottages, der durch Tylers Anwesenheit sofort noch kleiner wirkte, und drückte mir im Vorbeigehen einen Kuss auf die Wange. Wie erstarrt blickte ich ihm auf seinem Weg Richtung Küche hinterher. Bis mir auffiel, dass ich nach wie vor die Haustür umklammert hielt. Mit einem Ruck drückte ich sie zu und eilte ihm hinterher.

Was erlaubte sich dieser ... dieser Kerl eigentlich, hier am frühen Morgen aufzutauchen, als ob er mir letzte Nacht nicht noch eine Standpauke gehalten hatte? Und dann auch noch mit dem braunen Gold, das ich nach der letzten Nacht dringend nötig hatte, und einer Papiertüte, aus der es verführerisch geduftet hatte, als er an mir vorbeigegangen war.

Bevor ich ihm allerdings im Gegenzug meine eigene Standpauke halten konnte, betrat mein Übernachtungsgast kurz nach mir die Küche.

Hailey kannte eindeutig keine Skrupel, Tylers Bestechungsversuch anzunehmen – anders konnte ich mir seine Ausbeute vom Coffeeshop nicht erklären –, und griff beherzt nach dem Muffin, den der Chief von Oaks Harbor höchstpersönlich ihr soeben auf einem Teller servierte. Offensichtlich fühlte er sich in meiner Küche bereits wie zu Hause. »Setz dich«, erklang es zu allem Überfluss auch noch aus seinem Mund.

Ich setzte bereits zu einer Antwort an, die ihn in seine offensichtlich dringend benötigten Schranken weisen würde, da schob er einen Stuhl zurück, dirigierte mich mit einer Hand auf meinem Arm auf die Sitzfläche und stellte im nächsten Moment einen der beiden Kaffeebecher aus dem Getränkehalter vor mir auf den Tisch.

»Trink.«

Dieser Mann hatte scheinbar einen Todeswunsch, wenn er sich hier so aufführte und mich herumkommandierte. Da mir allerdings ein verführerischer Duft aus dem Becher entgegenströmte, ließ ich mich davon hinreißen und nahm einen dringend benötigten Schluck.

Und seufzte direkt laut auf. Hattie wusste einfach, wie man einen richtigen Kaffee zubereiten musste.

»Besser?«

Damit riss er mich aus meinen Kaffeeträumen zurück ins Hier und Jetzt.

»Was machst du hier?«

Völlig unbeeindruckt von meiner pampigen Frage – schließlich hätte jeder normale Mensch sich mit einem vernünftigen Danke für den Kaffee erkenntlich gezeigt, nicht jedoch ich –, zuckte Tyler mit den Schultern.

»Hab doch gesagt, ich bringe euch Frühstück.«

»Also ich finde es super!«

Damit griff Hailey nach einem weiteren der Teilchen, die Tyler auf einem großen Teller in der Mitte des Küchentischs angerichtet hatte, und biss auch schon direkt hinein.

Mit einer auffordernden Geste schob Tyler den Teller in meine Richtung.

»Lass deiner Direktorin auch noch etwas übrig. Sie sieht aus, als könnte sie es dringend benötigen, neben dem Kaffee.«

Ein weiterer Blick aus meinen Augen in Tylers Richtung, der jeden anderen Mann hätte Reißaus nehmen lassen, nicht jedoch ihn, und ich gab nach. Es half ja nichts, wenn er schon mal die Mühe auf sich genommen hatte und nach einem Abstecher über das Happy Bean hergekommen war.

Ich griff nach einem Croissant und stellte nach dem ersten Biss fest, dass es mit einer himmlischen Schokocreme gefüllt war. Nur mit Mühe konnte ich ein weiteres Stöhnen vermeiden.

Der Blick, den Tyler mir zuwarf, besagte eindeutig, dass er genau wusste, wie es mir gerade ging. Und dass er ebenfalls wusste, wie besagtes Stöhnen in einer völlig anderen Situation klang.

Um ihm nicht die Genugtuung zu geben, schließlich musste er nicht wissen, dass meine Gedanken bereits in dieselbe Richtung abgedriftet waren, riss ich meine Augen von ihm los und wandte mich an Hailey.

»Wie hast du geschlafen?«

Das war eine unverfängliche Frage, auch wenn sie zeigte, wie feige ich war. Ein Blick aus meinem Augenwinkel bewies, dass auch Tyler sich dieser Tatsache bewusst war. Schließlich würde sie heute wieder zu ihrem Vater nach Hause zurückkehren.

Dadurch, dass sie von dort ausgerissen war, war es nicht schwer zu interpretieren, wie es ihr damit ging.

In typischer Teenie-Manier zuckte sie mit den Schultern. »Ganz okay.«

Na dann.

»Bist du bereit für die Schule? Wir müssen gleich los.«

Bevor sie antworten konnte, mischte sich Tyler in das Gespräch. »Kleinen Moment noch. Warum ich eigentlich gekommen bin.«

Sofort galoppierte mein Herz auf und davon. Ich hatte es doch geahnt, dass die Sache mit dem Frühstück einen Haken hatte.

»Ich konnte deinen Vater bislang nicht erreichen. Ich fahre gleich nochmal raus nach Ashton. Aber wenn er nicht zu Hause ist und weiterhin nicht ans Telefon geht, kannst du nicht dorthin zurück. Gibt es jemanden in deiner Familie, bei dem du so lange unterkommen kannst?«

Während ich auf Haileys Antwort wartete, hielt ich die Luft an. Sie hatte den Blick auf ihren Teller vor sich gerichtet und gab bis auf ein Schulterzucken keine Reaktion von sich.

»Nicht, dass ich wüsste.«

Wieder einmal flog ihr mein Herz zu. Wie musste es sich anfühlen, zu wissen, dass es niemanden gab, zu dem man jederzeit konnte. Bei dem man sich sicher fühlte und wusste, man war jederzeit willkommen? *Das weißt du ganz genau.*

Bevor ich zu einer Antwort ansetzen konnte, sah Tyler kurz zu mir und kam mir zuvor.

»Was hältst du davon, wenn du solange bei Principal Friedman bleibst? Ich informiere das Jugendamt, das wird mit Sicherheit nichts dagegen haben. Im Gegenteil, dann müssen sie nicht kurzfristig eine Pflegefamilie für dich finden.«

Bei dem Wort Pflegefamilie war Hailey eindeutig zusammengezuckt.

Bevor sie sich in ihr Schneckenhaus zurückziehen konnte, meldete ich mich zu Wort.

»Du kannst so lange hierbleiben, wie du möchtest. Ich habe mich vor einigen Jahren beim Jugendamt als Pflegeplatz gemeldet und erfolgreich alle Prüfungen und Hausbesuche bestanden. Das wird also kein Problem sein«, sagte ich übertrieben fröhlich. Nach einem Blick auf Haileys Kleidung, die einige Flecken und Spuren der letzten Tage zeigte, sprach ich schnell weiter. »Wir können nach der Schule auch ein paar deiner Sachen holen. Für heute kannst du dir ein Shirt und eine Jeans von mir leihen. Wir sind ja ungefähr gleich groß.«

Hailey zog skeptisch eine Augenbraue hoch und ich konnte an ihrem Gesichtsausdruck erkennen, dass sie kurz davor war, abzulehnen. Schließlich jedoch nickte sie zögerlich und ich atmete innerlich auf.

Als ihr Frühstück beendet war und sie aufstand, um ihre Sachen gegen ein paar saubere von mir zu tauschen, die ich rausgelegt hatte, hielt mich Tyler auf.

Die Hand auf meinem Unterarm lenkte mich so sehr von seinen Worten ab, dass ich sie beinahe verpasst hätte.

»Ich hoffe, ich war nicht zu übergriffig, als ich Hailey gesagt habe, dass sie bei dir bleiben kann.«

Wenn mich seine Berührung schon aus dem Konzept brachte, tat es diese Aussage noch mehr.

War das eine Entschuldigung gewesen?

Ehrlich gesagt war mir bislang nicht in den Sinn gekommen, dass Tyler mit seinen Worten eine Grenze überschritten hatte, weil er sie ohne meine Zustimmung geäußert hatte. Im Gegenteil, ich war erleichtert gewesen. So konnte ich sicherstellen, dass es Hailey gut ging. Zumindest für ein paar Tage, bevor sie zurück zu ihrem Vater musste.

Aber so lange würde ich mein Bestes geben und ihr vermitteln, was es bedeutete, einen Ort zu haben, an dem man willkommen war.

»Nein, alles gut«, erwiderte ich und stand schließlich auf, um der Berührung seiner Hand auf meinem Arm zu entgehen.

Was nur dafür sorgte, dass mir sofort etwas fehlte.

»Was? Keine Standpauke, dass ich eine Grenze überschritten und einfach etwas beschlossen habe, ohne vorher deine Zustimmung zu erhalten?«

»Tja«, gab ich mich bemüht unbekümmert, auch wenn sein Grinsen, das bei seiner Aussage auf den vollen Lippen erschienen war, dafür sorgte, dass es in meinem Inneren verheißungsvoll kribbelte. »Es geschehen noch Zeichen und Wunder.«

»Du weißt, dass es nur vorübergehend ist, bis ich Brooks ausfindig gemacht habe?«

Das Lächeln war verschwunden und Tyler war wieder ganz in seiner Rolle als Chief, der mit seiner stoischen Art für Recht und Ordnung in unserer Kleinstadt sorgte.

»Natürlich«, antworte ich nun doch etwas pampig. »Ich habe nicht geplant, heute Nachmittag mit Hailey in den Baumarkt zu fahren, damit sie sich eine Wandfarbe für ihr neues Zimmer aussuchen kann.«

»Nadine.«

»Lass gut sein. Wir müssen zur Schule.«

Zum Glück trat Hailey in diesem Moment in den Eingang zur Küche. Ich nutzte dies, um Tyler deutlich zu machen, dass er vor uns das Haus verlassen sollte, damit ich die Tür hinter uns abschließen und wir uns endlich auf den Weg machen konnten.

KAPITEL 13

NADINE

Seit drei Tagen wohnte Hailey mittlerweile bei mir und noch immer fehlte von ihrem Vater jegliche Spur. Einerseits genoss ich es sehr, sie bei mir zu wissen, ihr am Ende des Tages ein warmes Essen hinzustellen und ihre Lunchbox gemeinsam mit meiner eigenen vorzubereiten. Sie war sogar dazu übergegangen, ihre Hausaufgaben am Küchentisch zu erledigen, während ich für uns kochte.

Was mir nur verdeutlichte, was für ein Potenzial in diesem Mädchen steckte, denn nicht ein einziges Mal hatte ich sie dazu auffordern müssen.

Unsere Gespräche waren über die letzten paar Tage auch lockerer geworden. So fand ich heraus, dass Hailey gerne Kinderärztin werden wollte. Als sie diese Tatsache preisgab, hatte ich alles in mir aufbringen müssen, um mir nicht anmerken zu lassen, wie überrascht ich davon war.

Sie erstaunte mich. Und erinnerte mich auf erschreckende Art an mein eigenes jugendliches Selbst.

Auf der anderen Seite hatte sich eine latente Unruhe in mir festgesetzt, die einfach nicht weichen wollte, so gut ich auch auf mich selbst einredete.

Was würde passieren, wenn Tyler Haileys Vater zu Hause antraf oder auf seinem Telefon erreichte? Nicht nur stand ich im täglichen Austausch mit ihm. Gestern Abend hatte er uns mal wieder einen überraschenden Besuch abgestattet und sich kurzerhand an unserem Abendessen beteiligt. Dadurch wusste ich, dass Mr Brooks nach wie vor nicht aufgetaucht war. Seine Nachbarn hatten ihn seit Tagen nicht gesehen und niemand wusste, wo und ob er überhaupt zurzeit arbeitete.

Die Ungewissheit, wann Hailey wieder weg sein würde, sorgte regelmäßig für Rumoren in meinem Magen.

Das war allerdings nichts gegen das Gefühl, das sich zeigte, wenn ich darüber nachdachte, wie es Hailey mit der Situation gehen musste. Beide Elternteile waren so auf sich selbst fixiert und gingen ihrem Leben nach, dass sie sich nicht darum kümmerten, wie es ihrer Tochter ging.

Von Hailey hatte ich auch erfahren, dass ihre Mutter mit einem Kerl abgehauen war, der ihr ein besseres Leben versprochen hatte. Sie hatte Hailey allerdings nicht gefragt, ob sie mitkommen wollte, als sie ihr davon erzählt hatte.

Es war später Nachmittag und Hailey und ich verließen gerade das Schulgebäude über die große Außentreppe, als aus dem Schatten eine große Gestalt trat. Instinktiv griff ich nach ihrem Arm und wollte sie hinter mich schieben, da erkannte ich das Gesicht.

Mr Brooks.

Und er sah nicht gerade erfreut aus.

»Mitkommen!«, erklang es grollend und er trat die restlichen Schritte auf uns zu, die uns noch von ihm trennten.

Sofort schrillten meine Alarmglocken.

»Mr Brooks! Was für eine Überraschung.«

»Nicht wirklich, wenn man bedenkt, wessen Tochter dieses Mädchen ist, oder?«

Ein stechender Schmerz breitete sich in meiner Zunge aus, als ich mit voller Kraft darauf biss, um eine unbedachte Antwort zu vermeiden. Ihn darauf hinzuweisen, dass die Polizei seit Tagen nach ihm suchte, um ihn darüber aufzuklären, dass seine vermisste Tochter wieder wohlbehalten aufgetaucht war, würde ihn nur unnötig provozieren.

Seinem Gesichtsausdruck nach zu urteilen, reichte ein unüberlegter Kommentar, um das Fass zum Überlaufen zu bringen. Was dann passierte, wollte ich mir nicht ausmalen.

»Lassen Sie uns in mein Büro gehen, dann können wir in Ruhe reden.«

»Gibt nichts zu bereden.«

Damit packte er Hailey am Arm und begann, sie hinter sich herzuziehen. Ich konnte nur noch hilflos mitansehen, wie sie völlig überrumpelt hinter ihm die Stufen herunterstolperte, während mein eigener Körper sich in einer Schockstarre befand.

Das hier konnte nicht passieren.

TYLER

Ein Hoch auf Hatties Cold Brew. Mit einem Seufzen stellte ich den Becher zurück in die Mittelkonsole meines Dienstwagens und konzentrierte mich auf den Rückweg zum Revier. Die Aussicht auf das Halbjahresbudget, das auf meinem Schreibtisch lag und auf Bearbeitung wartete, hatte mich einen dringend benötigten Umweg über das Happy Bean machen lassen.

Für diese Nachmittagsaktivitäten reichte die Plörre auf dem Revier nicht aus, wenn ich meinen Feierabend bei klarem Verstand erreichen wollte.

Mein Weg zurück führte mich an der Highschool vorbei. Routiniert ließ ich den Blick über den zu dieser Stunde verwaisten Parkplatz schweifen. Was mich nicht wunderte – und dann wiederum doch, schließlich hatte sie zurzeit einen Gast –, war, Nadines Wagen dort stehen zu sehen.

Was machte sie um diese Zeit noch hier, wenn Hailey bei ihr zu Hause wartete?

Ohne groß darüber nachzudenken, setzte ich den Blinker und bog auf das Schulgelände ein. Das Budget für das nächste Halbjahr konnte auch noch einen Moment länger auf mich warten. Und ein Blick auf die resolute Blondine, die ich in den letzten Tagen erstaunlich zahm, beinahe weich erlebt hatte, würde auch nicht schaden. Nicht, dass ich ihr das jemals verraten würde. Aber jemanden zu haben, den sie umsorgen konnte, brachte eine fürsorgliche, beinahe mütterliche Seite in ihr zum Vorschein. Und das gefiel mir.

Es gefiel mir sogar ausgesprochen gut. So hatte ich es mir nicht nehmen lassen, am Vorabend unter der Begründung, einen aktuellen Stand zur Suche von Haileys Vater abzugeben, persönlich bei ihr vorbeizuschauen. Und mich kurzerhand selbst zum Essen eingeladen. Das Chili con Carne hatte einfach zu gut gerochen, als Nadine die Tür zu ihrem Cottage geöffnet hatte.

Es hatte beinahe etwas von einer Familie, wie wir drei am Esstisch gesessen und uns das Chili hatten schmecken lassen, während wir jeweils von unserem Tag berichteten.

Auch das hatte mir gefallen, als ich beim Einschlafen Stunden später in meinem eigenen Bett den Abend noch einmal hatte Revue passieren lassen.

Was mir nicht gefiel, war der großgewachsene Mann, der gerade Hailey am Arm hielt und sie von der großen Treppe, die zum Eingang der Schule hinaufführte, wegzerrte. Nadine stand wie erstarrt auf der obersten Stufe und sah mit einem hilflosen Ausdruck in ihrem hübschen Gesicht dem Geschehen zu.

Kaum hatte ich den SUV geparkt, sprang ich heraus und ging mit zielstrebigen Schritten auf die Dreiergruppe zu. Nicht zu eilig, um Brooks, dessen Gesichtsausdruck Bände sprach, nicht aufzubringen. Aber definitiv entschlossen und ganz in meiner Rolle als Chief.

Das hier hatte sich schlagartig von einem Freundschafts- zu einem Dienstbesuch entwickelt.

Seufzend dachte ich an meinen Kaffee, der im Wagen auf mich wartete, während ich die Schultern straffte und mich Brooks in den Weg stellte.

»Alles in Ordnung?«

»Alles bestens, Chief. Ich bringe nur meine Tochter nach Hause. Offensichtlich hat sie den Weg dorthin vergessen.«

Die Art und Weise, wie dieser Kerl das Wort Chief aussprach, ließ meine Nackenhaare zu Berge steigen. Von dem Rest seiner Worte mal abgesehen.

»Wir konnten Sie seit einigen Tagen nicht erreichen, Mr Brooks. Dann hätten wir Ihnen mitgeteilt, dass wir Hailey ausfindig machen konnten.«

»Wüsste nicht, was es Sie angeht, wo ich mich aufhalte. Bin niemandem Rechenschaft schuldig.«

Damit schickte er sich an, an mir vorbeizugehen; Hailey weiterhin am Arm gepackt. Ein Blick in das Gesicht dieses Mädchens zeigte mir, wie wenig sie damit einverstanden war. Anstatt Tränen, wie man das bei so einem Griff jedoch erwartete, der unter Garantie blaue Flecken hinterlassen würde, stand dort nur stumme Resignation.

Und war das nicht so viel schlimmer als Tränen oder ein vor Wut verzerrtes Gesicht?

»Lassen Sie uns in mein Büro gehen und in Ruhe über alles reden, Mr Brooks.«

Nadine, die eindeutig darum bemüht war, Hailey aus den Klauen ihres Vaters zu befreien, versuchte sich ebenfalls um ein professionelles Auftreten. Dem Kneten ihrer Hände vor dem Bauch nach zu urteilen, war sie damit allerdings nicht gerade erfolgreich.

Am liebsten hätte ich sie in meine Arme gezogen, um sie so vor den Blicken von Brooks zu beschützen. Aber ich war mir ziemlich sicher, dass das nicht so gut angekommen wäre.

Wobei, vielleicht konnte ich so ihre kratzbürstige Art hervorkitzeln. Das gefiel mir auf jeden Fall besser, als sie so hilflos und überfordert zu sehen.

»Gibt nichts zu bereden, Principal. Meine Tochter ist wieder da und kommt jetzt mit mir nach Hause.«

Nadine sah zu mir und der flehende Ausdruck in ihren Augen zwang mich beinahe in die Knie. Es gab nichts, was ich in diesem Moment tun konnte, um ihn ihr zu nehmen. Hailey war minderjährig und Brooks war Haileys Erziehungsberechtigter. Auch wenn seine Methode unakzeptabel war, war es sein gutes Recht, seine Tochter mit nach Hause zu nehmen.

»Hailey ist ein großes Mädchen. Ich bin mir sicher, dass sie allein gehen kann.«

Mit hochgezogener Augenbraue sah ich auf die Hand, die noch immer Haileys Arm umklammert hielt. Ich konnte genau sehen, wie es hinter seiner Stirn brodelte. Aber Männer wie Brooks waren feige. Sie wussten, wann sie nichts ausrichten konnten. Meistens. Und gegen den Chief am helllichten Tage, vor Augenzeugen, waren sie eindeutig machtlos.

Er war niemand, um den ich mir Sorgen machte. Um Hailey allerdings schon.

Sah so aus, als ob das Jugendamt demnächst mal zu einem Hausbesuch bei der Familie Brooks antreten musste.

Meine Worte und der Blick halfen zumindest für den Moment, und Hailey wurde aus dem Klammergriff befreit.

»Mitkommen«, erklang es knurrend, dann setzte er sich erneut in Bewegung.

Hailey folgte ihm, den Blick nach unten gerichtet.

Im Vorbeigehen gab es noch einen abfälligen Blick für mich, den ich stoisch erwiderte, dann verschwanden die beiden über den Schulhof.

Kaum waren sie aus dem Sichtfeld, vernahm ich ein Geräusch, das ich Nadine niemals zugetraut hätte.

»Tyler.«

In wenigen Schritten war ich bei ihr und riss sie in meine Arme. Die Erschütterung, die ich in dem einen Wort, meinem Namen, gehört hatte, fraß sich direkt in mein Herz.

Ich spürte, wie sich ihre Finger an meinem Rücken in das Diensthemd krallten, und kam kaum gegen den Kloß an, der sich im Hals gebildet hatte.

»Schhh ...«, machte ich hilflos, während ich ihr in, so hoffte ich, beruhigenden Kreisen über die Schulter fuhr.

»Was machen wir denn jetzt?«, erklang es erstickt von meiner Brust, gegen die Nadine ihr Gesicht gedrückt hielt.

Ja, die kratzbürstige Version von ihr gefällt mir eindeutig besser.

»Ich spreche morgen mit dem Jugendamt, damit sie jemanden bei Brooks zu Hause vorbeischicken.«

Gerne hätte ich noch nachgesetzt, dass Hailey sicher war und ihr nichts passieren konnte. Allerdings konnte ich ihr das nicht versprechen. Und wenn es eines gab, was ich Nadine niemals antun würde, dann war das, ihr gegenüber ein Versprechen zu brechen.

Ein weiteres Schniefen erklang, dann trat sie einen Schritt von mir zurück und befreite sich aus meiner Umarmung. Widerwillig löste ich die Arme von ihr und steckte sie in Ermangelung ihres warmen, weichen Körpers in meine Hosentaschen.

»Okay.«

Während sie sichtbar tief durchatmete, fuhr sie sich mit den Fingerspitzen unter den Augen lang. Unter größter Anstrengung behielt ich meine Hände in den Hosentaschen, um ihr nicht die Tränen aus dem Gesicht zu wischen.

Brooks war damit offiziell ganz oben auf meiner Shit-List gelandet. Jemand, der diese Frau zum Weinen brachte, bekam es mit mir persönlich zu tun.

»Komm, ich bringe dich nach Hause.«

Damit schickte ich mich an, ihr eine Hand auf den Rücken zu legen und sie zu meinem SUV zu führen.

»Es geht schon.«

Natürlich. Seufzend verfiel ich neben ihr in einen ruhigen Gang, während ich sie zu ihrem Wagen brachte. Zumindest das konnte sie mir nicht nehmen.

Eins schwor ich mir, als ich schließlich auf dem Fahrersitz Platz nahm, nachdem ich Nadine verabschiedet hatte. Ich würde das Lächeln so schnell wie möglich zurück in ihr Gesicht bringen.

Koste es, was es wolle.

Und Brooks konnte sich auf etwas gefasst machen.

KAPITEL 14

NADINE

Ohne Hailey war es in meinem Cottage deutlich ruhiger. Zu ruhig.

Auch wenn sie nur konzentriert am Küchentisch ihre Hausaufgaben gemacht und nicht geredet hatte, so war ich mir ihrer Anwesenheit doch stets deutlich bewusst gewesen. Hatte mich an den Anblick der beiden Lunchboxen auf meiner Arbeitsplatte beinahe schon gewöhnt, genauso wie an das Rauschen der Dusche morgens, während ich Frühstück machte.

Umso deprimierender war der heutige Tag gestartet.

Der einzige Lichtblick war, in der Pause Hailey auf dem Flur begegnet zu sein, als ich auf dem Weg zurück in mein Büro gewesen war.

Außer einem kurzen Blick, der absolut nichtssagend gewesen war, hatte sie sich allerdings nicht bemerkbar gemacht. Kurz hatte ich überlegt, ob ich sie in mein Büro ausrufen lassen sollte, hatte diesen Gedanken aber genauso schnell wieder verworfen, wie er gekommen war.

Sie hatte aufgrund ihres Elternhauses schon genug Probleme, um Anschluss unter ihren Mitschülern zu finden. Da musste ich nicht auch noch Öl ins Feuer gießen, indem ich sie über die Lautsprecher der Schule zu mir rief.

Nach dem Unterricht war sie direkt in den Schulbus Richtung Ashton gestiegen, also hatte ich dort auch keinen Erfolg gehabt.

Es half alles nichts. Unverrichteter Dinge, da ich auch von Tyler bislang nichts zu dem angesprochenen Besuch vom Jugendamt gehört hatte, begab ich mich auf den Heimweg. Ich wusste, ich musste mich in Geduld üben. Die Mühlen mahlten bekannterweise langsamer bei den Behörden; davon konnte ich als Direktorin ein Lied singen.

Und dann waren da noch all die widersprüchlichen Gefühle, die einfach nicht verschwinden wollten, sobald ich an Tyler dachte.

Was musste er von mir denken, dass ich mich gestern so völlig hilflos in seine Arme geschmissen und wie eine Jungfrau in Nöten an seiner Brust geschluchzt hatte? Sofort fuhr mir Wärme in die Wangen, wenn ich nur daran dachte.

Und es war auch nicht das erste Mal in der letzten Zeit gewesen, dass er mich so erlebt hatte.

Andererseits hatte ich seit dem ersten Vorfall mit meinem Gartenhaus eine Seite an Tyler entdeckt, vor der ich mich nicht länger verstecken konnte. Ich musste mir eingestehen, dass sie mir gefiel.

Auch wenn ich nach wie vor niemand war, der sich auf andere verließ. Einzig ich allein wusste, was ich erwartete, daher sorgte ich auch selbst dafür, dass es erledigt wurde. Niemand anderes konnte das für mich übernehmen.

Das war ein ungeschriebenes Gesetz. Schon mein ganzes Leben über.

Es hat dir gefallen, wie er sich um dich gekümmert hat, dir und Hailey Frühstück gebracht und gemeinsam mit euch zu Abend gegessen hat.

Selbst wenn es mir gefallen hätte – was ich niemals zugeben würde, auch unter der größten Folter nicht –, hieß das nicht, dass es etwas zu bedeuten hatte.

Tyler war lediglich seiner Pflicht als Ordnungshüter von Oaks Harbor nachgekommen und hatte nach dem Rechten gesehen, da er sich für Hailey verantwortlich fühlte.

So wie er sich für alles in Oaks Harbor verantwortlich fühlte. Auch wenn er mich regelmäßig zur Weißglut brachte, weil er seine Nase in

Angelegenheiten stecken musste, die ihn nichts angingen. Polizist hin oder her.

Da, das war doch schon viel besser.

Mit dem bekannten rasenden Gefühl, das ich mit dem Chief in Verbindung brachte, schaffte ich es, mich in meine Yogasachen zu zwängen und auf den Weg in den Ortskern zu Suzies Yogastudio zu machen. Donnerstags stand Power Yoga auf dem Plan und auch wenn mich die letzte Zeit deutlich ausgelaugt zurückgelassen hatte, wusste ich, dass so eine kräftezehrende Einheit mich am Ende besser fühlen lassen würde. Hormone und so.

Und vielleicht würde ich auch endlich mal wieder dank der Erschöpfung eine Nacht durchschlafen.

HAILEY

So leise wie möglich schlich ich zur Tür und drückte ein Ohr dagegen. Die Stimme, die gerade Dad begrüßte, kannte ich nicht. Und sie klang auch nicht nach jemandem, der in einem Trailer in Ashton wohnen würde.

Man konnte sagen, Ashton war nicht gerade für seine gehobene soziale Stellung bekannt.

Die dünnen Wände des Hauses, wenn man es denn als solches bezeichnen konnte, erlaubten mir, jedes Wort zu verstehen.

»Mr Brooks?«

»Wer will das wissen?«

»Peggy Smith vom Social Service. Das ist meine Kollegin Brenda Connelly. Wir sind hier für einen Hausbesuch.«

»Wüsste nicht, was es hier groß zu sehen gibt.«

»Davon würden wir uns selbst gerne ein Bild machen. Ist Ihre Tochter zu Hause?«

Die Frau hatte anscheinend Mut, wenn sie so mit Dad redete. Er war nicht gerade klein, fast so groß wie der Chief. Allerdings deutlich weniger muskulös. Und er trank deutlich mehr Bier, wovon auch sein Bauch ein Lied singen konnte.

Vielleicht war das aber auch der Grund, warum sie zu zweit hergekommen waren.

Auf Zehenspitzen schlich ich so schnell wie möglich zurück zu meinem Schreibtisch, der in eine Ecke des kleinen Zimmers gequetscht war, und hatte gerade auf dem Stuhl Platz genommen, da wurde die Tür auch schon aufgerissen.

»Wir haben Besuch. Komm ins Wohnzimmer.«

Ohne ein Wort zu verlieren, stand ich auf und folgte Dad nach vorn. Zehn Schritte von meiner Zimmertür bis zur Couch, auf der die Frauen vom Jugendamt Platz genommen hatten.

Bei Nadine waren es einige Schritte mehr gewesen, auch wenn ihr Cottage nicht besonders groß war. Unser Trailer konnte trotzdem nicht damit mithalten.

Die beiden Frauen waren eindeutig zu fein gekleidet für ihre Umgebung. Aufgrund der Art, wie sie auf der rissigen braunen Couch mit dem abgewetzten Stoff saßen und ihre Taschen auf dem Schoß hielten, waren sie sich dieser Tatsache durchaus bewusst.

So gut es ging, versuchte ich meine Gefühle zu unterdrücken und mir vor Dad nicht anmerken zu lassen, wie es mir mit ihrem Besuch bei uns zu Hause ging. Zum Glück hatte ich das über die Jahre perfektioniert. Auch wenn es durch die Zeit bei Principal Friedman nun um einiges schwieriger war.

Sie war eine kühle, aber gerechte Direktorin. Für mich hatte sie allerdings immer ein Lächeln übriggehabt, wenn ich ihr in der Schule begegnet war. Deshalb hatte ich mir auch ihr Gartenhaus ausgeguckt, als ich eine Unterkunft für die Nacht gesucht hatte. Dass sie mich gefunden hatte, war allerdings nicht der Plan gewesen.

Und dass sie mich bei sich untergebracht hatte, auch nicht. Nun wusste ich, wie es war, wenn man bei jemandem willkommen war. Wenn man gemeinsam kochte und über seinen Tag redete. Wenn jemand wirklich an mir interessiert war und Fragen stellte.

Aber das war nun vorbei.

»Hallo, Hailey. Ich bin Peggy Smith vom Social Service. Das ist meine Kollegin Brenda Connelly. Wir haben einen Hinweis erhalten, dass du von zu Hause weggelaufen bist.«

»Sie sehen, dass sie wieder wohlbehalten aufgetaucht ist.«

»Ich würde gerne von Hailey wissen, wie es dazu gekommen ist. Und von Ihnen, warum Sie sie nicht als vermisst gemeldet haben.«

Diese Ms Smith ließ sich wirklich nicht aus der Ruhe bringen. Ich wusste nicht, ob ich sie dafür bewundern oder bemitleiden sollte.

»War mit dem Truck auf Tour. Sobald ich zurückgekommen bin, habe ich Hailey eingesammelt.«

»Sie arbeiten als Trucker?«

»Wüsste zwar nicht, was es Sie angeht, aber ja.«

»Und da sind Sie immer mehrere Tage am Stück unterwegs? Wer kümmert sich in der Zeit um Hailey?«

»Das war das einzige Mal. Ist 'n neuer Job. Hab' dem Boss erklärt, dass ich nur noch Tagestouren machen kann.«

Ms Smith schien ihm das nicht abzunehmen, ließ es aber nach einem kurzen Blickwechsel mit Ms Connelly auf sich beruhen.

»Wenn es das dann war mit den Fragen ...«

Dad war eindeutig darum bemüht, sie so schnell wie möglich wieder loszuwerden. Vermutlich juckte es ihm bereits in den Fingern, weil das nächste Bier schon im Kühlschrank auf ihn wartete.

»Ich würde gerne noch einen Blick in Haileys Zimmer werfen, um mir ein Bild zu machen.«

Auf einen Blick von meinem Vater ging ich die zehn Schritte zurück durch den Flur, der dieses Wort nicht verdiente, und hielt Ms Smith die Tür auf, während ihre Kollegin mit Dad im Wohnzimmer zurückblieb. Während sie mitten im Raum stehen blieb und sich umsah, versuchte ich, alles durch ihre Augen aufzunehmen. Was mochte sie denken, wenn sie den kleinen Schreibtisch sah, der zwischen Wand und Kommode in eine Ecke des Zimmers geklemmt war? Den Schrank, an dem die ehemals weiße Farbe abblätterte und die darunter liegende Spanplatte zum Vorschein brachte?

Sie brauchte nichts zu sagen, um mir klarzumachen, was sie dachte. Man konnte es in dem Blick sehen, wie ihre Augen über den abgenutzten Teppich glitten, der so viele Flecken hatte, dass man sich nicht mehr sicher sein konnte, welche Farbe er ursprünglich einmal gehabt hatte. Ihr Blick blieb an den dünnen Gardinen hängen, die an mehreren Nägeln hingen und jeden Windstoß durchließen. Dann an meinem Bett, das so schmal war, dass ich mich manchmal wie in einem Sarg fühlte, wenn ich mich abends darin zusammenrollte.

Sie seufzte leise, fast unmerklich, aber ich hörte es trotzdem. Das Letzte, was ich wollte, war Mitleid.

»Wie lange wohnt ihr schon hier, Hailey?«

Ihre Stimme war leise, als ob sie den Staub nicht aufwirbeln wollte, der sich in den Ecken meines Zimmers festgesetzt hatte.

»Schon immer«, antwortete ich knapp, ohne sie anzusehen. Warum sollte ich ihr mehr erzählen? Sie wollte sowieso nur das hören, was in ihre kleine Akte passte. Damit sie am Ende des Tages zufrieden nach Hause fahren konnte, im Wissen, die Arbeit, die ihr aufgetragen war, erledigt zu haben. Nicht mehr.

Anscheinend hatte meine zynische Art, die ich in Principal Friedmans Cottage erstaunlich schnell abgelegt hatte, weil sie dort einfach fehl am Platze war, mich wieder eingeholt.

So war das mit Orten wie dem Trailerpark. Sie beraubten einen der Farben, der Leichtigkeit und des Spaßes im Leben und hinterließen ein tristes Grau ohne jeglichen Schimmer auf Hoffnung.

Hoffnung, wie ich sie als kleines Kind gehabt hatte und die spätestens mit dem Abhauen von Mom verschwunden war.

»Und wie kommst du in der Schule zurecht?«, fragte sie, als ob sie das wirklich interessierte.

Ich zuckte mit den Schultern. »Geht schon.«

»Wie kam es, dass du bei Principal Friedman Unterschlupf gesucht hast?«, hakte sie nach.

Ich schnappte nach Luft. Was ging sie das an?

»Das war … nur, weil ich eine Nacht nicht nach Hause konnte«, murmelte ich.

»War es nur das?«, fragte sie sanft.

Ihre Augen aber waren scharf, durchdringend. Sie wollte mehr wissen. Aber wozu? Was würde das schon ändern? Sie würde ihren Bericht schreiben, ein paar Notizen machen und dann würde sie weiterziehen, auf zum nächsten Fall, zum nächsten kaputten Zuhause.

»Ja«, sagte ich schließlich, ohne meine Augen von ihr abzuwenden. »Nur das.«

Sie nickte langsam, als ob sie darüber nachdachte, wie viel von dem, was ich gesagt hatte, sie wirklich glaubte. Dann drehte sie sich um und sah sich das kleine Regal an, das voller Schulbücher, zerknitterter Notizblöcke und ein paar alten Spielzeugfiguren war, die ich aus meiner Kindheit aufgehoben hatte.

»Was willst du später mal machen, Hailey?«

Bislang hatte ich nur Nadine von meinem geheimen Traum erzählt. Und das sollte auch so bleiben. Niemanden sonst ging es etwas an. Ich konnte darauf verzichten, Mitleid geschweige denn Spott in den Augen meines Gegenübers zu sehen, wenn ich davon erzählte. Ich, das mittellose Mädchen aus dem Trailerpark, das Kinderärztin werden wollte.

Bei Nadine jedoch wusste ich instinktiv, dass sie mich nicht dafür auslachen würde.

Ich warf Ms Smith einen schiefen Blick zu. »Weiß nicht. Hab noch nicht so weit gedacht.«

»Vielleicht solltest du das«, sagte sie ruhig. »Es könnte helfen, einen Plan zu haben.«

Ich biss mir auf die Lippe und sah zur Seite. Einen Plan. So, als wäre das so einfach. So, als könnte ein Plan das alles hier irgendwie besser machen. Wohin mein letzter Plan mich gebracht hatte, konnte man an den Ereignissen der letzten Zeit nur allzu deutlich sehen.

»Ich komme zurecht«, sagte ich schließlich. »Das tue ich immer.«

KAPITEL 15

NADINE

Der Sommer hatte mit Beginn des Junis Einzug in Oaks Harbor gehalten. Während draußen die Sonne schien, die Erde erwärmte und zu Aktivitäten an der frischen Luft rief, war sie gegen die Kälte in meinem Inneren machtlos. Jeder Therapeut hätte mir unterschrieben, dass ich nach dem Verlust von Hailey in ein depressives Loch gefallen war.

Da ich es besser wusste und nicht zu einem Therapeuten ging, vergrub ich mich stattdessen in meine Arbeit. Zumindest konnte ich dort vermeintlich ein Auge auf Hailey werfen. Wann immer es der Stundenplan zuließ und die Notwendigkeit dafür gegeben war, gab ich Vertretungsunterricht in der Neunten. Von Alice hatte ich mir dafür schon einige Blicke einfangen dürfen, aber es war mir egal. Es ging sowieso nicht viel an den aufmerksamen Augen meiner Sekretärin vorbei. Und die Arbeit, die durch meine vermehrte Anwesenheit im Unterricht auf dem Schreibtisch liegen blieb, sorgte dafür, dass ich nachmittags länger arbeitete und somit nicht vorzeitig in mein verwaistes Cottage zurückkehren musste.

Win-win auf ganzer Linie, wenn man mich fragte, auch wenn das eindeutig zynisch klang.

Mein Garten dankte es mir ebenso wenig. Auch dieser litt unter meiner ständigen Abwesenheit. Und das, obwohl ich die Arbeit mit den Pflanzen und Sträuchern liebte. Jedes Jahr ging ich regelrecht auf, wenn ich mich endlich wieder nach dem langen Michiganer Winter darin austoben konnte. Nicht ohne Grund hatte ich mir das Cottage ausgesucht. Bereits bei der ersten Besichtigung hatte ich mich in den Garten, der liebevoll von den Vorbesitzern angelegt und gepflegt worden war, Hals über Kopf verliebt.

Über die Jahre hatte ich einiges verändert, ausprobiert, wieder verworfen und stetig weiterentwickelt. Es war mein absoluter Wohlfühlort. Die Holzterrasse mit den gemütlichen Sitzgelegenheiten, die Lichterketten, die kreuz und quer gespannt waren, die unzähligen Pflanzen in Kübeln, Töpfen und in der Erde, die in allen erdenklichen Farben erblühten. Vor allem jetzt im Frühsommer war der Garten eine regelrechte Oase.

Und was tat ich?

Ich vergrub mich in Trübsal und Arbeit in meinem stickigen Büro, anstatt ihn zu genießen.

Als ich an diesem Tag eingehüllt in eine Strickjacke gegen die morgendliche Kühle, die vom See hinüberwehte, vom Parkplatz aus Richtung Schulgebäude lief, blieb ich ruckartig stehen. Ein Schauer kroch langsam meinen Rücken hinauf, als mich ein Gefühl von Déjà-vu überkam.

Die Gestalt, die auf den Stufen kauerte, saß auf einem unförmigen Gegenstand, ein Buch aufgeklappt auf dem Schoß liegend.

Mit schnellen Schritten überbrückte ich die Distanz, die uns noch trennte.

»Hailey!«

Ja, meine Stimme brach eindeutig bei der zweiten Silbe. Die Menge an Gefühlen, die in diesem Augenblick durch meinen Körper strömten, war ein wildes Kaleidoskop. Undefinierbar und überwältigend, sodass mir der Atem wegblieb.

Das Gefühl wurde nicht besser, als sie aus Augen zu mir aufsah, in denen Dinge standen, die ein Mädchen in ihrem Alter nicht fühlen sollte.

Auch wenn es unprofessionell war und definitiv die Grenze einer Lehrer-Schüler-Beziehung überschritt, ließ ich mich auf die Knie fallen und zog sie in eine Umarmung. Tränen traten mir in die Augen, als ich spürte, wie sie ihrerseits die Arme um mich schloss und die Hände auf meinem Rücken zum Liegen kamen.

»Was machst du hier um diese Zeit? Und warum sitzt du auf einer Reisetasche?«, ließ ich die Fragen endlich hervorkommen, nachdem ich mich vorsichtig von ihr gelöst und einen Blick auf sie geworfen hatte.

»Mein Dad hat mich hier abgesetzt, bevor er weitergefahren ist.«

»Was meinst du?«

Eine dunkle Vorahnung überkam mich, als ich, sie aufmerksam betrachtend, auf die Antwort wartete. Sie wich meinem Blick aus, sodass ich wie von selbst eine Hand auf ihre Wange legte.

»Was immer es ist, du kannst es mir sagen. Wir finden eine Lösung, ok?«

Offensichtlich glaubte sie mir, denn sie begann zu sprechen. In ihren Augen stand nicht mehr der Stolz und Trotz wie noch vor ein paar Monaten, als wir uns in einer ähnlichen Situation wiedergefunden hatten. Das sorgte einerseits für ein warmes Gefühl in meinem Inneren als auch beißenden Hass auf die Person, die es nicht verdiente, Vater dieses umwerfenden Mädchens zu sein.

Damals hatte sie sich hinter einer Mauer versteckt, voller Misstrauen in die Welt und die Menschen, die sie bevölkerten.

Heute konnte ich jedoch jede einzelne Emotion, die in ihr aufkam, darin aufflackern sehen. Ehrfurcht durchflutete mich, als ich erkannte, dass Hailey mich zu einer Vertrauten auserkoren hatte.

In diesem Moment schwor ich mir, dass ich für den Rest meines Lebens alles geben würde, um dieses Vertrauen nicht zu missbrauchen und immer für sie da sein würde.

»Er hat eine Tour nach Florida bekommen, die er unbedingt machen wollte. Und dann will er für eine Weile dortbleiben, weil ein Freund von ihm ein neues Geschäft hat, in das er einsteigen kann.«

Mr Brooks konnte froh sein, dass Florida nicht mal eben um die Ecke von Oaks Harbor lag. Sonst hätte er etwas erleben können. Nicht, weil ich ihm Tyler auf den Hals gejagt, sondern weil ich ihn mir selbst vorgenommen hätte.

Fühlten sich so Löwinnen, die ihre Jungen vor Feinden verteidigten?

»Wollen wir deine Reisetasche direkt in mein Auto stellen?«

Offensichtlich war das die richtige Reaktion. Ich konnte förmlich dabei zusehen, wie Hailey die Angst und Anspannung von den Schultern fielen. Aufmunternd lächelnd stand ich von meiner noch immer knienden Position auf der Treppenstufe unterhalb von Hailey auf und griff nach den Henkeln, als sie es ebenfalls tat.

Dem inneren Drang nachgebend, legte ich ihr einen Arm um, als wir den Weg zurück zum Wagen gingen, und fragte betont locker: »Lieferdienst zum Abendessen oder lieber kochen?«

Hailey sah grinsend zu mir. »Lieferdienst.«

»Gut, dann bleibt uns ein Gang zum Oak's Mart erspart. Der Kühlschrank gibt nämlich aktuell nicht viel Auswahl her.«

Für ein gemeinsames Frühstück morgen vor der Schule würde es reichen, aber so verschaffte uns die gewonnene Zeit am Nachmittag Raum zum Reden. Denn nichts war geklärt nach Haileys kurzer Erläuterung, warum sie um diese Uhrzeit mit einer Reisetasche auf den Stufen der Schule saß. Wie lange sie bleiben würde, was das für ihre Zukunft hieß und welche Rolle ich in der Situation spielte.

Nichtsdestotrotz freute ich mich nach Wochen endlich mal wieder auf einen frühen Feierabend. Was ich heute nicht schaffte, würde ich auch in den kommenden Tagen erledigen können. Irgendetwas sagte mir, dass ich beginnend mit heute wieder weniger Vertretungsunterricht geben würde.

TYLER

Hailey ist wieder bei mir.

Auch wenn dieser Text mehr Fragen hervorrief, als Antworten lieferte, entschied ich mich, sie auf den Abend zu verlegen. Es war Dienstag, es war Vormittag und sowohl Nadine als auch ich mussten arbeiten. Außerdem gab mir das einen Grund, bei ihr zu Hause aufzuschlagen.

Leider hatte es in den letzten Wochen nicht viele Gründe gegeben, um das zu tun, sehr zu meinem Leidwesen. Ohne Hailey waren wir wieder zu der Distanz aus der Zeit vor Hailey übergegangen. Ja, es gab zwischen Nadine und mir eine Zeit vor Hailey und eine danach. Die Frau meiner Träume und schlaflosen Nächte hatte sich in ihrem Leid in ihren alten Schutzpanzer vergraben und mir waren die Argumente ausgegangen, warum ich sie daraus hervorholen und verdammt noch mal für sie da sein wollte.

Spaghetti zum Abendessen okay?

Ein Daumenhoch war alles, was ich als Antwort bekam, und musste mir für den Moment reichen. Aber ich kam nicht umhin, zu bemerken, dass mein Herz plötzlich schneller schlug und sich in mir eine Leichtigkeit ausbreitete, die mich dazu verleitete, fröhlich vor mich hinzusummen, während ich mich dem Bericht auf meinem Schreibtisch widmete.

Tyler war back in the Game.

Am Abend sprang ich förmlich die Treppe zu Nadines Cottage hinauf, Styroporbehälter vom Lake Star in einer Papiertüte in der Hand, aus der köstliche Gerüche strömten, die meinen Magen zum Knurren brachten. Die gute Laune hatte den restlichen Tag über angehalten und konnte durch nichts und niemanden vertrieben werden.

Warum Hailey wieder bei Nadine war, war erst einmal zweitrangig. Auch wenn wir uns darüber unterhalten mussten. Dass sich das Little League Training in der Sommerpause befand, hatte mir ebenfalls in die Karten gespielt und mir wertvolle Stunden gebracht, die ich mit den beiden wichtigsten Personen in meinem Leben verbringen konnte.

Denn das waren sie. Nadine sowieso. Ohne sie wollte ich nicht mehr sein. Sie war es, die eine, die ich irgendwann vor den Traualtar schleifen – natürlich, nachdem sie Ja gesagt hatte – und mit der ich gemeinsam alt werden würde.

Und ohne Hailey gab es keine Nadine. Die beiden kamen im Doppelpack, egal, wie Haileys aktuelle Lebens- und Wohnsituation aussah. Nicht, dass ich damit ein Problem hätte. Ich mochte das Mädchen sehr. Wenn man ihr mit Respekt und Vertrauen gegenübertrat und ihr ein Umfeld schaffte, in dem sie sich wohlfühlte, worin Nadine eine Meisterin war, taute sie regelrecht auf. Sie war aufgeweckt, schlau und lustig.

Ich hätte mir nichts Besseres vorstellen können, als meinen Feierabend mit den beiden zu verbringen.

Die Sonne stand noch hoch am Himmel, obwohl es bereits achtzehn Uhr war, da wir uns immer mehr dem längsten Tag des Jahres näherten. Und ich stand vor Nadines Cottage und versuchte, das Grinsen aus dem Gesicht zu verbannen. Ein tiefes Durchatmen sollte mir helfen, die Freude in meinem Inneren ein wenig zu dämpfen. Schließlich wollte ich nicht wie ein verzweifelter Schuljunge wirken, der endlich einen Grund gefunden hatte, seine Angebetete wiederzusehen.

Ich klopfte kurz an die Tür und trat ohne weiteres Zögern ein, wie ich es aus der letzten Zeit mit Hailey gewohnt war. Der vertraute Duft von Nadine und ein Hauch frisch geschnittener Blumen empfingen mich, als ich eintrat. Im Wohnzimmer hörte ich Haileys Lachen und das vertraute Geräusch von Nadines Stimme. Eindeutig der Soundtrack meines Glücks, wenn man mich einen Romantiker nennen würde. Was ich definitiv nicht war.

»Hey, ihr beiden«, machte ich mich bemerkbar, als ich die Schwelle überschritt, und hob die Tüte mit den Essensbehältern hoch. »Essen ist da, direkt aus der besten Küche in ganz Oaks Harbor.«

Hailey saß mit baumelnden Beinen auf einem Küchenschrank, ein Grinsen auf ihren Lippen, und Nadine war am Tresen mit einer Karaffe beschäftigt, in der ich Eistee ausmachen konnte. Sie drehte sich um, einen warmen Ausdruck in den Augen, und als sich unsere Blicke trafen, konnte ich das winzige Zucken an den Ecken ihres Mundes sehen. Ein Versuch, das Lächeln zu unterdrücken, das sie wahr-scheinlich nicht zulassen wollte, vermutete ich.

»Danke, dass du Essen mitgebracht hast, Tyler«, sagte sie mit einer Stimme, die beinahe neutral klang, aber nicht ganz. »Ich dachte, wir könnten das schöne Wetter nutzen und auf der Terrasse essen. Der Eistee ist auch gerade fertig.«

Ich stellte die Tüte auf den Tresen, gab Nadine einen Kuss auf die Wange zur Begrüßung und sah zu Hailey hinüber, sodass es wie beiläufig wirkte. Auch wenn es sich alles andere als das anfühlte.

»Hast du schon mal bessere Spaghetti Bolognese gegessen als die vom Lake Star?«, fragte ich gespielt ernst.

»Nicht, dass ich wüsste«, gab sie zu, und ihr Lächeln wurde ein bisschen breiter. »Aber gut, dass du betonst, dass sie vom Lake Star sind und nicht von dir.«

»Du triffst mich. Meine Kochkünste sind legendär«, erwiderte ich, die Empörung aus jeder Silbe triefend.

Nadine kicherte und mein Herz machte einen Sprung. Es war ein leises Lachen, ein bisschen rau, wie das einer Person, die es lange nicht mehr genutzt hatte, aber es war da. Und es war Musik in meinen Ohren.

»Nehmt das Geschirr mit nach draußen und dann setzt euch«, sagte sie schließlich und stellte den Tee mit drei Gläsern auf ein Tablett, auf dem schon Teller und Besteck lagen. »Wir sollten reden, bevor wir essen. Oder während wir essen, damit die fantastischen Spaghetti nicht kalt werden. Keine Ahnung, wie lange das dauern wird.«

»Klingt nach einem Plan«, sagte ich und nahm das Tablett.

Kaum hatten wir auf der Terrasse Platz genommen und uns am Essen aus den Kartons bedient, ergriff ich wieder das Wort.

»Hailey, erzähl uns am besten der Reihe nach ganz in Ruhe, was passiert ist. Dann machen wir einen Plan, wie wir weiter vorgehen.«

Hailey schaute von Nadine zu mir und dann wieder auf den Teller vor ihr. Sie zögerte und ich konnte beobachten, wie sie mit sich rang.

Während sie uns davon erzählte, was sich zugetragen hatte, stieg in mir eine unfassbare Wut auf ihren Vater auf. Und auf ihre Mutter. Ich musste sie nicht kennen, um zu wissen, dass sie Hailey als Tochter nicht verdient hatten.

In diesem Moment schwor ich mir, dass ich alles dafür tun würde, damit Hailey nie wieder in ihr verkorkstes Elternhaus zurückmusste. Sie hatte eindeutig Besseres verdient.

Wir erfuhren, dass Brooks zu einer Tour nach Florida aufgebrochen war und dortbleiben wollte. Ein Kumpel hatte irgendein neues Geschäft gestartet, das angeblich super lukrativ war und an dem Brooks sich beteiligen wollte, um auch endlich einmal Glück zu haben. Seine Worte, laut Hailey. Er hatte ihr am vergangenen Abend aufgetragen, eine Tasche zu packen und zu ihrer ach so feinen Direktorin zu ziehen, da sie sich ja beim letzten Mal dort so wohl gefühlt hatte.

117

»Ich weiß nicht, wie lange ich hierbleiben kann. Aber ich will nicht mehr zurück«, schloss sie schließlich, ihre Stimme kaum mehr als ein Flüstern.

Nadine legte sanft eine Hand auf ihre. »Wir finden eine Lösung, Hailey.«

Genau das liebte ich an dieser Frau. Sie war einfühlsam und für Hailey da. Aber sie gab ihr keine leeren Versprechungen, die sie nicht halten konnte, auch wenn sie alles dafür getan hätte, ihr das Leid zu nehmen, mit dem das Mädchen zu kämpfen hatte.

»Aber was ist mit meinem Dad?«

Ihre Augen suchten meinen Blick, als ob ich die Antwort auf eine Frage hätte, die niemand wirklich beantworten konnte.

»Er hat gesagt, er kommt vielleicht irgendwann zurück ... aber vielleicht auch nicht.«

Ich räusperte mich.

»Das Wichtigste ist, dass du dich sicher fühlst. Dass du ein Zuhause hast, wo du gewollt wirst.«

Nadine nickte zustimmend, wie ich mit einem Seitenblick auf sie bemerkte. »Genau. Und wie es aussieht, ist dein Zuhause hier. Zumindest so lange, wie du eins brauchst.«

Hailey sah uns beide an und in ihren Augen flackerte etwas auf. Etwas zwischen Hoffnung und Angst.

»Ich ... danke«, murmelte sie schließlich und trank einen Schluck von ihrem Eistee, während sie unseren Blicken wieder auswich.

Ich gab ihr diesen Moment, um sich zu sammeln, und sah zu Nadine. Das hektische Flattern ihrer Augenlider zeigte mir, dass dieser Moment ihr ebenfalls nah ging. Während ich mit einer Hand Spaghetti auf meine Gabel drehte, streckte ich die andere vorsichtig aus, um sie nicht zu erschrecken. Trotzdem spürte ich das Zucken, das durch ihren Körper ging, als ich meine Hand auf ihre legte. Bekräftigend drückte ich sie und lächelte ihr aufmunternd zu.

Egal, was passierte, sie musste das nicht allein durchstehen. Ich würde bei jedem ihrer Schritte an ihrer Seite stehen.

Wenn sie mich ließ.

KAPITEL 16

NADINE

Midsommar. Seit ich denken konnte, fand am längsten Tag des Jahres ein großes Fest zur Sommersonnenwende getreu dem schwedischen Original in unserer Kleinstadt statt. Irgendwann nach der Gründung von Oaks Harbor hatte es sich eingebürgert und war seitdem nicht mehr aus den zahlreichen Feierlichkeiten unserer Stadt wegzudenken. Dabei gab es noch nicht einmal viele Menschen mit skandinavischer Abstammung in unserem Städtchen.

Vermutlich lag es daran, dass die Einwohner von Oaks Harbor nie eine Gelegenheit, ein großes Stadtfest zu veranstalten, ausließen.

Es war einer dieser Tage, an denen alles und jeder schien, als wäre er in goldenes Licht getaucht. Die Luft flirrte vor Hitze und Vorfreude, und die Energie des Tages war fast greifbar. Eine vibrierende Mischung aus Tradition und sommerlicher Ausgelassenheit, in denen die Nacht mit ihrer fehlenden Dunkelheit zum Tag wurde.

Der Festplatz neben dem Rathaus war schon seit den frühen Morgenstunden in Bewegung. Ein stetes Kommen und Gehen, ein emsiges Treiben und Lachen. Ich beobachtete beim Eintreffen mit Hailey, wie Mädchen mit Blumenkränzen im Haar über die Wiese liefen, ihre luftigen Sommerröcke um sie herumwirbelnd. Sie hatten die Blumen traditionell am Morgen in den Gärten und auf den Wiesen am Stadtrand gepflückt, frisch gebunden und voller Stolz auf ihre Köpfe gesetzt. Die Kränze waren so vielfältig wie die Mädchen selbst; aus Margeriten, Kornblumen, Rosen und Wildkräutern, die ihre Mütter in ihren Gärten zogen. Die Blumen leuchteten in allen Farben und die Mädchen wirkten wie kleine Sommerfeen.

Stolz blickte ich auf Hailey neben mir, die ich ohne viel Überredungskunst ebenfalls hatte überzeugen können, mit meiner Hilfe einen solchen Kranz mit Blumen aus meinem Garten zu binden. Er thronte auf ihren dunkelbraunen Locken, die im Sonnenschein glänzten. Die fast schon kindliche Freude, mit der sie sich im Spiegel betrachtet hatte, bevor wir zum Midsommarfest aufgebrochen waren, hatte sich in mein Herz gebohrt. Tränen waren mir in die Augen gestiegen, die ich heftig wegblinzeln musste, um den Moment mit meiner Rührseligkeit nicht kaputtzumachen.

Ohne Hailey danach fragen zu müssen, war ich mir sicher, dass es ihr erstes Midsommarfest mit eigenem Blumenkranz war.

Auf der Festwiese standen Buden, Holztische und Bänke wild verteilt, beladen mit traditionellen schwedischen Speisen: geräucherter Lachs, eingelegter Hering in verschiedensten Variationen, Frühkartoffeln mit frischem Dill, roter Rübensalat und natürlich riesige Schüsseln voller Erdbeeren, die nur darauf warteten, mit einem Schlag Sahne serviert zu werden. Einige ältere Bewohner hatten sich bereits gemeinsam mit Bürgermeister Montgomery beim Schnaps probiert, dem traditionellen Aquavit, und ihre Gesichter leuchteten gerötet vom ersten oder zweiten Gläschen. Vielleicht auch vom Dritten. Immer wieder hörte man jemanden »Skål!« rufen, gefolgt von Gelächter und fröhlichem Geplauder.

Wenn ich es nicht besser gewusst hätte, hätte man sich direkt wie in einem kleinen schwedischen Dorf gefühlt und nicht in einer Kleinstadt mitten in den Vereinigten Staaten.

In der Mitte des Platzes stand der große, mit Blumen und Birkenzweigen geschmückte Maibaum, das Herzstück der Feierlichkeiten. Er ragte stolz in den blauen Sommerhimmel und war umwickelt mit Girlanden aus weißen und gelben Blumen. Kinder tanzten um ihn herum, angeleitet von ein paar Frauen, die die traditionellen Tänze von Generation zu Generation weitergegeben hatten. Denn wenn Oaks Harbor etwas machte, dann richtig. Das *Små grodorna*-Lied – von allen gleichermaßen geliebt und gehasst – erfüllte die Luft. Kinder bewegten sich lachend, wie Frösche, um den Maibaum, ihre Hände auf und ab wedelnd. Sogar die Teenager, die normalerweise viel zu cool für so etwas waren, schienen sich dem Reiz der Tradition nicht entziehen zu können und nahmen lachend am Tanz teil.

Aus dem Augenwinkel beobachtend, sah ich, wie Hailey das Treiben aufmerksam verfolgte. Ich ließ ihr die Zeit, anzukommen und das Geschehen in sich aufzunehmen. Bis sich schließlich ihre Füße im Takt mitbewegten, als ob sie nicht anders konnte. Ihr Lächeln war zaghaft, aber es war da, und ich ermunterte sie, zu ihren Mitschülern zu gehen und mitzutanzen.

Kaum hatte Hailey sich einen Ruck gegeben und sich zu den anderen Teenagern gesellt, stand plötzlich Tyler neben mir.

»Willst du nicht auch mitmachen?«, fragte er und legte seinen Arm wie beiläufig um meine Schulter. Sofort wurde mir von der Berührung, die absolut freundschaftlich wirkte, heiß. Ich schob es auf das Sommerwetter. »Es sieht aus, als würde es Spaß machen.«

Die letzten Wochen, seit Hailey bei mir wohnte, waren im Flug vergangen. Tyler war dabei zu einer fast schon gewohnten Konstante im Cottage geworden. Gemeinsame Abendessen, Spielenachmittage zu dritt am Wochenende auf der Terrasse, sogar den Rasen hatte er regelmäßig gemäht. Wie von selbst hatte er sich in unser Leben geschlichen und ich ertappte mich nicht selten dabei, mich zu fragen, wann er Haileys und meiner Gesellschaft überdrüssig werden und sich neue Unterhaltung suchen würde.

Auch wenn meine Gedanken zynisch waren, so wusste ich, dass sie reiner Selbstschutz waren. Tyler war kein Mann für die Ewigkeit. Beim Wort Familie und Eigenheim mit Gartenzaun kam er ins Schwitzen und nahm Reißaus. Das zeigte sein Dasein als Junggeselle Ende dreißig nur allzu deutlich. Bis auf seine Rolle als Chief besaß er keine ernste Faser in seinem Körper. Sein Leben war auf Spaß und Abwechslung ausgerichtet, in jeglicher Hinsicht.

Somit bereitete ich mich nur auf das Unvermeidliche vor, um nicht verletzt zu werden, wenn er genug von Familie spielen mit Hailey und mir hatte, und weiterzog zum nächsten Abenteuer. Oberflächlicher Spaß war alles, was ich mir bis dahin erlaubte.

»Små grodorna? Ich habe das seit Jahren nicht mehr getanzt.« Grinsend pikste ich ihm mit dem Zeigefinger in den Oberarm. »Aber wenn du mutig genug bist, bin ich dabei.«

Tyler hob die Augenbrauen, nahm meine Hand und zog mich Richtung Maibaum.

»Challenge accepted, Trouble.«

Es dauerte nicht lange, bis wir uns im Kreis befanden, die Hände in die Luft warfen und wie Frösche hüpften. Tyler lachte, war dabei absolut ansteckend, und für einen Moment fühlte ich mich so unbeschwert wie die Kinder um uns herum.

Nach dem Tanz applaudierten wir gemeinsam mit den anderen, bevor wir zu einem Rundgang über die Festwiese auf der Suche nach etwas Trinkbarem aufbrachen. Auf der kleinen Bühne war die Gruppe aufgeweckter Musiker dazu übergegangen, weitere schwedische Volkslieder zu spielen, und nicht wenige der älteren Generation hatten sich zum Tanz davor eingefunden.

Der Duft von Zimtschnecken wehte über den Platz und meine Augen fanden einen Stand, an dem diese gerade frisch aus einem mobilen Holzofen gezogen wurden. Ich erinnerte mich daran, wie meine Mutter früher in raren Momenten diese Schnecken gebacken hatte. Wie ich es kaum erwarten konnte, bis sie aus dem Ofen kamen, um das erste warme, klebrige Stück zu probieren. Bis sie es irgendwann nicht mehr getan hatte.

Tyler, der neben mir schlenderte, beugte sich zu mir herunter.

»Zimtschnecke?«

»Wie kommst du darauf?«, fragte ich, ihn misstrauisch von der Seite anblickend.

»Ich kenne dich inzwischen gut genug.« Er zwinkerte in seiner typischen Art. »Und niemand kann diesen Zimtschnecken widerstehen.«

Warum kam mir in diesem Moment der Gedanke, dass Tyler und Zimtschnecken über gewisse Ähnlichkeiten verfügten?

Er holte zwei von den leckeren Teilchen, die noch dampften, und ich biss in das süße, warme Gebäck, während wir uns weiter durch die Menge bewegten. Überall sah man bekannte Gesichter, hörte man Stimmen, die einem über die Jahre vertraut geworden waren. Es war durch und durch Heimat.

Hailey kam zu uns geschlendert, die Wangen gerötet und die Augen hell vor Aufregung.

»Das ist echt cool«, erklärte sie, überhaupt nicht zurückhaltend. In diesem Moment war sie so völlig gelöst und unbedarft mit ihren fünfzehn Jahren, dass ich Mühe hatte, den Bissen der Zimtschnecke, den ich gerade genommen hatte, hinunterzuschlucken.

Auf der anderen Seite des Platzes hatte jemand ein Wettessen mit Erdbeeren organisiert, und wir schlenderten langsam hinüber, um das Spektakel nicht zu verpassen. Als wir uns in der Menge einreihten, sah ich, wie Max bis zu den Ohren mit rotem Saft verschmiert seinen Titel verteidigte, während Rebecca sich den Bauch vor Lachen hielt. Das Handy hielt sie wie vergessen in einer Hand. Offensichtlich kam sie vor lauter Amüsieren nicht dazu, ein Foto von ihrem Partner bei der Aktion zu machen. Die Zuschauer feuerten ihn lautstark an und ich konnte nicht anders, als ebenfalls mitzulachen.

Bis plötzlich ein Raunen durch die Reihen ging. Ein Blick zu meiner Freundin zeigte mir, dass Rebecca aufgehört hatte zu lachen und mit weit aufgerissenen Augen zu Max sah.

Dieser hatte soeben sein Gesicht abgewischt, sprang nun vom Tisch, auf dem die Mitstreiter für alle sichtbar das Wettessen veranstaltet hatten, und kniete sich vor ihr in den Sand der Festwiese. Die Zuschauer verstummten, als ob jemand ein stilles Zeichen gegeben hätte. Nur die Musik von der Bühne auf der gegenüberliegenden Seite des Platzes spielte weiter. Ein sanfter Walzer, der die Szene mit einer leisen Melodie unterlegte.

Ein Schauer fuhr durch mich und ein Blick nach unten zeigte mir, dass sich trotz der Wärme des Tages Gänsehaut auf meinen Armen ausgebreitet hatte.

Rebecca sah zu Max hinunter, die Augen noch immer weit aufgerissen, ihr Gesicht eine Mischung aus Überraschung und Verwirrung und eine Hand vor den Mund gepresst. Max, immer noch schwer atmend vom Wettessen, blinzelte und nahm ihre andere Hand. Er zog das Handy daraus hervor, steckte es sich in eine Hosentasche und sah zu ihr auf. Gleichzeitig streckte er die zweite Hand aus und eine winzige Schachtel kam darauf zum Vorschein. Ich hielt den Atem an und spürte, wie sich meine Augen mit Tränen füllten. Nur am Rande nahm ich wahr, wie Tyler einen Arm um meine Schultern legte und meinen Oberarm in einer beruhigend wirkenden Geste drückte.

Die widersprüchlichsten Gefühle kämpften in mir um Aufmerksamkeit, und ich hatte Mühe, mich auf das Geschehen vor mir zu konzentrieren. Einerseits freute ich mich riesig für meine Freundin, die alles Glück dieser Welt verdiente und es in Max endlich auch gefunden hatte. Dieser Mann betete den Boden, über den sie schritt, tagtäglich an und es war offensichtlich, wie sehr sie sich gegenseitig guttaten und ergänzten.

Andererseits war da dieses grüne Monster, das seine fiesen Fangarme ausstreckte, gegen die ich mich zu wehren versuchte. Wenn Becky dieses Glück vergolten war, warum dann nicht auch mir? Ich war seit Ewigkeiten single. Aus gutem Grund und ganz bewusst gewählt. Mein Elternhaus war nicht gerade das Paradebeispiel eines harmonischen Familienlebens gewesen, und ich hatte mir schon seit meiner Kindheit geschworen, niemals in diese Abhängigkeit, in die meine Mutter mit der Heirat zu meinem Vater gefallen war, zu geraten. Ich war die Einzige, auf die ich mich verlassen konnte. Ich wusste, dass, wenn ich mich selbst enttäuschte, auch diejenige war, die es wieder geradebiegen konnte. Ich musste dafür niemandem gefallen und mich verbiegen und selbst aufgeben. Nach diesem Motto hatte ich jahrelang glücklich gelebt, mir ein Leben und eine Karriere aufgebaut, die mich ausfüllten.

Und dann kam dieser Mann, zeigte mir mit nur einer einzigen Nacht, was ich mir selbst all die Jahre vorenthalten hatte. Und spielte dann zu allem Überfluss auch noch glückliche Familie mit mir.

Und jetzt wollte ich auch das, was meine Freundin hatte.

Mit einem Seufzen tauchte ich aus den Gedanken auf, die an diesem sonnigen Tag und besonders in dieser Situation, in der die Liebe allgegenwärtig war, nichts zu suchen hatten. Aus dem Augenwinkel nahm ich wahr, wie Tyler auf mich hinabsah, aber ich konnte seinem

Blick in diesem Moment nicht begegnen. Stattdessen konzentrierte ich mich wieder auf meine Freundin und die Szene vor uns.

»Becky«, begann Max und räusperte sich. Seine Stimme klang rau und ein wenig brüchig. »Ich weiß, ich sehe vielleicht nicht gerade aus wie ein Mann, der einen Antrag macht, ... zumindest nicht, wenn man gerade ein Erdbeer-Massaker hinter sich hat.«

Ein Kichern ging durch die Menge. Tyler konnte sich offensichtlich nicht zurückhalten, seinen Freund aufzuziehen. »Komm schon, Kumpel, du siehst immer so aus. Sogar dein Zopf sitzt heute erstklassig.«

Ein kollektives Lachen breitete sich aus und Max grinste, als ob er auf genau diese Reaktion gewartet hätte. Der Man Bun war schon immer ein Grund zum Foppen zwischen den beiden besten Freunden gewesen.

»Aber heute … heute möchte ich etwas Wichtiges sagen. Etwas, das ich schon lange auf dem Herzen habe.« Er hielt inne, und sein Gesicht wurde ernst. »Rebecca, der Tag, an dem du nach Oaks Harbor zurückgekommen bist, war der beste in meinem bisherigen Leben. Und dann auch noch als meine Nachbarin. Offensichtlich dachte sich das Schicksal, ich könnte noch eine zweite Chance gebrauchen, um bei dir zu landen.«

Rebecca lachte leise, ihre Augen glitzerten vor Tränen. Die Menge um uns herum hielt die Luft an, als Max seine Stimme senkte, fast wie ein leises Geständnis, das nur für sie beide gedacht war, obwohl alle lauschten.

»Ich erinnere mich, als wir uns das erste Mal begegnet sind, an unserem ersten Tag auf der Highschool«, sagte Max. »Du hast mir sofort den Kopf verdreht und ich habe alles getan, um dich zum Lachen zu bringen. Sogar versucht, dieses dumme Gedicht zu rezitieren, das ich in der Bibliothek gefunden hatte, erinnerst du dich?« Er lachte leise. »Ich klang wie ein totaler Idiot, aber du hast gelacht und für mich war das genug.«

Rebecca nickte, ein warmes Lächeln auf ihrem Gesicht.

»Und dann, als du dich für jemand anderen entschieden hast … es war, als ob die Farben aus meiner Welt verschwunden sind. Ich habe es nie geschafft, dir zu sagen, was ich wirklich für dich empfunden habe. Aber als du zurückgekehrt bist, Rebecca, als ich dich wieder gesehen habe … war es, als ob jemand die Sonne wieder angemacht hätte.«

Tyler gab plötzlich laut und für alle hörbar von sich:»Jetzt wird's kitschig, Kumpel!«

Die Menge lachte wieder, aber diesmal war es ein mitfühlendes Lachen, und Max nahm es als Ermutigung.

»Ja, ja, ich weiß!« Er rollte die Augen, bevor er wieder ernst wurde. »Becky Sawyer, ich habe gelernt, dass Liebe eine zweite Chance verdient. Ich habe gelernt, dass du meine zweite Chance bist. Dass du ... meine erste Wahl und mein letztes Gebet bist. Ich möchte die Gelegenheit nicht noch einmal verpassen. Ich möchte nicht noch einmal zusehen, wie du gehst, ohne dass du weißt, dass ich dich über alles liebe.«

Rebecca schlug ihre freie Hand vors Gesicht, die Tränen liefen nun frei, und die Menge begann zu klatschen. Max sah zu ihr auf, seine Augen waren weich und voller Hoffnung.

»Also frage ich dich, kleine Becky Sawyer«, sagte er und öffnete die Schachtel in seiner Hand. Das Licht spiegelte sich augenblicklich in einem funkelnden Diamanten wider.»Willst du mich heiraten? Willst du mir erlauben, dir zu zeigen, dass ich besser sein kann, als ich jemals war?«

Die Stille auf dem Platz war überwältigend, nur unterbrochen von einem Windhauch, der durch die Bäume wehte und ihre Blätter zum Rascheln brachte. Rebecca sah ihn einen Moment lang an, ihre Lippen bebten, und dann, in einer Stimme, die leise und doch klar war, sagte sie:»Ja, Max. Ja, ich will.« Und dann:»Natürlich will ich!«, und fiel ihm lachend um den Hals. So schwungvoll, dass Max, der noch immer vor ihr kniete, nach hinten fiel.

Die Menge brach in Jubel aus, Applaus und Rufe erklangen und ich spürte, wie mein Herz vor Freude für meine Freundin überquoll. Max sprang auf, zog Rebecca mit sich und in seine Arme und drehte sie umher, während die Musik lauter wurde und die Feierlichkeiten wieder Fahrt aufnahmen. Ich sah zu, wie sie sich küssten, umringt von ihren Freunden und der Stadt, die sie liebte, und spürte diese Sehnsucht in mir, die durch meinen ganzen Körper floss.

Wissend, dass ich nichts dagegen machen konnte.

Das warme Licht der untergehenden Sonne warf lange, goldene Schatten über die leeren Tische auf der Festwiese. Die Musik war leiser geworden, die Luft geschwängert vom Duft nach Sommer, vermischt mit einer Prise Alkohol und dem süßen Aroma von verbliebenen Zimtschnecken. Die meisten Leute waren nach Hause gegangen, müde vom Tanzen, Reden und Lachen und dem Tag voller Sonnenschein, doch ein paar von uns saßen noch zusammen. So als wollten wir die Nacht auskosten, solange es nur ging.

Ich zog die Knie an meine Brust, saß auf einer der Holzbänke und beobachtete, wie Hailey mit ein paar ihrer Mitschülerinnen noch immer um den Maibaum sprang, als hätte sie all die Freude und Leichtigkeit der Welt in sich aufgesogen. Ihr Lachen, klar und ansteckend, hallte über den fast leeren Platz und ich musste unwillkürlich lächeln.

Ein paar Meter entfernt saß Tyler, ein Lächeln im Gesicht, während er ihr zusah. Es war ein warmer, weicher Ausdruck, einer, den ich bei ihm selten sah. Vielleicht, weil ich ihn nicht oft in Ruhe beobachtete. In einem Moment wie diesem konnte man fast glauben, dass er der Typ für die Ewigkeit war. Dass er bleiben würde. Aber ich wusste es besser.

Die Sonne schien sich langsam hinter dem Horizont zu verstecken, und die Farben des Himmels verschmolzen zu einem Gemisch aus Orange, Rosa und Violett. Ich spürte die kühle Brise des Abends über meine Arme streichen, die vom See hinüberwehte, und schlang mir die Strickjacke enger um die Schultern. Tyler hatte sie mir kurz zuvor gereicht, als er bemerkte, dass ich fröstelte. Die Geste war so natürlich gewesen, dass ich mich fragte, wie er es immer schaffte, genau das Richtige zu tun und gleichzeitig auch so falsch zu sein. Zumindest für mein Herz.

»Hey«, hörte ich seine Stimme und er ließ sich neben mir auf der Bank nieder. »Ist dir noch kalt?«

Ich schüttelte den Kopf und lächelte schwach. »Nein, eigentlich nicht. Bin nur nachdenklich.«

Er sah mich an, seine Augen glitten suchend über mein Gesicht. »Worüber denkst du nach?«

Ich zögerte, wusste nicht genau, wie ich die Fülle meiner Gefühle in Worte fassen sollte. Die Angst vor Verletzung, die Sehnsucht nach dem, was ich vielleicht niemals haben konnte.

»Über die Dinge, die man sich wünscht, … und die, die man sich nie zu wünschen gewagt hat.«

Er schwieg einen Moment, bevor er leise antwortete. »Ich weiß, was du meinst.«

Unsere Blicke trafen sich in der wachsenden Dunkelheit, und ich spürte, wie sich mein Herzschlag beschleunigte. Für einen flüchtigen Augenblick schien die Welt stillzustehen, als ob alles Wichtige genau hier und jetzt in diesem Moment zwischen uns lag. Vielleicht war das der Zauber des Midsommarfestes, die Magie, die die Nacht zur Ewigkeit werden ließ.

Doch dann lachte jemand laut auf und der Zauber war gebrochen. Tyler lächelte und wandte den Blick ab, während mein Herz sich nur langsam wieder beruhigte. Vielleicht war es auch besser so.

Vielleicht war es besser, sich nicht zu wünschen, was man nicht haben konnte.

KAPITEL 17

NADINE

Voller Unglauben starrte ich Tyler an. »Auf gar keinen Fall.«
»Komm schon, Nadine. Es sind Sommerferien.«
Unwohl zog ich die Schultern hoch, wie um mich vor den Gefühlen zu wehren, die bei Tylers Vorschlag – eher Aufforderung! – zutage traten.

»Ich halte das für keine gute Idee.«

»Weil du mir nicht widerstehen können wirst?«

Ich funkelte ihn wütend an. Bevor ich den Blick in seinen Augen deuten konnte, sprach ich schon. »Untersteh dich, Tyler.«

»Ich habe nur einen Witz gemacht.« Seine Augen blitzten amüsiert und unterstrichen die Aussage zusätzlich. Als ob es so unwahrscheinlich wäre, dass er irgendetwas machen würde, dem ich nicht widerstehen könnte, während wir uns in seinem Ferienhaus aufhielten. Wohlgemerkt inklusive Hailey.

Jawohl, der Chief höchstpersönlich hatte meinen Schützling und mich für zwei Wochen in seine Hütte am See ein paar Stunden nördlich von Oaks Harbor eingeladen. Für eine Auszeit vom Alltagsstress, wie er es nannte.

Ich nannte es eine Schnapsidee.

»Es wird Hailey guttun, mal rauszukommen. Was meinst du, wann sie mit ihren Eltern zuletzt im Urlaub war?«

Verdammt. Damit hatte er mich. Und das wusste er auch, wenn ich den Ausdruck in seinen Augen richtig deutete.

So kam es, dass wir uns wenige Tage später zu dritt in Tylers Wagen befanden, auf dem Weg nach Charlevoix. Natürlich fuhr der Herr selbst. Dass ich mein eigenes Auto nahm und mit Hailey hinterherfuhr, hatte er rigoros abgelehnt. Alles schön mit den perfekten Argumenten untermauert. Und hatte mir damit zu verstehen gegeben, dass er meine Absicht, nicht von ihm abhängig zu sein und in der Hütte zwei Wochen lang ohne eigenes Fortbewegungsmittel festzustecken, direkt enttarnt hatte.

So war mir nichts anderes übriggeblieben, als mich meinem Schicksal zu ergeben. Dass ich mit grimmiger Miene heute Morgen in seinen Wagen gestiegen war, das konnte er mir allerdings nicht nehmen.

Nur leider ließen weder er noch Hailey sich von meiner schlechten Laune ihre eigene verderben. Was tat diese Verräterin, der ich die letzten Wochen ein Dach über dem Kopf gegeben hatte?

Sie quetschte Tyler über sein Sommerhaus und die Umgebung aus. Und wirkte auch noch regelrecht begeistert, als er ihr berichtete, dass quasi den ganzen Tag nichts anderes als Schwimmen und entspannt in der Verandaschaukel zu lesen auf dem Programm stand. Gelegentlich unterbrochen von einem kleinen Ausflug in das beschauliche Küstenstädtchen Charlevoix, welches am nördlichen Ende des Lake Michigan lag. Anscheinend war das genau die Art von Haileys Vorstellung eines perfekten Urlaubs.

Dem Blick nach zu urteilen, schien sich ein gewisser Chief damit noch weiter, als es überhaupt noch möglich war, in ihr Herz zu graben.

Bei mir sah es jedoch anders aus.

»Und wie schlafen wir?«, kam prompt die nächste Frage von der Rückbank.

Gespannt hielt ich die Luft an. Warum hatte ich mir selbst eigentlich genau diese Frage vorher nicht gestellt?

»Na, jeder in einem Bett, wo denn sonst? Es muss keiner auf dem Rasen zelten, falls du das gedacht hast.«

Überrascht drehte ich den Kopf in seine Richtung. Kurz ließ ich mich von dem Anblick, wie er entspannt in einer Hand das Lenkrad umklammerte, während er in der anderen Hand einen To-go-Becher vom Happy Bean hielt, ablenken. Mit einem unwirschen Kopfschütteln konzentrierte ich mich wieder auf das Wesentliche.

»Wirklich? Das Haus ist so groß? Hattest du nicht etwas von einer Hütte gesagt?«

»Es gibt ein Schlafzimmer mit Doppelbett für dich, Nadine, und ein kleines Zimmer mit einem Einzelbett, wo ich früher geschlafen habe, für Hailey.«

Damit waren zwei der drei Insassen dieses Fahrzeugs untergebracht.

»Und wo schläfst du?«

Ein Schulterzucken. »Ich nehm' die Couch.«

Ungläubig hob ich eine Augenbraue an, während ich ihn ansah.

Der Kerl war einen Meter neunzig groß und wollte zwei Wochen lang auf einer Couch schlafen?

»Ich schlafe auf der Couch.«

Die Antwort auf meine Aussage war ein Seufzen. Wieder einmal. Als ob das Tylers Standardantwort auf alles war, was ich von mir gab.

Um meine Entschlossenheit zu unterstreichen, verschränkte ich die Arme vor der Brust. Alles, was das bewirkte, war ein amüsiert verzogener Mundwinkel von Tyler.

»Mein Haus, meine Regeln.«

»Darüber reden wir noch.«

»Wieso nehmt ihr nicht beide das Schlafzimmer?«

Ich drehte den Kopf so ruckartig nach hinten, dass es in meinem Hals hörbar knackte, und starrte sie an.

Hailey zuckte unbekümmert mit den Schultern. »Was? Ist ja nicht so, als würde es nicht irgendwann darauf hinauslaufen. Außerdem ist das der perfekte Trope. Forcierte Nähe.«

Neben mir erklang ein Keuchen und mit einem Blick zur Seite stellte ich fest, dass Tyler sich an seinem Kaffee verschluckt hatte.

Geschah ihm recht!

»Forcierte was?«

»Na, wenn die Protagonistin mit ihrem Love-Interest eine Zeitlang auf engem Raum verbringen und sich zum Beispiel ein Bett teilen muss.«

»Weißt du ...?«, begann Tyler, doch ich unterbrach ihn.

»Hast du dich an meinen Büchern bedient?« Ungläubig sah ich Hailey an.

»Mit irgendetwas muss ich mich ja beschäftigen, wenn du an deinem Schreibtisch arbeitest oder mit Tyler beim Abwaschen flirtest.«

Ich hatte keine Ahnung, welche Aussage aus diesem Satz ich als Erstes angehen sollte.

»Erstens, frag mich, wenn du ein Buch lesen möchtest. Es könnte eine Altersbeschränkung haben.« Ganz in Teenie-Manier wurde meine Ansage mit einem Augenrollen bedacht. Ich ließ mich davon nicht aufhalten. »Zweitens, keine forcierte Nähe, keine Love-Interests. Wir schlafen alle in getrennten Zimmern und ich nehme die Couch.«

Damit drehte ich mich wieder nach vorn, verschränkte die Arme vor der Brust und sah betont ruhig aus dem Fenster. Während es in mir brodelte.

Feige, wie ich war, beschloss ich allerdings, dass hier weder der richtige Zeitpunkt noch der richtige Ort war. Zudem befand ich mich auch nicht in der richtigen Gesellschaft, um mich mit meinem Gefühlsleben auseinanderzusetzen. Denn leider hatten Haileys Worte etwas in mir zum Klingen gebracht, das ich mit aller Kraft unterdrücken musste.

Zwei Wochen mit Tyler auf engem Raum?

Das konnte ja heiter werden.

TYLER

»Möchte ich wissen, wovon diese Bücher handeln, an denen Hailey sich nicht ohne deine Zustimmung bedienen darf?«

An dem Zusammenzucken, das durch ihren Körper ging, konnte ich erkennen, dass ich Nadine mit meinen Worten aus einer anderen Welt zurück ins Hier und Jetzt geholt hatte. Ein Blick in den Rückspiegel hatte mir gezeigt, dass Hailey nach unserer überaus interessanten Unterhaltung dazu übergegangen war, Musik über ihre Kopfhörer zu hören und dabei die Landschaft von Michigan in sich aufzunehmen. Da ich nun einmal ich war, nahm ich das als Gelegenheit, um Nadine ungestört von Teenager-Ohren aus der Fassung zu bringen.

Ich stand offensichtlich auf Selbstgeißelung, wenn es mir einen Kick verschaffte, Nadine so zu provozieren, dass sie ihre Krallen ausfuhr. Eine meiner absoluten Lieblingsbeschäftigungen.

Ja, ich war gestört.

Und verrückt nach der Frau neben mir auf dem Beifahrersitz.

Trotzdem kam ich nicht umhin, wahrzunehmen, wie richtig es sich anfühlte. Die Frau meiner Träume an meiner Seite, das »Kind« auf dem Rücksitz, während wir in unser – mein – Sommerhaus fuhren. Genauso richtig, wie unsere mittlerweile fest etablierten gemeinsamen Abendessen bei Nadine im Cottage, für die ich mich, wie Hailey es richtig bemerkt hatte, mit dem Abwasch revanchierte.

Wir waren ein bunt zusammengewürfelter Haufen ohne jegliche familiäre Verbindung, und trotzdem fühlte es sich so an. Wie eine Familie.

Meine Familie.

Vorsichtig, Alter. Wir wollen doch nicht, dass du übers Ziel hinausschießt und deine Man-Card verlierst.

Nadines Räuspern brachte mich zurück in die Gegenwart. »Möchtest du nicht.«

»Lass mich raten. Das Cover wird von spärlich bekleideten Männern geziert, deren im Fitnessstudio gestählten Muskeln vorher ordentlich mit Öl eingerieben wurden, damit sie schön glänzen?«

Ein kurzer Blick zur Seite zeigte mir, dass Nadine mich mit erhobener Augenbraue musterte. Sagen musste sie nichts. Dafür hatte sie diese Sache mit der Augenbraue zu gut drauf.

Eine Folge ihrer Tätigkeit als Direktorin, schätzte ich und musste mir ein Schmunzeln verkneifen.

»Möchte ich wissen, woher du weißt, wie die Cover solcher Bücher aussehen?«

»Könnte sein, dass sie bei meiner Großmutter im Regal gestanden haben«, gab ich mich unbekümmert.

»Ah.«

»Das ist alles, was du dazu zu sagen hast?«

»Ja, das ist es.«

»Stellst du dir gerade vor, wie der jugendliche Tyler die Bücherregale seiner Granny durchforstet hat, auf der Suche nach Hinweisen, wie er die Mädchen von Oaks Harbor für sich einnehmen kann?«, fragte ich schnaubend.

Nadine gluckste. »Und, hast du?«

»Pah. Dafür brauchte ich keine unrealistischen Beschreibungen von Frauenfantasien.«

»Ach, du warst also ein Naturtalent, das ohne Hilfe zum Ziel kam?«

Gott, ich liebte es, mich so unbekümmert mit ihr zu unterhalten, wenn sie ihre Mauern fallen ließ und sich so natürlich gab, wie sie in diesem Moment tat.

Ich liebte sie.

Meine Knöchel traten weiß hervor, als ich das Lenkrad bei dieser Erkenntnis fester umklammerte.

Dabei war es keine Überraschung. Natürlich hatte ich diese Gefühle für sie. Und das schon eine ganze Weile. Um ehrlich zu sein, hatte ich sie schon vor unserer gemeinsamen Nacht gehabt.

Wie konnte ich auch nicht, wenn sie diese Frau war, die sie nun einmal war. Stark, ehrgeizig, stur, unabhängig. Und so verdammt verführerisch mit ihren blonden Haaren, die meistens in einem Dutt steckten und die Bibliothekarinnen-Fantasien mit ihrer schwarzen Brille in mir weckten. Ihrer sportlichen Figur und straffen Haut, die sich wie Seide unter meinen Fingern angefühlt hatte.

So weich und verletzlich, wenn sie einmal ihre Mauern fallen ließ, dass es jeden Beschützerinstinkt in mir auf den Plan rief.

Ich wollte sie mit jeder Faser meines Seins. Ich wollte neben ihr aufwachen, ihr morgens vor der Schule einen Kaffee bringen, sie mit einem Kuss verabschieden und nach einem langen Arbeitstag damit begrüßen. Mit ihr kochen und quatschen und neben ihr Zähneputzen, bevor wir gemeinsam ins Bett gingen. Wo wir übereinander herfielen, weil wir beide nicht die Hände vom anderen lassen konnten.

Ich wollte all das und noch so viel mehr.

Eine Familie.

Eine Zukunft.

Beginnend mit Hailey und gefolgt von einem kleinen Geschwisterchen. Egal, ob biologisch oder adoptiert. Denn es würde unser sein, so oder so. Dafür würden wir mit unserer Liebe sorgen.

Der Kloß in meinem Hals hatte sich während dieser Gedanken zu einem ausgewachsenen Felsbrocken entwickelt und wollte trotz mehrmaligem Räuspern nicht weichen. Hartnäckiger Mistkerl.

Ein Schluck von meinem mittlerweile lauwarmen Kaffee und ich traute mir wieder zu, Nadine mit halbwegs normaler Stimme antworten zu können.»Genauso sah es aus.«

Das Kichern als Antwort ließ alle Bedenken in mir schmelzen und ich widerstand nicht länger dem Impuls, meine Hand auf ihr Bein zu legen, um sie endlich zu berühren und ihr nah zu sein. Also tat ich es nicht mehr.

Kurz spürte ich, wie sich die Muskeln unter meiner Haut anspannten. Zwei Atemzüge später – meine eigenen, denn ich hätte schwören können, dass Nadine bei meiner Aktion die Luft angehalten hatte – wurde ihr Bein weich.

Langsam begannen meine Finger, auf der Stelle zwischen dem Saum ihrer Shorts und ihrem Knie über die freigelegte Haut zu streicheln. Ein Blick in den Rückspiegel zeigte mir, dass Hailey mittlerweile die Augen zugefallen waren, während die Kopfhörer weiterhin auf ihren Ohren saßen. Trotzdem übertrieb ich es nicht und zog mehrere Minuten später meine Hand unter größter Anstrengung von Nadines Bein zurück.

Und hätte schwören können, dass sie ein Seufzen ausstieß, das nach Bedauern klang.

Zufrieden setzte ich den Blinker, um vom Highway abzufahren. Die zwei Wochen forcierte Nähe im Ferienhaus sahen plötzlich sehr vielversprechender aus, als ich es bislang gewagt hatte, zu hoffen.

KAPITEL 18

NADINE

Während ich den Inhalt der Kühlbox im Kühlschrank unterbrachte, trug Tyler Haileys und meinen Koffer vom Auto ins Haus. Und unterband direkt den Gedanken, wie heimisch sich diese Szene anfühlte, während Hailey draußen herumstromerte und sich einen ersten Eindruck von der Gegend machte.

Hütte. Dass ich nicht lachte.

Ja, das Sommerhaus von Familie Monroe war mit seinem offenen Wohnbereich und den zwei Schlafzimmern, die sich ein Bad teilten, nicht besonders groß. Von einer Hütte hatte es aber absolut gar nichts vorzuweisen.

Auch wenn das ebenerdige Gebäude bereits vor einigen Jahrzehnten errichtet worden war, zeigte die Fassade genauso wie das Innere, wie viel Tyler hineingesteckt hatte. Sowohl an Geld als auch – wenn mich nicht alles täuschte und ich ihn richtig einschätzte – an Arbeit.

Die Wände der offenen Wohnküche zierten ein warmes Cremeweiß, der Holzboden war frisch lasiert und die Küchenfronten erstrahlten in einem freundlichen Hellbraun. Hellgraue Sitzmöbel waren im Wohnbereich um einen offenen Kamin aufgestellt, dessen Backstein im Shabby-Chic-Stil weiß gestrichen war. Zwischen Sitzecke und Küche stand eine Kochinsel mit vier Barhockern, deren Sitzfläche mit dunkelbraunem Leder überzogen war.

Schlicht und stilvoll, wie es sich für ein Ferienhaus am See gehörte.

Das Sanitär im Bad sah so neu aus, dass es keine fünf Jahre alt sein konnte, und selbst die Fliesenfugen waren frisch gezogen.

Als ich bei der ersten Inspektion die frische weiße Bettwäsche in den beiden schlicht gehaltenen Schlafzimmern gesehen hatte, hatte Tyler mir nach meinem fragenden Gesichtsausdruck erklärt, dass es jemanden gab, der regelmäßig nach dem Rechten sah und das Haus auf seine Ankündigung hin für unseren Besuch vorbereitet hatte.

Im Wohnzimmer gab es eine Schiebetür, die zu einer Terrasse führte. Die Holzbohlen umgaben das Haus an der Seite und nach hinten raus. Dort befand sich eine gemütliche Sitzecke, die regelrecht dazu gemacht war, einen warmen Sommertag mit Blick auf den See, während die Sonne langsam unterging, ausklingen zu lassen. Auch die Verandaschaukel befand sich dort, und Tyler hatte nicht zu viel versprochen. Sie lud derart dazu ein, sich in ihr mit einem Buch niederzulassen, dass ich jetzt bereits wusste, wie mein morgiger Tag aussah.

»Meinst du, Hailey wird es hier gefallen?«

Überrascht drehte ich mich zu Tyler um, der gerade aus dem hinteren Teil des Hauses zurück in die Küche kam.

Weder hatte ich ihn zurückkommen hören, noch hatte ich mit der Unsicherheit in seiner Stimme gerechnet.

Mit einem Selbstbewusstsein, das mir oft genug in seiner Anwesenheit fehlte und ich auch in diesem Moment mehr vortäuschen musste, als mir lieb war, antwortete ich ihm. »Ich war zwar nicht von Sekunde eins von deinem Plan überzeugt. Aber mittlerweile denke ich, dass es eine gute Idee war, Hailey hierherzubringen.«

Sofort wurde mir mein Fehler bewusst, kaum hatte ich meine Aussage beendet.

Tyler kam mit bedächtigen Schritten und einem Blitzen in den Augen, das das Grün in ihnen wie funkelndes Jade erscheinen ließ, langsam näher.

Wie ein Tiger auf der Jagd.

Unwillkürlich lief mir ein Schauer über den Rücken, vom Haaransatz hinunter bis zum Ende meiner Wirbelsäule und darüber hinaus, den ich nicht zu unterdrücken vermochte. Ich konnte nur hoffen, dass er unbemerkt blieb.

Da das Brennen in Tylers Augen noch zuzunehmen schien, schwand meine Hoffnung genauso schnell, wie sie gekommen war.

»Du gibst mir recht?«

»So weit würde ich nicht gehen«, erwiderte ich ausweichend.

»Das klang gerade aber noch anders.«

Die Antwort blieb mir im Hals stecken, als ich mich plötzlich zwischen Tylers Armen eingekesselt am Küchenschrank lehnend wiederfand.

Ich räusperte mich. Ohne Erfolg.

»Was wird das?«

Verdammt. Ich konnte nur hoffen, dass Tyler das Kratzen in meiner Stimme als Irritation auffasste und nicht als Lust.

»Ich denke, das weißt du ganz genau, Trouble.«

»Keine Ahnung, was du meinst.«

Aus dem Augenwinkel nahm ich wahr, wie Tyler eine Hand hob und im nächsten Moment eine meiner Haarsträhnen zwischen den Fingern gefangen nahm. Bevor er sich weiter vorwagen und womöglich meine Haut mit den rauen Fingerspitzen berühren konnte, wurden wir von polternden Schritten auf der Veranda und dem Aufreißen der Haustür unterbrochen.

Sehr willkommen, sagte ich mir.

Lügnerin, erklang es in meinem Inneren.

Die Stelle an meiner Wange fühlte sich merkwürdig beraubt an, obwohl Tyler nicht dazugekommen war, sie, selbst noch so kurz, zu berühren.

Ich trat dort, wo sein Arm mich nicht länger gefangen hielt, einen Schritt zur Seite und räusperte mich zum wiederholten Male.

»Wie war es draußen?«

Auch wenn meine Stimme unnatürlich hoch klang, ließ ich mir von meiner inneren Unruhe nichts anmerken. Tyler hatte mich auf dem falschen Fuß erwischt, das war alles, was hier in den letzten Minuten passiert war. Womöglich hatte er gehofft, einen Platz neben mir im warmen, weichen Bett zu ergattern, statt auf der Couch schlafen zu müssen.

Wenn das alles war, hätte ich ihm seine Sorge vor der Nacht nehmen können. Schließlich hatte ich ihm bereits auf der Fahrt gesagt, dass ich im Wohnzimmer schlafen und er das große Bett haben könnte.

Anscheinend steckte doch ein kleines Gentleman-Gen in ihm, und er konnte dieses Schlafarrangement nicht mit seinem Gewissen vereinbaren. Seine Großmutter schien ihn gut erzogen zu haben, Liebesromane in den Regalen hin oder her.

»Ganz cool«, erklang die Antwort mit all der Aussagekraft einer Fünfzehnjährigen. »Was gibt es zum Essen?«

Ich nahm die Antwort als Sieg, schließlich wusste man bei Teenagern nie, und ging in Gedanken die Lebensmittel durch, die ich noch vor wenigen Minuten verstaut hatte, da kam Tyler mir zuvor.

»Für heute habe ich uns frische Zutaten für einen Salat und ein paar Steaks eingepackt, die ich uns auf dem Grill draußen machen kann. Morgen Vormittag fahren wir in den Ort. Wenn mich nicht alles täuscht, ist Wochenmarkt. Dann können wir gemeinsam überlegen, was wir die nächsten Tage essen wollen und alles Nötige besorgen. Dem Pub sollten wir auch mal einen Besuch abstatten, aber das heben wir uns für einen Tag auf, wenn wir zu faul zum Kochen sind.«

Konnte mir bitte mal jemand erklären, warum ich bei dieser völlig unerwarteten, domestizierten Aussage von Tyler ein verräterisches Ziehen unterhalb meines Bauchnabels spürte?

Wenn das so weiterging, würde ich heute Abend zur Schlafenszeit diejenige sein, die ihn um einen Platz im Bett anbettelte. Neben ihm.

»Klingt gut«, sprach der Teenager mit einem Schulterzucken und ließ sich auf einem Barhocker nieder.

Wie bei einem Autounfall starrte ich auf das vor mir, was sich anschließend ereignete; nicht in der Lage, wegsehen zu können. Tyler, der einen Salatkopf, Gurke und Paprika aus dem Kühlschrank nahm und sie vor Hailey ablegte, mit der Aufforderung, den Salat vorzubereiten. Ebenfalls Tyler, der anschließend den kalifornischen Sauvignon Blanc hervorholte, ihn ohne viel Federlesen öffnete, ein Glas aus einem der Schränke nahm und mir es anschließend reichte.

Irgendeine Stimme in mir sagte, dass das kein Wunder war, schließlich gehörte ihm eine Bar, aber die nahm ich nur am Rande wahr, während ich vom Glas in meiner Hand hoch in sein Gesicht und wieder zurücksah.

»Okay?«

»Hm?«

Ein Schmunzeln zierte Tylers Lippen, die mir in diesem Moment so voll, beinahe schon lüstern vorkamen, wie es mir noch nie zuvor aufgefallen war.

Außer in dieser einen Nacht.

»Ich habe gesagt, dass du dir nach der langen Fahrt einen Moment Pause auf der Terrasse gönnen kannst. Die Aussicht genießen oder ein Buch lesen. Hailey und ich schaffen das schon mit dem Essen.«

»Oh.« Ein Ruck ging durch mich, dann: »Okay. Ich bin dann mal ... draußen.«

Warum sah Tyler mich so an, als ob er sich nicht entscheiden konnte, ob er mich lieber küssen oder über meine Unbeholfenheit lachen wollte?

Und warum hatte ich das Gefühl, dass dieser Urlaub noch weitere Überraschungen beinhalten würde, als ich sowieso schon befürchtet hatte?

KAPITEL 19

NADINE

Ich prüfte gerade die Qualität und Reife der Pfirsiche, als ich eine aufgeregte Stimme schräg hinter mir erklingen hörte. Neugierig drehte ich mich um.

»Wenn das nicht der kleine Tyler Monroe ist!«

Fast hätte ich mich an meiner eigenen Spucke verschluckt, als ich beobachten konnte, wie besagter kleiner Tyler sich zu einer älteren Frau herunterbeugte, um ihr einen Kuss auf die Wange zu drücken. Sie konnte nicht größer als eins sechzig sein.

Was bedeutete, dass Tyler sie um mehr als eine Kopflänge überragte.

»Mrs Corrington. Wie schön, Sie zu sehen. Sie sehen um mindestens zehn Jahre jünger aus als beim letzten Mal.« Er legte all den Charme, für den er berühmt-berüchtigt war, in die Begrüßung.

Die vermutlich gewünschte Reaktion blieb nicht aus.

»Du bist und bleibst ein Charmeur, nicht wahr? Hast mich schon mit sechs Jahren um deinen Finger gewickelt und einen Lolli ergaunert, weil ich bei den Augen nicht nein sagen konnte.«

»Sie haben mich ertappt.«

Warum nur konnte ich ihm das Grinsen, in das sich ein Hauch Scham gemischt hatte, nicht abnehmen?

Mrs Corrington tätschelte ihm die Wange, wie sich das nur wenige beim Chief in Oaks Harbor getraut hätten – aber hier in Charlevoix kannte man ihn schließlich nur als sein Freizeit-Selbst – und sah anschließend zu mir. Da ich mich ihrer Unterhaltung mit Tyler gewidmet hatte, anstatt weiter Obst auszuwählen, schien sie korrekt interpretiert zu haben, dass ich zu ihm gehörte.

Zumindest gemeinsam mit ihm auf dem Wochenmarkt einkaufte. Tyler verstand die Aufforderung und stellte uns mit einer ausholenden Armbewegung vor.

»Das ist Nadine. Und hier haben wir Hailey. Wir sind für zwei Wochen im Haus.«

»Es geschehen noch Zeichen und Wunder«, hörte ich die ältere Dame murmeln, bevor sie mir mit einem Lächeln die Hand entgegenstreckte. »Miranda Corrington. Es freut mich sehr, Nadine.«

»Das kann ich nur zurückgeben«, erwiderte ich nicht weniger freundlich. Sie hatte einfach etwas an sich, das einen sofort für sie einnahm.

»Und wie geht es deinem Vater?«, wandte sie sich wieder an Tyler, nachdem auch Hailey ihr die Hand geschüttelt hatte und ebenso freundlich begrüßt worden war.

Nach dieser Frage schien es, als ob jemand einen Vorhang fallen ließ. Mit fast schon morbider Faszination sah ich Tyler an, wie er versuchte, den Charme mit aller Macht zurückzuholen.

Ich wusste, dass das Verhältnis zwischen Tyler und seinem Vater nicht eng war und dass er nach dem Tod seiner Mutter viel Zeit bei besagter Großmutter mit den Liebesromanen verbracht hatte. Aber ich hatte nie nachgehakt, warum dem so war.

Vielleicht würde sich in diesem Urlaub eine Gelegenheit dazu ergeben, ihn ein wenig dazu auszufragen. Abends bei einem Glas Wein auf der Terrasse, während die Sonne über dem See unterging.

Ich hatte das Gefühl, dass sich die kommenden zwei Wochen in vielerlei Hinsicht als sehr aufschlussreich entpuppen würden.

Vielleicht aber auch nicht. Schließlich hatte ich mir geschworen, Abstand zu dem sich selbst so unwiderstehlich findenden Chief zu wahren.

»Der genießt seinen Ruhestand mit Golfen und Angeln und kann sich nicht beklagen.«

Die Worte kosteten ihn offensichtlich alle Mühe, was auch Mrs Corrington nicht zu entgehen schien. Sie warf einen unverfänglichen Blick auf mich, sah anschließend in Haileys Richtung, bevor sie sich wieder an Tyler wandte.

»Dann richte ihm bitte liebe Grüße aus. Und jetzt muss ich weiter, die Einkäufe erledigen sich nicht von selbst, nicht wahr?«

Nachdem wir uns der Reihe nach von ihr verabschiedet hatten und sie uns einen schönen Urlaub gewünscht hatte, verschwand sie zwischen den Ständen. Nicht ohne sich vorher von Tyler das Versprechen einzuholen, dass er sich bei ihr noch einmal meldete, bevor wir zurück nach Oaks Harbor fuhren.

Ohne, dass ich ihn danach fragen musste, kam von Tyler die Erklärung. »Mrs Corrington ist hier geboren, hat ihr ganzes Leben in Charlevoix verbracht, einen Einheimischen geheiratet und mit ihm den Gemischtwarenladen geführt, bevor sie sich zur Ruhe gesetzt haben.«

»Wo du dir offensichtlich in schöner Regelmäßigkeit etwas Süßes ergaunert hast?«, hakte ich amüsiert nach.

»Hey, es ist kein Ergaunern, wenn man lieb danach fragt.«

Ein schiefes Grinsen zierte sein Gesicht bei dieser Aussage.

Ich lachte laut auf. »Was auch immer dich nachts schlafen lässt.«

Das Grinsen verschwand so schnell aus seinen Augen und machte einem brennenden Funkeln Platz, dass mir der Atem stockte.

»Wenn du wiederum lieb fragst, erzähle ich dir vielleicht auch, was genau mich nachts schlafen lässt.«

Pfirsiche! Genau das war es, wofür ich an diesen Stand getreten war. Und das war auch, was ich jetzt tat, während ich mit aller Macht das Flattern des Schmetterlingsschwarms in meiner Magengegend zu unterdrücken versuchte.

Herr im Himmel, steh mir bei.

Ich konnte nur hoffen, dass ich die nächste Zeit unbeschadet überstehen würde. Was sonst geschah, wollte ich mir nicht ausmalen müssen.

Der Tag begann mit Sonnenschein, Vogelgezwitscher und dem leisen Plätschern des Sees am Ufer. Die perfekte Kulisse für den vierten Juli.

Ich stand in der kleinen Küche meines Ferienhauses, die ich erst vor wenigen Jahren in das aktuelle Zeitalter überführt hatte. Nachdem mein Vater mir mitgeteilt hatte, dass er keine Verwendung mehr für das Haus hätte und ich damit machen könnte, was ich wollte, hatte ich mir alle Mühe gegeben, es zu meinem Urlaubsdomizil zu gestalten. Verkaufen stand niemals zur Debatte. Dieses Haus beinhaltete die Großzahl der wenigen besseren Momente zwischen meinem Dad und mir. Es war eine Art Zufluchtsort, zumindest für ihn. Für mich war es die Erinnerung an eine unbedarfte Kindheit; zumindest während der Ferien, die wir hier verbracht hatten.

Bislang hatten sich meine Besuche viel zu selten ergeben. Meine Pflichten als Chief, das Betreiben des Oaky's und das Little League Eishockeytraining hielten meinen Kalender das ganze Jahr über so gut gefüllt, dass ich nur zu den dringend benötigten Renovierungsarbeiten hergekommen war. Zu ausgedehnten Urlauben hatte mir bislang nie der Sinn gestanden.

Bis ... nun ja, bis jetzt. Wenig hatte sich bislang richtiger angefühlt, als Nadine und Hailey hier zu haben und einen unbeschwerten Sommerurlaub mit ihnen zu verbringen.

Ich kontrollierte das Rührei, das vor mir in der Pfanne brutzelte, und hing meinen Gedanken nach. Wieder einmal. Denn in den letzten Tagen hatte ich mich oft dabei ertappt, wie ich an Nadine dachte. Zu oft. Besonders daran, wie sie mich immer wieder charmant, aber bestimmt, in die Kumpelschublade steckte.

Es war zum Haareraufen.

Nicht, dass es mich groß überraschte. Nadine war ... kompliziert. Sie hatte ihre Schutzmauern, klar, und sie hatte vermutlich allen Grund dazu. Doch hier, bei der Ruhe des Sees, in der Nähe des Waldes, in meinem alten Ferienhaus, hatte ich gehofft, dass diese Mauern vielleicht ein paar Risse bekommen würden.

Aber nein. Sie blieb wie eine Festung. Eine wunderschöne, kühle, uneinnehmbare Festung. Immer freundlich, immer höflich. Aber die

Mauer zwischen uns fühlte sich an wie Beton. Und ich kam einfach nicht durch sie hindurch.

»Na, Schlafmütze. Schon wach?«

Ich konnte mir ein Grinsen nicht verkneifen, als sie in der Tür zum Wohnzimmer auftauchte, noch im Pyjama, die Haare zerzaust, aber … verdammt, sie sah trotzdem aus, als wäre sie aus einem Traum direkt in mein Leben gestolpert.

»Frühstück?«, murmelte sie und sah auf das, was ich vorbereitet hatte.

»Nur ein kleiner Versuch, euch beiden einen guten Start in den Feiertag zu verschaffen«, antwortete ich und versuchte dabei, gelassen zu klingen.

So wie man es von mir kannte. Allzeit gut gelaunt und für einen Spaß zu haben.

In Wahrheit tobte in mir ein ständiger Kampf. Ein Teil von mir genoss diese Momente mit ihr und Hailey so sehr, dass es fast schmerzte. Der andere Teil, der frustrierte, fragte sich, ob es jemals mehr als das sein würde. Nur ein Freund, nur der Typ, der auf der Couch schlief, während sie im Schlafzimmer übernachtete.

»Danke, Tyler.«

Sie setzte sich und griff direkt nach dem Kaffee, während Hailey mit einem »Was riecht hier so gut?« dazukam.

»Das ist wirklich nett von dir«, erklang es hinter Nadines Becher.

Nett von mir.

Da war es wieder. Diese Worte, die ich zu oft von ihr gehört hatte.

Nett, als ob ich irgendein beliebiger Kumpel wäre, den man mal eben für einen Gefallen anruft, wenn man ihn braucht. Nicht, dass Nadine das mit ihrer selbstbestimmten, unabhängigen Art jemals getan hätte.

Es war, als hätte sie mich in eine sichere Ecke verfrachtet und dort unwiderruflich festgenagelt. Und je mehr ich mich anstrengte, desto stärker wurde das Gefühl, dass ich dort nie wieder herauskommen würde.

Aber dann … wenn ich sie ansah, wie sie mit Hailey sprach, wie sie sich bemühte, eine Mutterrolle für dieses Mädchen zu übernehmen, das so viel durchgemacht hatte. Dann war alles andere plötzlich nebensächlich. Das war die Frau, die ich wollte.

Die Eine.

Und ich wusste, dass ich sie nicht aufgeben konnte, auch wenn es mich um den Verstand brachte.

Der Vormittag verging in einem Wirbel aus Gelächter und Gealbere, als wir uns in die Parade und das Getümmel der Feierlichkeiten zum vierten Juli in Charlevoix stürzten. Wie schon beim Midsommarfest schien Hailey regelrecht aus sich selbst herauszukommen, sprang von einem Stand zum nächsten, probierte alle Spiele und Leckereien aus, die der kleine Ort an diesem Tag zu bieten hatte.

Und Nadine? Sie versuchte, sich zurückzuhalten, aber ich sah es in ihren Augen. Sie genoss es, hier zu sein. Weit weg von den Pflichten des Alltags zu Hause, von all den Grübeleien und Sorgen. Und wenn sie lachte ...

Fuck, dieses Lachen.

Es traf mich jedes Mal wie ein Schlag in die Magengrube.

»Wie sieht's aus, Trouble?«, neckte ich sie, als wir an einem Stand vorbeikamen, an dem genauso viel Freudenrufe zu vernehmen waren wie Frustrationslaute. »Ich wette, du hast ein geheimes Talent im Dosenwerfen.«

Sie schmunzelte leicht und schüttelte den Kopf. »Eher ein Talent, nicht auf alles hereinzufallen, was verführerisch glänzt.«

Ich lachte, obwohl es mich innerlich zerfraß. Ihre Schlagfertigkeit war scharf wie ein Messer und manchmal fragte ich mich, ob sie absichtlich diese Distanz hielt oder sich der Sache gar nicht bewusst war, weil es zur Normalität geworden war. Aber dann dachte ich wieder an die Momente, in denen sie weich wurde. Die flüchtigen Blicke, das sanfte Lächeln, wenn sie dachte, dass ich es nicht sah. Da war etwas, ich wusste es. Nur, dass sie es nicht zulassen wollte.

Der Nachmittag ging in den Abend über und wir fanden uns am Strand wieder, wo jeden Moment das Feuerwerk starten sollte. Hailey lag schon auf der Decke, die ich eingepackt hatte, und ich ließ mich neben Nadine nieder. Sie wirkte entspannt, gleichzeitig konnte ich sehen, wie sie von den Feierlichkeiten und der Atmosphäre des Tages gefangen war.

»Ziemlich beeindruckend, oder?«, fragte ich sie, den Blick auf den Himmel gerichtet, während die ersten Funken in die Luft stiegen.

»Ja«, antwortete sie leise, aber ihre Stimme klang abwesend. »Es ist wunderschön.«

Ich sah sie an. »Ich meinte nicht nur das Feuerwerk«, sagte ich mit einem schelmischen Grinsen.

Was ich wirklich meinte, war sie. Das Feuerwerk, das sie in mir auslöste, jedes verdammte Mal, wenn sie in meiner Nähe war.

Für einen Moment glaubte ich, sie hätte es verstanden. Ihr Blick hielt meinen in der Dunkelheit gefangen und da war dieses leichte Zögern, als ob sie genau wusste, was ich wirklich sagen wollte.

Aber dann wandte sie den Kopf ab und sah wieder in den Himmel.

»Das Feuerwerk ist wirklich schön«, murmelte sie.

Und da war sie wieder, die Mauer.

Diese verdammte Mauer.

Als das große Finale begann und der Himmel in allen Farben erstrahlte, legte ich meine Hand auf die Decke, direkt neben ihre. Nicht zu nahe, aber auch nicht zu weit entfernt. Nur um zu zeigen, dass ich da war. Für sie. Für Hailey.

Für uns.

Ich wusste, dass ich diesen Urlaub nie vergessen würde. Die Momente, die wir hier gemeinsam erlebten, waren etwas Besonderes. Aber die Frustration, dass Nadine mich weiterhin in dieser grauenhaften Zone festhielt. Das war schwer zu ertragen.

Ich musste Geduld haben, das war mir klar. Aber Geduld war nie meine Stärke gewesen. Diese eine gemeinsame Nacht, die wir hatten und die meine Welt komplett auf den Kopf gestellt hatte, fühlte sich mittlerweile an, als wäre sie Lichtjahre her.

Jedes Mal, wenn ich sie ansah, wuchs das, was ich für sie empfand, weiter. Es war, als ob sie all meine Mauern Stück für Stück einriss, bis nur noch diese allumfassenden Gefühle für sie übrigblieben. Wenn ich nicht aufpasste, würde ich irgendwann in dieser Intensität völlig aufgehen.

»Ich liebe es hier«, hörte ich Hailey aus der Dunkelheit flüstern, während die letzten Funken am Himmel verglühten.

Ein Gefühl der puren Freude überzog ihr Gesicht und ich spürte mehr, als dass ich es sah, wie Nadine ein sanftes Lächeln aufsetzte.

»Ich auch«, sagte ich und meinte es nicht nur wegen des Ortes und des Feiertags.

Aber Nadine erwiderte nichts. Sie schwieg, starrte in die Dunkelheit.

Und ließ mich mit all diesen unausgesprochenen Gefühlen zurück.

KAPITEL 20

Der Urlaub gestaltete sich in vielerlei Hinsicht so, wie ich es mir im Vorfeld ausgemalt hatte.

Und dann wiederum auch nicht.

Dass Nadine mich mehrmals am Tag in den Wahnsinn treiben würde, damit hatte ich gerechnet. Und mich trotzdem für die Auszeit in Charlevoix entschieden.

Dass ich mich in Geduld üben und zurückhalten musste, auch wenn ich nichts lieber getan hätte, als über sie herzufallen, war mir auch bewusst gewesen und hatte ich in Kauf genommen.

Dass sich Hailey in der Natur wohlfühlen und die Atmosphäre des Feiertags in einer Kleinstadt in sich aufsaugen würde, um ihr zerrüttetes Familienleben eine Zeitlang ausblenden zu können, hatte ich zumindest gehofft.

Womit ich nicht gerechnet hatte, waren die fast schon tiefgründigen Gespräche mit Nadine bei einem Glas Wein am Abend. Die langen Spaziergänge durch die Gegend rund um Charlevoix, die wir hauptsächlich in einträchtigem Schweigen verbrachten, weil jeder von uns die Natur auf sich wirken ließ, während Hailey vor uns herlief und alles mit einem jugendlichen Enthusiasmus in sich aufnahm, der absolut erfrischend war. Die familiäre Harmonie, mit der wir gemeinsam das Essen zubereiteten, den Abwasch erledigten oder, wie es der Zufall am gestrigen Abend wollte, nebeneinander Zähne putzten.

Das war gewesen, bevor ich mich für einen keuschen Kuss auf die Wange zu ihr hinuntergebeugt und anschließend eine gute Nacht gewünscht hatte. Nur um mich anschließend auf mein Nachtlager im Wohnzimmer zurückzuziehen.

Der Blick in ihren Augen, als ob sie mich zu sich ins Schlafzimmer einladen wollte, war dabei eindeutig meinem Wunschdenken geschuldet gewesen.

Die Jungs aus der Polizeiakademie hätten sich schlappgelacht, wenn sie gesehen hätten, wie ich dieser Frau den Hof machte. Vor allem, während ich gleichzeitig versuchte, sie nicht unter Druck zu setzen.

Anders konnte ich es aber nicht bezeichnen. Ich machte ihr den Hof.

Ich versuchte sie von meinen Qualitäten als Partner und Hausmann zu überzeugen und ich hoffte mit allem, was ich besaß, dass es nicht mehr allzu lange dauerte, dass sie mich endlich in ihr Herz ließ. Und in ihr Bett, wem machte ich hier schließlich etwas vor? Auch wenn es hochgradig frustrierend war und ich bislang gefühlt nicht einen einzigen Stein in ihrer unumstößlichen Mauer zum Einstürzen gebracht hatte.

In diesem Moment saß Nadine neben mir im Truck, während wir uns auf dem Weg zu einer Lavendelfarm südlich von Charlevoix befanden. Ich hatte den Ausflug beim Frühstück vorgeschlagen, war aber nur bei einer meiner zwei Begleiterinnen auf Anklang gestoßen.

Hailey hatte sich dafür entschieden, den Tag entspannt am See zu verbringen, während sie eins von Nadines Büchern verschlang, das sie ihr abgeluchst hatte, schließlich stand ihr sechzehnter Geburtstag kurz bevor. Haileys Worte.

Das war für mich mehr als in Ordnung. Denn das hieß, dass ich Nadine den ganzen Tag für mich allein hatte und ich somit ungestört an meinen Überredungskünsten arbeiten konnte.

Die vielleicht mit etwas Händchenhalten beim Spaziergang über die Lavendelfarm und – wenn es richtig gut lief – einem Kuss gekrönt wurden.

Ein Mann durfte schließlich hoffen.

Dieser hier tat es zumindest.

Besonders, wenn der Ausflug damit startete, dass Nadines Oberschenkel unter dem weißen Rock ihres Sommerkleids hervorblitzten, während sie auf dem Beifahrersitz Platz nahm. Der Anblick ihrer Haut, die wie feinstes Elfenbein wirkte, hatte mich ganz schön ins Schwitzen kommen lassen.

Das war noch so eine Sache, die mich in diesem Urlaub völlig unvorbereitet erwischt hatte. Nadine in Sommerkleidung, die so gar nicht zu ihr zu passen schien, wenn man sie dafür beurteilte, was sie normalerweise trug. Eintönige Hemdblusen und neutralfarbene Stoffhosen mit flachen Schuhen, die wenig Fantasie auslösten.

Ihre Sommerkleidung hingegen war ein anderes Thema. Sie war weich, fließend, feminin und damit doch voll und ganz Nadine. Die Seite, die sie mir erst einmal vor unzähligen Monaten gezeigt hatte. Und sich hier fernab von Oaks Harbor langsam wieder ans Tageslicht traute.

Das war für mich mehr als in Ordnung.

»Wow!«

Ich hatte den Wagen geparkt und war nach dem Aussteigen gerade neben Nadine angelangt, als ich sie dabei beobachten konnte, wie sie einen tiefen Atemzug nahm. Der Duft des Lavendels, der, wie man es auf einer Lavendelfarm erwartete, in der Luft hing, schien sofort seine Wirkung zu entfalten. Beim Ausatmen sanken Nadines Schultern ein kleines bisschen mehr als üblich nach unten. Auf ihrem Gesicht zeigte sich ein leichtes Lächeln.

Innerlich klopfte ich mir auf die Schulter, während ich mir nach außen hin nicht anmerken ließ, wie stolz ich auf die Idee mit dem Ausflug hierher war.

»Komm. Als Erstes ein Rundgang über das Gelände, anschließend Lunch im Café und zum Abschluss können wir noch im Souvenirladen herumstöbern. Es soll auch ein Lavendellabyrinth geben, habe ich auf der Website gelesen. Ich bin gespannt, ob es mit unserem Herbstfestival-Maislabyrinth mithalten kann.«

Nadine gluckste und hakte sich zu meinem großen Erstaunen bei mir unter.

»Ich bin mir fast sicher, dass sich im Lavendellabyrinth nicht so viele Jugendliche zu später Abendstunde verstecken, um mit ihrer ersten Liebe rumzuknutschen.«

»Könnte daran liegen, dass Lavendel nicht so hoch wächst wie Mais. Ich würde sagen, Oaks Harbor hat jetzt schon in Sachen Labyrinth gewonnen.«

»Ich wusste nicht, dass es sich um einen Wettkampf handelt.«

Ich zuckte mit den Schultern und grinste sie an, während ich sie zum ersten Feld direkt neben dem Parkplatz führte. Es war in Form der amerikanischen Flagge angelegt worden.

Erstens war mir nicht bewusst gewesen, dass Lavendel so unterschiedliche Schattierungen haben konnte, dass man die rot-weiß-blaue Flagge nachbilden konnte. Ich dachte, er wäre violett und das war's. Und zweitens musste man den Patriotismus unseres Landes einfach lieben.

Nadine zeigte sich ebenfalls ziemlich beeindruckt. Wenn das so weiterging, würde meine Brust vor lauter Stolz noch das T-Shirt sprengen.

»Bist du schon mal hier gewesen?«

Wir waren in aller Ruhe über die Farm geschlendert, als hätten wir alle Zeit der Welt, und den Duft nach Lavendel und die Aussicht über die Landschaft an diesem nicht zu heißen Sommertag genossen. Nun saßen wir in dem kleinen Café, das sich an den Souvenirladen schloss. Ein Blick in die Karte hatte mir offenbart, dass auch hier Lavendel vorherrschte.

Ob es dem herrlich entspannten Tag, der Sonne oder meiner perfekten Begleitung geschuldet war, konnte ich nicht sagen. Als Nadine einen Lavendel-Cappuccino und ein Lavendeleis bestellt hatte, hatte ich mich ihr kurzerhand angeschlossen.

Man lebte schließlich nur einmal.

Oder besuchte eine Lavendelfarm nur einmal in seinem Leben.

Kurz schüttelte ich den Kopf.

»Nein, das ist mein erstes Mal.«

»Oh.«

Es entstand eine kurze Pause, in der Nadine mich nachdenklich von der Seite ansah. Ich ließ ihr die Zeit, sich zu überlegen, was sie sagen wollte. Wenn sie sich dazu entschließen würde, weiterzusprechen. Was sie auch tat.

»Ist die Farm noch relativ neu? Sie liegt so nah an Charlevoix und deinem Haus ...«

Sie ließ den Satz ausklingen, als ob sie sich doch nicht sicher war, ob sie weitersprechen sollte. Ich hasste das Gefühl, dass sie davon ausging, vor mir nicht das sagen zu können, was ihr durch den Kopf ging.

Ich lehnte mich in meinem Stuhl leicht vor und stützte die Ellenbogen auf den Knien auf, während ich die Hände dazwischen verschränkte. Etwas, an dem ich mich festhalten konnte, und wenn es nur meine eigenen Hände waren, während ich in Gedanken in meine Vergangenheit gezogen wurde.

»Nein«, stieß ich hervor und atmete gleichzeitig langsam aus. »Mein Vater war nicht gerade der Typ für Ausflüge in die Umgebung. Unsere Tage bestanden hauptsächlich aus Angeln, Fische ausnehmen und sie zum Abendessen grillen. Ab und zu ein paar Besorgungen in der Stadt für das Notwendigste und das war es auch schon.«

»Das klingt ... einsam.«

Ich zuckte betont lässig mit den Schultern, traute mich dennoch nicht, nachzusehen, ob Nadine es mir abkaufte. Stattdessen hielt ich den Blick auf die Maserung des runden Holztisches vor mir gesenkt.

»Es war, wie es war. Ich kannte es nicht anders.«

»Ich habe mir früher nie Gedanken darüber gemacht, wie es für dich ohne Mutter gewesen sein muss. Ich meine, du warst ein paar Jahre über mir in der Schule und wir haben nicht wirklich in denselben Kreisen verkehrt.«

Ja, dass der Chief von Oaks Harbor schon früh Witwer geworden war und seinen kleinen Jungen quasi allein großgezogen hatte, war in unserer Kleinstadt kein Geheimnis gewesen.

»Ich war nach der Schule überwiegend bei meinen Großeltern. Außerdem hatte ich meine Freunde.«

»Aber die waren in Oaks Harbor und nicht hier.«

Ich musste dringend das Thema wechseln, wenn ich mich nicht vor all den anderen Besuchern des Cafés und vor allem Nadine zum Clown machen und die Fassung verlieren wollte. Denn das lag durchaus im Bereich des Möglichen.

Zum Glück wurde in diesem Moment unsere Bestellung gebracht und das Thema erledigte sich damit ganz von selbst.

KAPITEL 21

NADINE

Eine Hand lag bereits auf dem Türgriff, als ich innehielt und mich zu Tyler drehte. »Ich hatte heute viel Spaß. Danke für den Ausflug.«

Das Lächeln, welches auf seine Lippen trat, war so sanft und ging mir trotzdem durch Mark und Bein, so unerwartet war es. Beinahe fühlte es sich wie eine Liebkosung an.

Ich musste schnell aus diesem Auto raus.

»Nadine ...«

Unwillkürlich schloss ich die Augen, als ich erneut innehielt und darauf wartete, was von Tyler kommen würde. Dass mein Herz schneller schlug, konnte ich ebenfalls nicht unterbinden.

Ich hatte jedes Wort ernst gemeint. Es war ein wunderschöner und überraschender Tag gewesen. Der Rundgang über die Farm, der Duft des Lavendels allgegenwärtig, die Landschaft in diesem von der Sommersonne schimmernden Licht um uns herum. Es hatte etwas Magisches an sich gehabt.

Noch immer schoss mir die Röte in die Wangen, wenn ich daran dachte, dass ich mich bei unserer Ankunft voller Übermut bei Tyler untergehakt hatte. Ich hatte keine Ahnung, was in mich gefahren war.

Ich wusste nur, dass ich es nicht bereute. Tyler strahlte diese Ruhe und Wärme aus, die mich regelmäßig in einen Bann zu ziehen schien. Auch wenn es kein kalter Tag gewesen war, so hatte sich seine Körperwärme wie eine Kuscheldecke um mich gelegt. Mich förmlich in ihr eingehüllt. Was musste er bei meiner spontanen Aktion gedacht haben? Und dann unser Gespräch im Café. Noch nie hatte ich Tyler so verletzlich gesehen. Es hatte sich beinahe wie eine Ehre angefühlt, dass er mir diesen Einblick in seine Kindheit geboten hatte.

Natürlich hatte der Moment nicht lange angehalten und unser Gespräch war von der Bedienung unterbrochen worden. Aber etwas hatte sich seitdem zwischen uns verändert. War an eine andere Stelle gerückt.

An die richtige Stelle.

Eine Berührung auf meinem Arm ließ mich erschaudernd aus den tobenden Gedanken zurückkehren und fast augenblicklich breitete sich Gänsehaut auf meiner Haut aus.

»Dreh dich um, Nadine.«

Die Aufforderung war so sanft und leise gesprochen, dass ich sie einfach hätte überhören können. Hätte ich auch beinahe, so laut war das Rauschen in meinen Ohren und das Klopfen in der Brust.

Aber es schien, als ob seine Stimme einen Zauber über mich gelegt hatte. Ohne mein Zutun drehte sich mein Körper zu Tyler. Unwillkürlich schnellte meine Zunge hervor und leckte über Lippen, die aus dem Nichts so trocken waren, als hätte ich den gesamten Tag über noch nichts getrunken.

Für Tyler war das der Startschuss. Plötzlich lag seine Hand an meinem Hals, seine Finger umklammerten mein Kinn und sein Gesicht kam immer näher.

»Ich werde dich jetzt küssen«, erklang es nicht mehr ganz so sanft wie noch vor ein paar Augenblicken. Dafür rauer, roher. Die Emotionen in jede einzelne Silbe seines Satzes verpackt. »Wenn du das nicht möchtest, ist jetzt deine einzige Chance, um das zu sagen. Und, Nadine, wenn du nichts sagst, sehe ich das als die Einladung, die es ist, die heutige Nacht und alle kommenden Nächte bei dir im Bett zu verbringen.«

Ich hätte empört die Luft einziehen müssen. Ich hätte ihm vielleicht sogar für seine unverschämten Worte eine Ohrfeige verpassen müssen. Was ich definitiv hätte tun müssen, wäre, meine Beine in die Hand zu nehmen und aus diesem Fahrzeug auszusteigen.

Stattdessen beugte ich mich noch ein kleines bisschen weiter vor und stieß ein Seufzen aus.

Ich erkannte noch kurz ein wölfisches Grinsen auf seinen Lippen, da lag sein Mund auch schon auf meinem.

Und war seine Stimme vor wenigen Minuten noch weich gewesen, so hatte jegliche Sanftheit nun seinen Körper verlassen.

Der Kuss begann hart und wurde mit jeder Bewegung fordernder. Ein Biss in meine Unterlippe, den er sofort mit einem Streicheln seiner Zunge milderte, brachte mich dazu, meinen Mund zu öffnen. Mit einem Stöhnen nahm ich seine Zunge in mir auf. Zähne krachten ineinander, bissen in Lippen und ich wusste nicht länger, wo ich aufhörte und Tyler begann. Jegliche rationalen Gedanken hatten den Wagen verlassen.

Noch nie in meinem Leben war ich so geküsst worden.

Ich hatte das Gefühl, dass all die aufgestauten Emotionen, all die Frustration, die Ängste und Sorgen der letzten Zeit meinen Körper verließen. Und es Tyler nicht anders ging.

Als sein Mund auf Wanderschaft ging und sich an meinem Hals hinabknabberte, begann ich augenblicklich, die Wärme von ihm zu vermissen.

»Tyler ...«

»Ja, Baby?«, erklang es von meinem Schlüsselbein, wo Tyler dazu übergegangen war, den Träger des Kleids zur Seite zu schieben, um weiter Richtung Süden vordringen zu können.

»Ich ... mehr ... du ... ja!«

Meine Worte ergaben keinen Sinn und dennoch schien er genau zu wissen, was ich sagen wollte.

Ein Griff an meine Hüften und plötzlich befand ich mich in der Luft. Bevor ich aufschreien konnte, saß ich rittlings auf seinem Schoß, seine Lippen zurück auf meinen. Ich legte die Arme um seinen Hals und ließ mich abermals in den Kuss fallen, während Tyler die Wanderschaft seiner Hände wieder aufnahm. Von meiner Taille aus gingen sie zielsicher nach unten, hielten am Saum des Kleids inne und strichen schließlich vorsichtig darunter. Ein Seufzen entfuhr mir, das ich um keinen Preis der Welt hätte aufhalten können.

Ich wusste nicht, wie viel Zeit verging, in der ich mich dem Kuss, Tylers Berührungen und seinen gemurmelten Worten, die jede Saite in mir zum Klingen brachten, hingab.

Als ich eine gefühlte Ewigkeit später wieder zu mir kam, löste ich mich langsam aus unserem Kuss, zog den Kopf zurück und betrachtete diesen Mann vor mir. Sah ihn einfach nur an, wie er mich ansah. Mit dieser Sanftheit, die sein ganzes Gesicht einzunehmen, die aus seinen Augen direkt auf mich hinüberzuspringen schien.

Und plötzlich machte es Klick. Die letzten Steine der Mauer, die in den vergangenen Wochen, ohne dass ich es bewusst mitbekommen hatte, deutlich kleiner geworden war, fielen in sich zusammen. Einfach so. Zu Schutt und Asche und Staub. An dessen Stelle trat eine Klarheit, die mir den Atem raubte.

Nämlich, dass die letzten Wochen und Monate – Jahre! – genau zu diesem Moment geführt hatten. Ich kämpfte nicht mehr länger dagegen an. Sondern nahm es als das an, was es war. Ein Geschenk. Und ich schwor mir selbst, es vollkommen auszukosten.

Ich legte die Kontrolle endgültig ab. Kontrolle, die sowieso immer nur eine Illusion gewesen war. Gab mich vollständig hin, gab mich diesem so wunderbaren Mann vollkommen hin. Ich wusste nicht, was die Zukunft bringen würde. Nur, dass Tyler in irgendwelcher Form auch immer Teil dieser sein würde. Und ich hoffte, dass ich ihm gerecht werden und das geben konnte, was er von mir verlangte.

Um mich nicht wieder zu verlassen.

Um mir nicht unweigerlich das Herz zu brechen.

Langsam strich er mir mit einer Fingerspitze über die Schläfe, die Wange hinab bis hinunter zu meinem Kinn. Bis seine große, raue Hand sich schließlich auf meinen Hals legte und mir unwillkürlich ein Schauer den Rücken hinabschoss.

»Ich liebe dich.«

Der nächste Schauer, gepaart mit Gänsehaut am ganzen Körper. Die Art und Weise, wie er diese drei Worte sagte, die noch nie jemand zuvor zu mir gesagt hatte, überwältigten mich und ich musste für einen

Moment die Augen schließen. Dann gab ich mir innerlich einen Ruck, öffnete die Augen, holte tief Luft und …

»Ich … ich …«

Es ging nicht. Die Worte ließen sich nicht sagen. Mit einem erstickten Laut vergrub ich das Gesicht in den Handflächen.

Was stimmte mit mir nicht?

Da war dieser umwerfende Mann, der mir wieder und wieder zeigte, wie wichtig ich ihm war. Der sich ins Zeug legte, um Hailey und mir eine Auszeit vom Alltag zu ermöglichen und wir uns um nichts sorgen mussten. Der mich mit seinen Küssen um den Verstand brachte.

Der mir seine Liebe gestand.

Und ich konnte diese drei kleinen Worte nicht wiederholen? Obwohl ich mich doch gerade erst vor wenigen Augenblicken auf die Sache mit ihm eingelassen hatte?

»Hey.«

Am Rande nahm ich das leise ausgesprochene Wort wahr. Tylers Hand, die noch immer auf meinem Hals lag, wanderte ein Stück nach oben, umgriff mein Kinn und zog meinen Kopf empor, sodass ich die Hände sinken lassen musste.

Aus kristallklaren Augen sah er mich an. Von Humor und Lust war meilenweit nichts zu sehen. Nur dieser ernste Blick, der direkt bis in meine Seele zu sehen schien.

»Es ist okay. Du musst nichts sagen.« Langsam leckte er sich über die vollen Lippen. »Ich wollte nur, dass du es weißt. Dass ich *All in* bin und nicht mehr weggehe. Okay?«

»Okay«, stieß ich mit einem Atemzug aus.

»Dann komm her.«

Tyler zog mich zu ihm heran und fiel erneut über meinen Mund her. Langsam, sanft und gemächlich. Minutenlang ließen wir unsere Lippen, unsere Zungen und unsere Hände sprechen. Ließen sie all das sagen, für das wir noch ein Leben lang Zeit haben würden, es in Worte zu fassen.

Bis der Kuss noch langsamer wurde, unsere Bewegungen noch zärtlicher und ich mich kurz darauf mit Tylers Stirn an meiner lehnend wiederfand.

»Du hast ja keine Ahnung, wie glücklich du mich machst.«

Seine Stimme klang eindeutig belegt und nicht ganz sicher. Hatte ich diesen unverwüstbar erscheinenden Mann in die Knie gezwungen? Ausgerechnet ich?

Das Gefühl, das auf diese Erkenntnis folgte, stieg mir augenblicklich zu Kopf. »Du möchtest doch nur heute Nacht in meinem Bett schlafen«, versuchte ich mich an einem Necken. Vertraute mir selbst noch nicht, die Tragweite dieser Situation vollständig aufzunehmen.

»Nicht nur heute Nacht.«

»Ist das eine Drohung?«

»Nein, Trouble. Das ist ein Versprechen.«

KAPITEL 22

NADINE

Am nächsten Morgen fand ich mich, eingehüllt in eine Decke, mit einer Tasse Tee in der Hand, auf der Verandaschaukel wieder. Der See erstreckte sich in all seinem morgendlichen Glanz vor mir. Tyler besaß hier wirklich ein fantastisches Stückchen Erde. Selten hatte ich mich so entspannt, so sorgenfrei gefühlt wie in diesem Moment. Wie überhaupt in diesem Urlaub.

Langsame, schwere Schritte auf den Holzbohlen der Terrasse offenbarten, dass ebendieser Mann unterwegs zu mir und mein Aufenthaltsort aufgeflogen war. Das Lächeln auf meinen Lippen, das sich wie von selbst dort eingeschlichen hatte, ließ mich wissen, dass ich über diese Tatsache nicht traurig war.

Die letzte Nacht fühlte sich noch immer wie ein Traum an. Nicht weil wir heißen, hemmungslosen, leidenschaftlichen Sex gehabt hatten. Nein, ganz im Gegenteil.

Nachdem wir uns im Auto endlich voneinander lösen konnten und ins Haus gegangen waren, hatten wir uns Schwimmsachen angezogen und waren zu Hailey hinunter an den Steg gegangen, der unterhalb von Tylers Grundstück in den See ragte. Sie hatte uns freudig begrüßt und sich von unserem Ausflug erzählen lassen. Für mich war es noch immer unfassbar zu sehen, zu welchem Mädchen sie sich entwickelt hatte. So entspannt, so gelöst. So voller Vertrauen. Und dass ich zum Teil dafür verantwortlich war, erfüllte mich mit einem Stolz, den ich nicht einmal empfunden hatte, als ich zur Direktorin ernannt worden war.

Unser Abendessen war ebenso entspannt verlaufen, nachdem wir alle eine Runde im See geschwommen waren, ausgelassen geplanscht und anschließend auf unseren Handtüchern liegend die untergehende Sonne beobachtet hatten. Wenn Hailey die veränderte Stimmung zwischen Tyler und mir wahrgenommen hatte, so sprach sie uns nicht darauf an. Lange nachdem sie in ihrem Zimmer verschwunden war, hatten Tyler und ich noch bei einem Glas Wein auf der Terrasse gesessen, den lauen Sommerabend genossen und über alles und nichts geredet, bevor wir uns ebenfalls für die Nacht zurückgezogen hatten.

Was dann im Bett passiert war, ließ sich nur als sanftes Liebe machen beschreiben. Behutsames Streicheln, langsames Erkunden des Körpers des anderen mit Fingerspitzen und Lippen, sanfte Berührungen, die noch jetzt, Stunden später, für ein Kribbeln auf meiner ganzen Haut sorgten. Ineinander verschlungen einzuschlafen. Mein Kopf auf Tylers Brust, seine Arme um meinen Rücken geschlungen, unsere Beine miteinander verknotet. In ähnlicher Position war ich heute früh aufgewacht. Viel zu früh, wenn es nach dem Stand der Sonne ging, die durch das Fenster schien, da wir am gestrigen Abend vergessen hatten, die Vorhänge zuzuziehen. Mir war in Tylers Umarmung viel zu heiß geworden und an Weiterschlafen war nicht zu denken gewesen. Also hatte ich mich vorsichtig hinausgeschlichen, nur in meinen Morgenmantel gehüllt, und mich mit einer Tasse Tee in der Verandaschaukel wiedergefunden.

»Morgen, Trouble.«

Es folgte ein Kuss auf meine Stirn, während er sich neben mir niederließ, den Arm um mich schlang, mich an seine Seite zog und nach dem Tee griff, mit meiner Hand dazwischen, um einen Schluck daraus zu nehmen. Das Seufzen, das er dabei ausstieß, ließ mich schmunzelnd zu ihm aufsehen.

»Gut geschlafen?«, fragte ich verschmitzt. Und konnte mir selbst die Leichtigkeit, die sich in meiner Brust festgesetzt hatte, nicht erklären.

Das Toben in meinem Bauch, das sich wie Seifenblasen anfühlte, die aufstiegen und dann platzten. Auf die gute Art und Weise. Ein mir bis dato völlig unbekanntes Gefühl.

»Sehr gut sogar. Bis ich aufgewacht bin, weil der Platz neben mir kalt und meine Arme leer waren. Was hast du dazu zu sagen?« Gespielt entrüstet sah er zu mir hinunter.

»Dass du eine Heizung ohne Ausschalter bist und mir viel zu warm war, um weiterzuschlafen.«

»Da wirst du dich wohl dran gewöhnen müssen«, erklang es mit einem Grinsen, das nur als überheblich zu bezeichnen war.

Bis es plötzlich verschwand und an dessen Stelle ein ernster Ausdruck trat. Seine Augen blickten zärtlich zu mir, gepaart mit einem Hauch Nervosität, wenn mich nicht alles täuschte.

»Ist das in Ordnung?«

Ich streckte den Kopf nach oben und drücke ihm sanft einen Kuss auf den Mund. »Das ist in Ordnung.«

Der Atem, den er daraufhin ausstieß, klang eindeutig erleichtert. Ich kuschelte mich noch ein bisschen näher an ihn heran, ließ den Blick über den See vor uns schweifen und nahm zufrieden einen weiteren Schluck aus meiner Tasse. Mir nur allzu gewahr seiner Finger, die in einem trägen Rhythmus Zeichen auf meinen Arm malten.

»Ich möchte nie wieder zurück zu meinem Vater.«

Die Gabel, die ich soeben zum Mund geführt hatte, blieb mitten in der Luft stehen. Mit aufgerissenen Augen sah ich über den Tisch hinweg zu Hailey, die, so hatte es den Anschein, in aller Seelenruhe ihre Spaghetti mit Fleischbällchen weiteraß.

Es war der letzte Abend unseres Urlaubs in Charlevoix und Tyler hatte uns in das italienische Restaurant im Nachbarort eingeladen. Was unter anderem auch daran liegen konnte, dass heute mein Geburtstag war und er mich nicht ausschließlich mit sexuellen Gefälligkeiten verwöhnen wollte.

Seine Worte, als er heute früh unter der Decke hervorgekrochen war, nachdem er mich mit Pauken und Trompeten zu meinem Geburtstag geweckt hatte.

»Wie kommst du darauf?«, fragte ich nun so vorsichtig, wie es mir möglich war, nach. Die Gedanken an all die Dinge, die sich zwischen Tyler und mir in den letzten Tagen hinter verschlossener Tür zugetragen hatten, in die hinterste Schublade verdrängt und fest verschlossen.

Auch wenn mein Herz vor lauter Aufregung so schnell schlug, dass mir sämtlicher Appetit auf mein wirklich köstliches Steinpilzrisotto vergangen war.

Hailey zuckte mit den Schultern und trieb mich damit beinahe in den Wahnsinn. Merkte sie denn nicht, was für Wellen diese Aussage schlug?

»Ich werde bald sechzehn.«

O ja, das stimmte. Im August stand ihr Geburtstag bevor und im Geiste hatte ich bereits eine *Sweet Sixteen* Party geplant, so sehr freute ich mich auf diesen Tag. Wenn ich mir Haileys Reaktion darauf vorstellte, konnte ich es kaum noch erwarten, sie damit zu überraschen.

Unter dem Tisch spürte ich, wie Tyler seine Hand auf meinen Oberschenkel legte und ihn drückte. Sofort durchflutete mich von der Berührung seiner starken, rauen Haut ein warmes Gefühl. Bestärkt atmete ich tief durch, bevor ich Hailey antwortete.

»Du weißt, dass du bei mir im Cottage immer willkommen bist?«

Hailey sah mich mit festem Blick über den Tisch hinweg an. Manchmal raubte es mir schier den Atem, wenn ich mir bewusst machte, wie tough dieses Mädchen eigentlich war und welchen Umständen sie in ihrem jungen Leben bereits getrotzt hatte.

»Das weiß ich«, bestätigte sie.

Mit wachsender Nervosität wartete ich ab. Auch wenn mich an dieser Aussage nichts zweifeln ließ, wusste ich, dass das noch nicht alles war.

»Ich möchte nur meinem Vater – und meiner Mutter, falls sie sich je wieder blicken lassen sollte – irgendwie die Möglichkeit nehmen, mich zurück nach Ashton und in den Trailer zu holen. Ich will selbst entscheiden können, wo ich bleibe und wie mein Leben aussieht.«

Das klang erstaunlich erwachsen und vernünftig. Auch wenn es mir das Herz brach, dass sie so über ihre Eltern dachte.

»Und wenn ich …« Kurz hielt ich inne, um tief Luft zu holen, bevor ich weitersprechen konnte. »Und wenn ich einen Antrag auf Vormundschaft für dich stelle, bis du volljährig bist?« Überrascht blickte Hailey mich an. »Das würdest du tun?« Wusste dieses Mädchen denn nicht, dass ich alles für sie tun würde? »Natürlich. Ich habe bereits alle Hürden überwunden und bin offiziell als Pflegeplatz gemeldet. Der bürokratische Teil sollte also kein Problem sein. Oder wie siehst du das?«, wandte ich mich schließlich an Tyler, dessen Hand noch immer auf meinem Oberschenkel lag und dort beruhigende Kreise zog, während er sich bislang aus dem Gespräch herausgehalten hatte.

Ich war ihm dankbar dafür, weil es zeigte, dass er wusste, dass es hier um Hailey und mich ging.

Aber es ging nicht mehr nur um Hailey und mich. Wenn es Tyler wirklich so ernst mit uns war, wie er mir letzte Woche nach der Lavendelfarm erklärt hatte und nicht müde wurde, es mir seitdem jeden Tag zu zeigen, waren wir nun ein Team.

Und das bedeutete, dass wir beide für Hailey da sein würden. Egal, ob Tyler bei uns wohnte oder nicht.

Tylers Augen fuhren kurz zu mir, bevor sie sich auf Hailey richteten, sein Blick ernst. »Ich denke, ein Antrag auf Vormundschaft ist in deinem Fall möglich.«

Hailey kaute auf ihrer Unterlippe herum, sichtlich in Gedanken versunken. Ich beobachtete sie dabei, wie sie die Worte aufnahm, sie drehte und wendete, abwägte. Sie hatte diesen Gesichtsausdruck, den sie immer aufsetzte, wenn sie sich auf eine Sache konzentrierte. Wie ihre Hausaufgaben, die sie immer bei mir in der Küche am Tisch machte.

Doch dieses Mal mischte sich unter die konzentrierte Entschlossenheit ein Hauch Unsicherheit, der dafür sorgte, dass sich mein Herz schmerzhaft zusammenzog.

»Ich will nicht, dass sie jemals wieder die Kontrolle über mein Leben haben.« Ihre Stimme klang nun nicht mehr so fest wie vor ein paar Minuten. »Ich will nicht, dass sie glauben, sie könnten mich einfach zurückholen, wann immer es ihnen passt. Nicht, nachdem sie mich beide zurückgelassen haben, weil es ihnen gegen den Strich ging, für ein Kind verantwortlich zu sein, und etwas Besseres ihren Weg kreuzte.«

Tyler nickte, sein Blick voller Verständnis. »Das verstehe ich gut. Eine Vormundschaft kann dir diese Sicherheit geben. Du könntest bei Nadine bleiben und in Ruhe deinen Highschool-Abschluss machen.«

Ich sah, wie Hailey die Worte verarbeitete, sichtlich unschlüssig, wie sie darauf reagieren sollte. Schließlich seufzte sie tief, legte die Gabel beiseite und stützte den Kopf auf ihre Hände, die Tischdecke vor sich betrachtend.

»Es ist nur so … Ich habe so lange das Gefühl gehabt, dass ich mich allein durchkämpfen musste. Nie jemanden hatte, dem ich wichtig war.« Ihre Stimme brach.

»Ich verstehe dich«, sagte ich leise und sah ihr direkt in die Augen, als sie den Blick wieder hob. »Glaub mir, ich war auch mal in deiner Situation. Aber du hast jetzt jemanden. Jemand, der dich unterstützt. Der dich stark macht, wenn du es brauchst.«

Tyler sah zwischen uns hin und her, und ich merkte, dass er darüber nachdachte, ob er etwas sagen sollte oder nicht. Aufmunternd nickte ich ihm zu.

»Was Nadine sagt, ist wichtig. Sie will dich nicht zurückhalten oder deine Entscheidungen infrage stellen. Sie bietet dir an, dich zu unterstützen. In welcher Form auch immer du das willst. Du hast so viel Stärke in dir, das wissen wir drei hier am Tisch nur allzu gut. Aber es bedeutet nicht, dass du alles allein durchstehen musst.«

Hailey starrte erneut auf den Tisch, ihre Augen eindeutig glasig. Schließlich schnaubte sie leise und brachte ein Lächeln zustande, das so zerbrechlich wirkte, dass es fast wehtat, es anzusehen. »Ihr beide … ihr scheint echt einem von Nadines Liebesromanen entsprungen zu sein. Ist euch das mal aufgefallen?«

Ich hielt den Atem an, während Tyler neben mir leise auflachte. »Mag sein«, erklang es rau aus seiner Richtung. »Aber hey, Liebesromane haben meistens ein Happy End.«

Leider war das hier nicht der richtige Ort und Zeitpunkt, um mir darüber Gedanken zu machen, was das für uns bedeutete. Währenddessen schüttelte Hailey den Kopf, das kleine Lächeln auf ihren Lippen vergrößerte sich allmählich. »Also gut. Wenn das bedeutet, dass ich in Oaks Harbor bleiben und mein eigenes Leben führen kann, ohne dass sie mir noch einmal vorschreiben, was ich zu tun habe … dann okay. Machen wir es so.«

Ich spürte, wie sich eine Welle der Erleichterung in mir ausbreitete. Ohne nachzudenken, sprang ich auf, umrundete den Tisch und zog Hailey in eine Umarmung. Sie zögerte einen Moment, bevor sie sie erwiderte. Tyler legte eine Hand auf Haileys Rücken und lächelte uns beide an, ein Ausdruck aufrichtiger Zuneigung in seinen Augen.

»Du hast die richtige Entscheidung getroffen«, sagte er voller Überzeugung und am liebsten hätte ich ihm dafür einen riesigen Schmatzer auf den Mund gedrückt. Aus Rücksicht auf die Öffentlichkeit und Haileys Anwesenheit hielt ich mich für den Moment zurück. Aber später, wenn wir unter uns waren, konnte er sich auf etwas gefasst machen.

Hailey nickte, dann sah sie zu mir. »Aber«, begann sie ernst, »du musst mir versprechen, dass du mich nicht wie ein kleines Kind behandelst. Ich will die Verantwortung für mein Leben übernehmen. Ich will selbst entscheiden, was ich tue und was nicht. Okay?«

Ich grinste. »Versprochen. Aber im Gegenzug musst du mir versprechen, dass du mich nicht immer wie eine Übermutter abtun wirst, wenn ich mir Sorgen mache.«

Hailey kicherte. »Abgemacht.«

Tyler hob sein Glas. »Wenn das kein Grund zum Anstoßen ist, weiß ich auch nicht.«

Die Gläser klirrten lautstark, als wir uns in der Mitte des Tisches trafen, und ich konnte das Gewicht, das mir eben noch auf der Brust gelegen hatte, förmlich von mir abfallen spüren.

Es war noch nichts in Stein gemeißelt und die Vormundschaft noch lange nicht geregelt. Aber es war ein Anfang, ein Schritt in die richtige Richtung.

Und es könnte kein besseres Geschenk zu meinem Geburtstag geben.

KAPITEL 23

TYLER

»**M**einst du, die Sache mit der Vormundschaft lässt sich schnell regeln?«
Seit wir aus dem Restaurant aufgebrochen waren, wirkte Nadine in sich gekehrt. Ich hatte sie ihren Gedanken überlassen, schließlich war das Thema, das uns beim Essen beschäftigt hatte, keine harmlose Kleinigkeit gewesen. Dies war der erste längere Satz, den sie an mich gerichtet hatte. Vor lauter Dankbarkeit, dass sie mich an ihren Gedanken teilhaben ließ, gaben beinahe die Knie unter mir nach.

Ihr die nötige Zeit zu geben, um in Ruhe nachzudenken, war jedoch die richtige Entscheidung gewesen. So langsam entpuppte ich mich zu einem echten Nadine-Flüsterer.

Wenn die Situation nicht so ernst und dieser Moment nicht so bedeutend gewesen wäre, hätte ich mir vor lauter Stolz am liebsten auf die Brust getrommelt.

Nadine war dazu übergegangen, sich das Gesicht abzuschminken, während ich neben ihr stand und die Zähne putzte. Nachdem ich meinen Mund ausgespült hatte, wandte ich mich ihr zu, die Hüfte an den Waschtisch neben ihr lehnend.

»Ich denke, die Situation spricht für dich und sollte den ganzen Vorgang beschleunigen. Nichtsdestotrotz müssen die Eltern ausfindig gemacht werden und ihre elterlichen Rechte abgeben. Das sollte bei ihrem Vater kein Problem sein. Ihre Mutter allerdings ...«

Ich ließ den Satz unvollendet und beobachtete Nadine, die starr geradeaus in den Spiegel sah und mit dem Wattepad die Wimperntusche von ihren Augen wischte.

Fuck, sie war so wunderschön.

Egal, ob sie Make-up trug oder mir den Anblick ihrer gesamten Natürlichkeit gönnte. Die Haare zusammengefasst zu einem strengen Dutt hatte, oder, so wie jetzt, offen über ihre Schultern fallen ließ. Ihr typisches Direktorinnenoutfit bestehend aus enganliegender Bluse, Stoffhose und flachen Pumps, oder ein mit kleinen Blumen gemustertes Sommerkleid trug, das in weichen Stoffbahnen ihren Körper hinabfiel und ihre sanften Kurven umhüllte.

Ich wollte diese Frau. In jeder Lebenslage, in jeder Verfassung, in jeglicher Hinsicht. Wenn mir dieser Urlaub eine Sache gezeigt hatte, dann das. Ich war ihr hoffnungslos verfallen. Schon lange, bevor wir nachgegeben und zum allerersten Mal im Bett gelandet waren. Dass das mein letztes erstes Mal mit einer Frau war, war mir damals schon bewusst gewesen, wie ich mir mittlerweile eingestehen konnte.

Und jetzt gab es kein Zurück mehr.

Die Frage war nur, ob Nadine in der Zwischenzeit zu der gleichen Erkenntnis gekommen war. Oder ob ich noch weitere Überzeugungsarbeit leisten musste.

Sie stieß ein tiefes Seufzen aus und ließ das Wattepad sinken. »Ja, ihre Mutter wird ein Problem sein.«

Der tieftraurige Ausdruck in ihren Augen fuhr mir direkt ins Herz.

»Es ist aber auch möglich, dass die Unterschrift von ihrem Vater ausreicht, weil sie ihn mit Hailey zurückgelassen hat. Ich denke, Vernachlässigung der elterlichen Pflichten ist hier das Stichwort.«

»Meinst du?«

Ich schwor mir, alles Mögliche dafür zu tun, dass sich die Hoffnung, die in ihrem Gesicht zu sehen war, nicht in bittere Enttäuschung wandelte.

»Ich meine, dass Hailey sich glücklich schätzen kann, dein Gartenhaus als Unterschlupf ausgewählt zu haben. Dass du alles für sie tun würdest und ihr beide es verdient habt, all das zu bekommen, was ihr euch wünscht. Und ich jeden Tag mein Bestes geben werde, um euch das zu erfüllen.«

Während meiner kleinen Ansprache war ich dazu übergegangen, die Hände auf Nadines Hüften zu legen und sie zu mir zu drehen, damit ich ihr direkt ins Gesicht sehen konnte. Vor dem Zähneputzen hatte ich mich bis auf die Boxershorts meiner Kleidung entledigt, und Nadine machte sich diesen Umstand nun zunutze. Langsam fuhr sie mit den Fingern meinen Oberkörper hinauf, kratzte leicht über die Haut und verschränkte die Hände schließlich in meinem Nacken. Ich rief mich selbst zur Ordnung, während meine eigenen Daumen langsame Kreise über die empfindliche Haut über ihren Hüftknochen fuhren, die zwischen Oberteil und Shorts ihres Pyjamas hervorblitzte. Er bestand aus elfenbeinfarbener Seide, war von zarter Spitze in der gleichen Farbe umsäumt und brachte mich um den Verstand, seit sie damit das erste Mal vor mir aufgetaucht war.

»Meinst du das wirklich ernst?«

Ihre Berührungen und meine eigenen Erkundungen mit den Händen hatten mich davon abgelenkt, wie ernst das Thema war, über das wir gerade sprachen. Und dass es sich hier um Nadine handelte. Die Meisterin der verschlossenen Mauern, die niemanden an sich heranließ.

»Trouble, mir war nie eine Sache ernster.«

Sichtlich nachdenklich kaute sie auf ihrer Unterlippe herum. Ich löste eine Hand von ihrer Hüfte, griff an ihr Kinn und befreite sie mit meinem Daumen. Sanft fuhr ich mit der Kuppe über die weiche Haut.

»Was denkst du?«

»Ich denke, dass es mir schwerfällt zu glauben, dass der Spaß-Chief von Oaks Harbor, der nie eine ernste Beziehung in seiner gesamten Amtszeit hatte, plötzlich bereit ist, seine ganzen Freiheiten aufzugeben, um Familienvater zu spielen.«

»Es ist nicht immer alles so, wie es nach Außen den Anschein hat.«

Offensichtlich hatte ich die Wut, die diese Worte in mir auslösten, nicht ganz so unter Kontrolle, wie ich es gerne gehabt hätte. Nadine zuckte sichtlich vor mir zurück.

Kurz schloss ich die Augen und atmete tief durch. Bevor ich jedoch etwas sagen konnte, was meine Aussage milderte, kam Nadine mir zuvor.

»Warum erzählst du mir nicht von ihr?«

Und wenn das der Wahrheit nicht verdammt nahekam, wusste ich auch nicht.

Bemüht unbekümmert zuckte ich mit den Schultern. Sie wollte Spaß-Chief? Dann sollte sie ihn haben.

»Da gibt es nicht viel zu erzählen. Wir haben in Chicago gelebt, ich sollte Chief in Oaks Harbor werden und sie wollte mir nicht in die Kleinstadt folgen. Ende der Geschichte.«

Die blauen Augen schienen sich förmlich in mich hineinzubohren und bis auf den Grund meiner Seele zu sehen. Mit aller Macht hielt ich dem Blick stand, um mir nicht anmerken zu lassen, was diese Erfahrung mit mir gemacht hatte.

Schließlich verließen mich die Frauen in meinem Leben immer. Erst meine eigene Mutter mit ihrem Unfall, dann meine Großmutter nach einem Herzinfarkt, als ich ein Teenager war, und dann Charlene.

Und ich würde alles dafür tun, damit Nadine sich nicht in diese Liste einreihte.

Ich drückte ihr einen Kuss auf die Stirn.

»Lass uns ins Bett gehen. Schließlich ist heute dein Geburtstag und ich habe noch ein Geschenk für dich.«

Mein Ablenkungsmanöver funktionierte und Nadine schenkte mir ein kleines Lächeln, bevor sie sich willig von mir ins Schlafzimmer führen ließ. Vor dem Bett blieb ich stehen und zog sie an mich, bis sie mit dem Rücken an meiner Brust lehnte.

»Verrätst du mir, was es ist, oder soll ich raten?«, fragte sie mit einem neckenden Unterton, der völlig unerwartet kam und ein Grinsen in mir hervorkitzelte.

»Keine Chance, Trouble«, murmelte ich, während ich mir mit dem Mund einen Weg unter die Haare an ihrem Nacken bahnte, dort wo sie so empfindlich war, während sich meine Arme enger um sie schlangen. »Geduld ist eine Tugend.«

Sie lachte leise und ich konnte spüren, wie sich ihre Anspannung allmählich löste. Der Abend hatte uns beide emotional aufgewühlt, aber dieser Moment, diese Nähe. Er war genau das, was ich gebraucht hatte. Was sie vielleicht auch brauchte. Ein Hauch Leichtigkeit inmitten all der Schwere, die uns umgab.

»Ich bin mir nicht sicher, ob Geduld gerade zu meinen besten Fähigkeiten gehört«, entgegnete sie und lehnte sich stärker gegen mich. Ihre Stimme klang jetzt weicher, verführerischer. »Aber wenn du darauf bestehst ...«

Meine Hände glitten von ihrer Taille hoch, bis sie sanft ihre Schultern massierten. Ein leises Seufzen stahl sich aus ihrem Mund und ich nutzte die Gelegenheit, um die Lippen sanft an die Stelle ihres Nackens zu drücken, wo sich kleine, kaum sichtbare Härchen aufstellten. Sie roch nach etwas Frischem, Floralem, so völlig Nadine, und ich spürte, wie sie sich mir weiter öffnete.

»Glaub mir, Baby«, murmelte ich gegen ihre Haut, »dieses Geschenk wird es wert sein, darauf zu warten.«

Meine Finger fuhren sanft unter den dünnen Träger ihres Tops, spielten mit dem weichen Stoff, während ich spürte, wie sich ihre Atmung beschleunigte.

Bis sie sich langsam zu mir drehte und ihre Augen meine suchten. Ihre Finger legten sich auf meine Brust, nur leicht, ihr Blick intensiv, beinahe verletzlich.

»Manchmal«, begann sie leise, »fühlt es sich an, als würdest du mich besser kennen als ich mich selbst. Und das macht mir Angst.«

»Ich kenne dich gut«, antwortete ich sanft, während meine Daumen beruhigend über ihre Haut streichelten, »weil ich dir zuhöre, Nadine. Weil ich dich beobachte und zwischen den Zeilen lese. Weil ich zu jeder Zeit nur dein Bestes möchte.«

Sie schloss die Augen, als ob sie die Worte auf sich wirken ließ. Als sie sie wieder öffnete, war da dieser Ausdruck. Eine Mischung aus Sehnsucht und Zurückhaltung.

»Du hast recht. Vielleicht lasse ich dich zu sehr ran.«

Ich trat näher, bis kein Blatt Papier mehr zwischen uns passte.

»Lass mich. Lass uns das versuchen. Was auch immer es ist, das dich so zurückhält. Ich werde da sein. Für dich und Hailey.«

Ihre Augen flackerten, wie von einem inneren Kampf überwältigt. Aber dann legte sie den Kopf an meine Brust und ich spürte, wie sie sich fallen ließ. Nicht viel, aber genug, um mir zu zeigen, dass es einen Weg gab. Einen gemeinsamen Weg.

»Ich will nicht, dass Hailey verletzt wird«, flüsterte sie kaum hörbar. »Oder ich.«

Ich zog sie fester an mich, meine Lippen nah an ihrem Ohr. »Ich würde niemals zulassen, dass das passiert.«

Für einen Moment standen wir einfach nur da, in der Stille des Raumes, in dieser unausgesprochenen Übereinkunft. Und dann hob sie den Kopf, ihre Augen forschend auf mein Gesicht gerichtet.

»Also«, sagte sie schließlich mit einem leichten Lächeln, »was ist nun mit meinem Geschenk?«

Ich grinste, löste mich von ihr und ging zum Nachttisch, wo ich eine kleine Schachtel hervorzog. Sie beobachtete mich aufmerksam, während ich zu ihr zurückging, und als ich sie ihr reichte, sah sie mich mit einem skeptischen Blick an.

»Was hast du angestellt?«

»Öffne es und finde es heraus«, forderte ich sie auf und richtete mich erwartungsvoll auf, meine Arme verschränkt, während ich ihr Lächeln genoss.

Wenn die Muskeln in meinen Oberarmen dabei besonders zur Geltung kamen und Nadine für einen Moment von ihrer Aufgabe ablenkten, so gab mir das ein befriedigendes Gefühl. Ich war schließlich auch nur ein Mann.

Sie öffnete die Schachtel und für einen Moment war da nur Stille. Dann hob sie das feine, goldene Armband heraus. An ihm baumelte ein kleiner Anhänger. Er hatte die Form eines Vogels und Nadine drehte ihn in ihren Fingern, ihr Blick weich und überrascht.

»Das ist wunderschön«, murmelte sie, ihre Finger leicht über den Anhänger streichend.

»Es ist ein Schwalbenanhänger«, erklärte ich, meine Stimme merkwürdig rau. »Schwalben kehren immer nach Hause zurück, egal, wie weit sie fliegen.«

Ihre Augen hoben sich zu mir und in ihrem Blick lag ein Ausdruck, der mich fast umwarf. Für einen Moment sagte sie nichts, nur ihre Mimik verriet, wie sehr sie sich von dem Geschenk berührt fühlte.

»Danke«, flüsterte sie, ihre Stimme ein wenig brüchig. »Ich … ich weiß nicht, was ich sagen soll.«

»Du musst nichts sagen«, erwiderte ich sanft. »Ich will nur, dass du weißt, dass du nicht allein bist. Und dass du immer zurückkommen kannst, egal, wie weit du dich entfernst.«

Sie sah mich einfach nur an. Und in dem Augenblick hatte ich das Gefühl, dass sie sich mir vollständig öffnete. Dass all die Mauern, die sie um sich gebaut hatte, Risse bekamen, die nicht wieder repariert werden konnten.

Dafür würde ich sorgen.

»Komm her«, murmelte ich und zog sie an mich. »Lass uns einfach den Moment genießen.«

Und das taten wir. Eng umschlungen, im Halbdunkel des Zimmers, das Gefühl der Nähe und des gegenseitigen Vertrauens, das uns beide durchflutete. Ihr Shirt fand als Erstes den Weg zum Boden, bis kurz darauf ihre Shorts und meine Briefs das gleiche Schicksal ereilte. Hände streichelten, Lippen entdeckten, Zungen schmeckten und erforschten. Nadines Beine fanden ihren Weg um meine Hüfte, als ich die Hände auf ihren Po legte und sie anhob, um die letzte Distanz zum Bett zu überwinden. Langsam legte ich sie auf der Decke ab und stützte mich auf den Ellenbogen auf, um sie mit meinem Gewicht nicht zu erdrücken.

»Tyler …«, erklang es atemlos, während sie mit den Fingernägeln über meinen Rücken fuhr. Elektrische Stöße fuhren durch mich und ich musste alles in mir aufbringen, um mich aufs Sprechen zu konzentrieren.

»Was, Baby?«

»Ich brauche dich.«

»Ich bin da.«

»Bitte. Jetzt, Tyler.«

Und wer war ich, um ihr diesen Wunsch nicht zu erfüllen?

Egal, ob heute Nadines Geburtstag war oder nicht. Ich würde ihr jeden Wunsch von den Lippen ablesen und alles dafür Nötige tun, um ihn Realität werden zu lassen.

Langsam tastete sich meine Hand bis zu ihrer Mitte vor und Nadine wand sich ungeduldig unter mir. Beruhigend flüsterte ich ihr zu. »Gleich, Baby. Ich muss nur …«

»Nein, jetzt, Tyler. Bitte!«

Nässe empfing meine Finger und ich ließ einen in ihr verschwinden.

»So, Baby?«

In einem trägen Rhythmus stieß ich in sie.

»Mehr«, vermischte sich mit ihrem Stöhnen und ich nahm einen zweiten Finger hinzu.

Mein Daumen drückte sich auf ihre empfindlichste Stelle, während ich am Rande mitbekam, wie ich im selben Rhythmus meiner Hand die Hüfte bewegte, meinen Schwanz schmerzhaft pulsierend in die Decke drückte.

Nicht mehr lange und es würde peinlich für mich werden.

»Tyler!«

Wie auf Kommando schlossen sich die Muskeln um meine Finger, und ich steigerte mein Tempo. Den Mund auf Nadines drückend, um ihre Geräusche zu schlucken, spürte ich ihre Fingernägel über meinen Rücken kratzen. Morgen würden wir wieder nach Hause fahren, ich würde also nicht in die Verlegenheit kommen, bei den sommerlichen Temperaturen ohne Shirt herumzulaufen und mich für die Spuren auf dem Rücken erklären zu müssen.

Als Nadine mit einem Schrei, durch den ich sie hindurch küsste, an meiner Hand kam, hielt ich mich nicht länger mit Vorspiel auf und machte kurzen Prozess. Sie hatte kaum die Chance, zu Atem zu kommen, da fuhr ich mit einem Stoß in sie, der es in sich hatte. Sie war so nass und bereit, dass es ein Leichtes war, mich bis zum Anschlag in ihr zu versenken.

Wenn ich dachte, dass der erste Orgasmus ausreichend gewesen sei, um ihr zu geben, was sie brauchte, hatte ich mich jedoch getäuscht. Als ich einen Moment innehielt, um nicht sofort wie ein unerfahrener Collegestudent abzuspritzen, schloss sie die Beine um meine, drückte ihre Fersen in meinen Hintern und wand sich unruhig unter mir.

»Trouble, stopp! Ich brauch ... ah!«

Nadine wäre nicht Nadine, wenn sie die Sache nicht selbst in die Hand genommen hätte, und begann, sich an mir zu reiben.

Das war's!

Ich richtete mich auf, umgriff ihre Knöchel, legte ihre Beine auf meine Schultern und vergrub die Hände an ihren Hüften. Ohne ein weiteres

Wort stieß ich in einem unerbittlichen Tempo in sie. Als sie den Mund öffnete und ein Stöhnen sich daraus befreite, sah ich scharf auf sie hinunter.

»Wenn du nicht leise bist, höre ich sofort auf!«

Ich wusste nicht, woher ich die Worte nahm, aber sie zeigten ihre Wirkung. Nadine legte einen Arm auf ihren Mund und ich fuhr mit meiner Folter fort.

Folter, weil sie so atemberaubend war, dass es mich schier um den Verstand brachte.

Folter, weil ich am liebsten den ganzen Tag nichts anderes getan hätte, als mich wieder und wieder in ihr zu versenken.

Folter, weil sie mich zwar endlich in ihr Bett, aber immer noch nicht vollständig in ihr Herz gelassen hatte.

Ich steckte all meine Gefühle und Frustration in die Bewegungen, und es dauerte nicht lange, bis ich erneut spürte, wie sich Nadines Muskeln um mich herum zusammenzogen.

»Jetzt!«, stieß ich grollend aus.

Als ich sah, wie Nadines Augen nach hinten rollten, sie losließ und in einem nicht enden wollenden Beben kam, war es auch um mich geschehen. Fluchend ergoss ich mich in ihr, bis ich schließlich völlig erledigt auf ihr zusammenbrach.

Diese Frau.

Ich liebte sie, aber ich befürchtete, dass sie mich eher ins Grab brachte, als diese drei Worte zu erwidern.

KAPITEL 24

NADINE

Gestern waren wir aus Charlevoix zurückgekommen, heute traf ich mich bereits mit Rebecca und Suzie zum Brunch im Lake Star. Wie die Aasgeier hatten die beiden mich abgefangen, kaum waren die zwei Wochen Urlaub vorbei gewesen, und mir nicht mal die Chance gelassen, die Wäsche zu waschen, die so dringend darauf wartete. Seit einer Stunde löcherten sie mich bereits über unsere Zeit in Tylers Ferienhaus, und es hatte nicht den Anschein, dass sie demnächst damit aufhören würden.

»Warum werde ich das Gefühl nicht los, dass sie uns etwas verheimlicht?«

Rebecca hielt die Tasse, aus der der aromatische Duft von frisch aufgebrühtem Kaffee zu mir herüberwehte, vor ihrem Gesicht und sah mit hochgezogener Augenbraue zu Suzie.

Deren Blick wiederum lag auf mir und musterte mich aufmerksam. Bemüht unbekümmert stocherte ich in meinem Obstsalat und versuchte alles, um mir nichts anmerken zu lassen.

Ich hatte die letzte Stunde zwar damit verbracht, über den Urlaub zu berichten und die neuesten Entwicklungen rund um Hailey zu verkünden. Was bislang noch keinen Weg über meine Lippen gefunden hatte, war die Sache mit Tyler.

Dabei wusste ich selbst nicht, warum. Wenn mir jemand helfen konnte, Licht ins Dunkle zu bringen, was Beziehungen betraf, waren es schließlich meine Freundinnen, die im vergangenen Jahr beide die Liebe ihres Lebens getroffen – in Rebeccas Fall wiedergetroffen – hatten und nun in trauter Zweisamkeit ihre Tage und Nächte verbrachten.

Und ich war mir sicher, dass das mit Tyler und mir geradewegs auf eine Beziehung hinauslief. Wenn da nicht ...

Wenn da nicht die Sache mit seiner Ex gewesen wäre. Ich war von seinem wirklich prachtvollen Anblick am Abend meines Geburtstags zwar abgelenkt gewesen. Aber mir war nicht entgangen, wie er mir auswich, als ich ihn nach ihr gefragt hatte. Dass er meine Vermutung nicht abgestritten hatte, dass es jemanden gab, der ihn tief verletzt hatte. Dass er seitdem Beziehungen abgeschworen hatte und nur noch unverbindliche Dinge mit Touristinnen einging. All das hatte für sich gesprochen. Die Klatschtrommel in Oaks Harbor schlief schließlich nie. Und der gutaussehende Chief war als begehrenswerter Single bekannt, der immer für eine gute Zeit zu haben war. Irgendwann drang auch das zu mir durch. Es gab schließlich gute Gründe, warum ich ihn immer auf Abstand gehalten hatte.

Auch wenn das nicht der einzige Grund ist.

Aber es war das gefundene Fressen für diese innere Stimme in mir. Die, die mir ständig versicherte, dass ich allein besser aufgestellt war. Dass sich niemand jemals so gut um meine Bedürfnisse kümmern würde wie ich selbst. Schließlich wusste ich am besten, was ich brauchte und was nicht. In die letzte Kategorie fiel definitiv ein gewisser Ordnungshüter, der kein Interesse an ernsten Beziehungen hatte.

Vor allem jetzt, wo es nicht mehr nur noch um mein eigenes Wohlbefinden ging. Jetzt hatte ich Hailey zu berücksichtigen.

Und ist das nicht der perfekte Grund, um eben genau diesen Ordnungshüter auf Abstand zu halten?

Mein Gewissen konnte wirklich seine Klappe halten.

»Na, komm schon, Nadine«, sagte Rebecca und stellte ihre Tasse ab, »du kannst uns doch nicht allen Ernstes glauben machen, dass du zwei

Wochen mit Tyler im Ferienhaus verbracht hast und da nichts passiert ist. So wie die Funken immer zwischen euch fliegen.«

»Ganz genau«, pflichtete Suzie bei, ihre Augen schelmisch funkelnd, während sie genüsslich in ihren Avocadotoast biss. »Wir wissen doch, wie charmant er ist. Und dass er verrückt nach dir ist, weiß mittlerweile die halbe Stadt.«

Ich lachte nervös, während ich weiter zwischen klein geschnittenen Pfirsichen, Äpfeln und Erdbeeren in der Schale vor mir herumstocherte, und versuchte, das Gespräch auf die leichte Schulter zu nehmen. Aber innerlich spürte ich, wie mein Herz schneller schlug.

»Ehrlich. Tyler und ich … wir haben einfach nur eine schöne Zeit zusammen verbracht. Mit Hailey natürlich, die war schließlich auch dabei.«

»Hailey hin oder her«, winkte Rebecca ab, »wir wissen, dass da was lief. Die Spannung zwischen euch ist so offensichtlich, dass mir jedes Mal ganz heiß wird und ich Max in die nächste Ecke ziehen will, um von ihm vernascht zu werden, wenn ich euch miteinander sehe. Die Frage ist nur, warum du dir nicht endlich eingestehst, dass du mehr von ihm willst. Genauso wie er von dir.«

Ich schluckte schwer. Das Gespräch steuerte in eine Richtung, die mir eindeutig nicht behagte. Sie hatten ja keine Ahnung, wie kompliziert es in Wirklichkeit war. Tyler war mehr als nur ein Flirt, mehr als nur Funken. Aber das alles auszusprechen, hieß, sich auch den Ängsten zu stellen, die ich so sorgsam verdrängt hatte.

»Wie laufen eigentlich die Hochzeitsvorbereitungen? Ich habe seit Wochen nichts mehr gehört«, setzte ich an, in der Hoffnung, das Thema schnell in eine andere Richtung lenken zu können.

Doch Rebecca ließ sich nicht so leicht ablenken. »Oh, komm schon, Nadine. Beantworte doch erst mal die Frage.«

»Rebecca«, sagte ich mit gespielter Geduld und setzte ein Lächeln auf, das sich so ehrlich anfühlte, wie es mir möglich war. »Es ist kompliziert. Tyler und ich sind … Freunde. Klar, wir verstehen uns gut, und ja, da ist vielleicht etwas. Aber er hat auch seine Vergangenheit und ich habe Hailey. Ich muss an sie denken und ich weiß nicht, ob ich bereit bin, da irgendetwas zu riskieren.«

Mehr war ich nicht gewillt, an dieser Stelle preiszugeben. Ich hoffte nur, die beiden gaben sich damit zufrieden.

Suzie jedoch machte mir einen Strich durch die Rechnung. Sie zog eine Augenbraue hoch und lehnte sich in ihrem Stuhl zurück, während sie genüsslich an ihrem Latte macchiato nippte. Wie beiläufig fragte sie: »Und was ist mit deinen Gefühlen? Nur mal so aus Interesse, weil du sie gerade komplett außen vor lässt.«

»Ganz genau«, stimmte Rebecca zu. »Du bist immer so darauf bedacht, was andere brauchen, aber was ist mit dir?«

Ich spürte, wie mir die Hitze ins Gesicht stieg.

»Ich weiß es einfach nicht. Aber wenn ich es herausgefunden habe, seid ihr die Ersten, die es erfahren, okay?« Jetzt war der Zeitpunkt gekommen, das Thema endgültig zu wechseln. »Aber wirklich, Rebecca. Erzähl doch mal von deiner Hochzeit. Wie läuft es mit den Vorbereitungen?«

Zum Glück sprang sie dieses Mal darauf an. Rebeccas Augen begannen zu leuchten, und vergessen schienen jegliche Gedanken um eine potenzielle Beziehung zwischen Tyler und mir.

Gott sei Dank.

»Oh, es läuft fantastisch! Ich meine, es gibt so viel zu tun, aber ehrlich, ich liebe jede einzelne Minute davon.« Sie beugte sich nach vorn, ihre Begeisterung fast über den Tisch hinweg greifbar. »Wir haben uns entschieden, im nächsten Mai zu heiraten. Direkt am Strand. Stell dir das vor. Die Wellen, der Sand, die leichte Brise, die durch die Haare weht. Es wird perfekt. Na gut, vorausgesetzt, das Wetter spielt mit. Das weiß man bei uns in Michigan ja nie. Aber selbst dann, ich würde notfalls unter einem Regenschirm heiraten.«

Ich konnte nicht anders, als bei ihrem Enthusiasmus zu lächeln. Rebecca war wirklich in ihrem Element.

»Und die Farben! Ich habe mich für Pastelltöne entschieden. Lavendel, Rosa und ein zartes Blau. Das wird so romantisch. Wildblumen, Dekorationen im rustikalen Stil, alles passt zusammen. Oh, und das Kleid. Ich habe im Internet das perfekte Kleid gefunden. Es ist schlicht, aber mit dieser traumhaften Spitze, die über die Schultern fällt. Genau, wie ich es mir immer vorgestellt habe.« Kurz unterbrach sie ihren Redefluss. »Wobei ich auch nicht abgeneigt wäre, mit euch nach Chicago zu fahren und dort nach einem Kleid zu suchen. Wir könnten ein Mädels-Wochenende daraus machen. Was meint ihr?«

»Ein Mädels-Wochenende in Chicago?« Suzie setzte ihren Becher ab und grinste über das ganze Gesicht. »Das klingt perfekt. Ich meine, Hochzeitskleider, Champagner, gutes Essen. Was gibt es Besseres?« Rebecca klatschte begeistert in die Hände.

»Genau das dachte ich mir! Ein Wochenende voller Spaß und ...« Sie hielt inne, als hätte sie einen weiteren brillanten Gedanken. »Oh, und wir könnten einen Tag im Spa einlegen. Massagen, Gesichtsmasken, Pediküren. Die ganze Palette. Das wäre doch perfekt.«

Ich lächelte, doch innerlich spürte ich, wie sich alles zusammenzog und verkrampfte. Es war nicht das erste Mal, dass die beiden solche Pläne schmiedeten, bei denen ich mir nicht ganz sicher war, ob ich wirklich dazugehörte. Natürlich war ich dankbar, Rebecca und Suzie als meine Freundinnen zu haben. Als Direktorin war es nicht gerade einfach, Freundschaften zu schließen. Oder es lag einfach an mir und meiner Vergangenheit, die es mir schwer machte, mich anderen gegenüber zu öffnen.

Jedoch war es etwas anderes, wenn man dabei zusehen musste, wie andere ihre Zukunft so freudig gestalteten, während ich meine eigene noch immer nicht richtig greifen konnte.

»Das klingt gut«, sagte ich, bemüht, meine innere Zerrissenheit zu verbergen. »Chicago ist immer eine Reise wert.«

Rebecca, die noch immer strahlte wie ein Weihnachtsbaum, seufzte glücklich. »Ich kann es einfach nicht erwarten. Auch wenn es meine zweite Hochzeit ist. Max und ich freuen uns so sehr auf diesen Tag.« Sie nahm einen Schluck von ihrem Kaffee und warf mir einen liebevollen Blick zu. »Aber keine Sorge, ich werde dich mit den Details nicht allzu sehr langweilen. Es gibt ja noch genug Zeit, um alles zu erzählen.«

Rebecca, der Gutmensch.

Ich lachte leicht und winkte ab. »Du langweilst uns überhaupt nicht. Es ist schön zu sehen, wie viel Spaß du daran hast.«

»Spaß?« Rebecca lehnte sich zurück und seufzte dramatisch. »Das ist untertrieben. Ich liebe es. Die Planung ist wirklich aufregend. Max überlässt mir die meiste Arbeit, was völlig in Ordnung ist. Ich kenne ihn, er ist kein Detail-Mensch. Zumindest was diese Dinge betrifft.« Sie kicherte mädchenhaft und weil es sich dabei um Rebecca handelte, wirkte es auch überhaupt nicht aufgesetzt.»Aber ich habe gemerkt, dass ich es genieße, all diese Entscheidungen zu treffen. Beim letzten Mal hat Alistair mich in fast allen Entscheidungen übertrumpft.« Sie schauderte theatralisch.»Die Blumen, die Musik, das Essen. Alles soll zu uns passen. Und im Mai, mit den Blüten rund um den Strand und den Vögeln, die über den See ziehen. Es wird wie in einem Traum.«

Während sie sprach, konnte ich förmlich sehen, wie sie die Szenerie in ihrem Kopf ausmalte, und wieder meldete sich dieses Gefühl, das sich verdächtig nach Neid anfühlte. Nicht, weil ich ihre Hochzeit haben wollte. Sondern weil sie so genau wusste, was sie wollte. Und mit Max jemanden gefunden hatte, der sie auf diesem Weg unterstützte. Jemanden, auf den sie sich verlassen konnte.

»Und was den Strand angeht«, fuhr sie fort,»wir haben uns dafür entschieden, die Zeremonie direkt am Wasser abzuhalten. Nur wir, unsere engsten Freunde und die Familie. Es wird sehr intim. Kein großes Spektakel, aber genau das, was wir uns wünschen.«

Ich nickte und bemühte mich, die penetranten Gedanken über Beziehungen und die eigenen Unsicherheiten beiseitezuschieben.

»Das klingt wirklich magisch, Rebecca. Und es passt so gut zu euch.«

»Ja, nicht wahr?« Ihre Augen leuchteten, als sie erst nach Suzies und dann nach meiner Hand über den Tisch hinweggriff.»Ich freue mich so sehr, dass ihr beide dabei sein werdet. Ich meine, was wäre eine Hochzeit ohne meine besten Freundinnen?«

Suzie und ich lächelten, aber mein Inneres fühlte sich nur noch schwerer an. Während Rebecca und Suzie das Gespräch über Kleider, Blumen und die weiteren Vorbereitungen fortsetzten, ließ ich meinen Blick aus dem Fenster über den See gleiten. Die leichte Brise kräuselte das Wasser und ließ die Sonnenstrahlen an diesem warmen Sommertag auf der Oberfläche glitzern. Es war ein schöner Anblick, friedlich und ruhig. Fast so, als könnte man all die inneren Zweifel einfach wegspülen, wenn man sich nur lange genug auf die Weite konzentrierte.

Doch die innere Unruhe blieb. Es war nicht die Hochzeit, die mich beschäftigte. Sondern die Fragen meiner Freundinnen, die nicht lockergelassen hatten. Und meine eigenen, unausgesprochenen Antworten.

Vielleicht war es an der Zeit, dass ich mir wirklich über das klar zu werden versuchte, was ich überhaupt wollte.

Innerlich seufzte ich.

Es gab eindeutig einfachere Aufgaben.

KAPITEL 25

TYLER

Viel konnte ich nicht machen. Aber diese eine Sache. Die konnte ich in die Hände nehmen und mich darum kümmern. Um Nadine im Rahmen meiner Möglichkeiten zumindest etwas helfen zu können.

Also hatte ich eine Fahndung nach Sheila Brooks rausgeschickt. Und fragte mich, warum ich das nicht schon viel eher getan hatte.

Weil dein Gehirn zurzeit eindeutig mit anderen Dingen beschäftigt ist.

Dem konnte ich nur schulterzuckend zustimmen.

Der nächste Schritt war, Brooks selbst in Miami ausfindig zu machen. Vorausgesetzt, er befand sich noch dort und war nicht zu einem, wer wusste schon was, Abenteuer aufgebrochen. Der nächste große Fang, das nächste unschlagbare Ding, was den Wendepunkt in seinem armseligen Leben herbeiführen würde.

Vermeintlich.

Nach wie vor bekam ich es nicht in den Kopf, wie sich solche Menschen Eltern nennen konnten. Ihre Mutter zumindest, wenn man ihr dieses Zugeständnis überhaupt machen konnte, hatte Hailey in der Obhut ihres Vaters zurückgelassen. Was das geringere Übel war, konnte ich an dieser Stelle nicht beantworten. Schließlich hatte sie jahrelang mit diesem Kerl unter einem Dach gelebt und war nicht ohne Grund auf und davon, als jemand Besseres ihren Weg gekreuzt und sie überzeugt hatte, mit ihm mitzugehen.

Brooks jedoch hatte Hailey einfach ausgesetzt. Wie einen Hund, den man sich aus dem Tierheim holt. Nur um nach ein paar Wochen festzustellen, dass das Tier doch nicht zu dem eigenen Lebensstil passte und einem dabei im Weg stand, sein Ding zu machen.

Am Ende des Tages lief es darauf hinaus, dass die beiden sich diesen Titel nicht verdient und somit in meinen Augen auch kein Recht darauf hatten. Auch wenn es nicht in meinen Händen lag, diese Tatsache zu revidieren. Und auch wenn ich Nadine damit zuvorkam und etwas tat, was wir nicht abgesprochen hatten. Ich wusste einfach, dass es die richtige Entscheidung war.

Hailey gehörte zu ihr und nicht in diesen Trailer.

Und wer wusste, ob Brooks sein ehemaliges Familienheim überhaupt behalten und nicht etwa aufgegeben hatte, bevor er nach Miami aufgebrochen war. Leute wie er konnten schließlich alles zu Geld machen, was ihnen in die Finger kam. Und dass er Geld nötig hatte, dafür musste man keinen Abschluss von der Polizeischule haben, um das zu erkennen.

Mit einem Seufzen griff ich zum Telefon auf meinem Schreibtisch.

Eine Stunde später hatte ich meine Antworten. Anrufe bei Brooks' ehemaligen Arbeitgebern und den Kollegen in Florida – die mir seit Suzies Entführung im letzten Winter noch gut in Erinnerung waren – bestätigten, dass er sich weiterhin in Miami aufhielt. Nicht nur das. Er arbeitete dort nach wie vor als Lkw-Fahrer, pendelte quer durchs Land und kehrte immer nur für kurze Zeit zur Basis zurück. Ein Herumtreiber, wie er im Buche stand. Das große Ding, auf das er so erpicht gewesen war? Meilenweit entfernt.

Zumindest soweit es den Anschein hatte.

Langsam legte ich das Telefon nach dem letzten Anruf zurück auf die Station und lehnte mich zurück. Die alten Lederpolster des Bürostuhls knarzten leise, während ich in Gedanken versank. Die letzten Ereignisse änderten alles. Anscheinend war Brooks nicht so dumm, wie ich ihm unterstellt hatte.

Durchtrieben, hinterhältig? Definitiv. Aber nicht dumm.

Was ihn nur noch unberechenbarer machte.

Nicht nur das. Nadine würde mich einen Kopf kürzer machen, wenn sie herausfand, dass ich eigenmächtig gehandelt hatte. Aber egal. Ich hatte in ihrem Sinne gehandelt. Eigenmächtig, aber für sie und Hailey. Das Mädchen brauchte Sicherheit, Stabilität. Und das konnte sie nur bei Nadine finden. Dass Brooks sie jemals wieder in die Finger bekommen würde, war ein Risiko, das ich nicht bereit war einzugehen. Das konnte ich Nadine nicht antun.

Ich drehte den Stift, den ich in der Hand hielt, und starrte auf das Notizbuch vor mir. Die Zahlen, die ich nachdrücklich auf die Seite geschrieben hatte, als ich von Brooks' Forderung erfuhr. Zehntausend Dollar. Eine Summe, die für ihn das Sorgerecht bedeutete. Und die für mich eine eindeutige Handlungsaufforderung war. Ich konnte nicht zulassen, dass Hailey nur als Verhandlungsmasse genutzt wurde. Geschweige denn fassen, dass er wirklich so tief gesunken war.

Die eigene Tochter für eine Summe Geld herzugeben.

Ich musste das alles erst einmal sacken lassen und entschied mich für den Moment, den Papierkram, der über den Urlaub liegen geblieben war, anzugehen.

Ein Klopfen an der Tür riss mich eine gefühlte Ewigkeit später aus den Gedanken. Der Blick zur Uhr am unteren Bildschirmrand zeigte mir, dass es bereits Nachmittag war und ich die Mittagspause durchgearbeitet hatte.

»Herein«, sagte ich und legte den Stift beiseite.

Es war Ben, mein Deputy, der vorsichtig den Kopf zur Tür hereinsteckte.

»Chief, es gibt Neuigkeiten. Die Kollegen in Florida haben ein Auge auf Brooks geworfen, wie du es verlangt hast. Sie haben ihn überprüft, alles scheint ruhig zu sein, aber sie bleiben weiter dran. Scheinbar haben sie schon länger einen Blick auf das Logistikunternehmen geworfen. Nicht alles, was transportiert wird, schafft es auch in die Auftragsbücher.«

Mein Magen zog sich zusammen. Gleichzeitig gab mein Herz einen aufgeregten Klopfer in der Brust von sich.

Drogenhandel? Waffen?

Wenn das stimmte, hätten wir ihn an der Angel und Haileys Vormundschaft würde ein Kinderspiel sein.

»Danke, Ben«, erwiderte ich knapp.

Mit einem Nicken schloss er die Tür hinter sich und ließ mich wieder allein.

Die Konzentration, mit der ich die letzten Stunden erfolgreich den Papierkram angegangen war, wollte sich nicht wieder einstellen. Vielleicht war es Zeit, Nadine in meine Vormittagsaktivitäten einzuweihen und ihr von dem Geld zu erzählen. Sie hatte ein Recht darauf, zu erfahren, womit wir es zu tun hatten. Auch wenn es Ärger für mich bedeuten würde. Und dass sie sofort zur Bank fahren und das Geld auftreiben würde.

Seufzend stand ich auf und ging zum Fenster, sah hinaus auf die friedliche Hauptstraße von Oaks Harbor. Die Leute gingen an diesem Julinachmittag ihren alltäglichen Dingen nach, als wäre die Welt in Ordnung. Ich konnte das nicht von mir behaupten.

Im Kopf spielte ich die Möglichkeiten durch. Eine direkte Konfrontation mit Brooks könnte gefährlich werden, so unberechenbar wie er war. Andererseits, ihm zehntausend Dollar in die Hand zu drücken, fühlte sich einfach nur falsch an.

Es musste einen anderen Weg geben.

Und vielleicht sollte ich mich auch einfach in Geduld üben und die Kollegen aus Miami ihr Ding machen lassen. Den Laden hochnehmen, wenn sich der Verdacht auf illegale Tätigkeiten bestätigte, und Brooks damit direkt dingfest machen.

Nicht gerade meine Stärke.

Ich musste mit Nadine reden. Jetzt. Vielleicht würde sie mich einen Kopf kürzer machen. Aber das Risiko musste ich eingehen. Brooks würde uns nicht erpressen und ich würde auch nicht zulassen, dass Hailey nur eine Schachfigur war.

Zielstrebig griff ich nach meinem Handy und den Autoschlüsseln und machte mich auf den Weg zum Cottage.

Gerade war ich dabei, die Einkäufe in die Schränke zu räumen, als es an der Tür klopfte. Mein Herz machte einen kleinen Sprung. Ich wusste, wer das war, noch bevor ich den Türknauf in der Hand hatte. Tyler. So weit war es schon gekommen, dass ich ihn an seiner Art, wie er an die Tür klopfte, erkannte.

Da stand er, in seiner ganzen Pracht als Chief samt Uniform, die wirkte, als wäre sie ihm auf den Leib geschneidert worden. Das markante Gesicht wirkte ungewöhnlich angespannt, die Kiefermuskeln zuckten leicht, die grünen Augen blickten eindringlich auf mich und ich konnte sofort erkennen, dass etwas im Busch war.

»Tyler? Alles okay?«, fragte ich anstatt einer Begrüßung und machte Platz, damit er eintreten konnte.

Er nickte knapp, betrat das Haus und schloss die Tür hinter sich. Ohne ein weiteres Wort kam er auf mich zu, seine Hände auf meine Schultern legend. Der Blick ruhte auf mir, durchdringend und ernst.

Eine dunkle Vorahnung machte sich in mir breit, und am Rande nahm ich wahr, wie ich die Hände vor dem Bauch knetete.

»Ich muss dir etwas sagen und ich will nicht, dass du wütend wirst«, begann er.

Mein Herz setzte einen Schlag aus. »Das ist immer ein guter Anfang«, murmelte ich und zwang mich zu einem Lächeln, auch wenn sich mein Bauch weiter zusammenzog.

Etwas stimmte ganz und gar nicht. Ich kannte Tyler gut genug, um zu wissen, dass er keine kleinen Probleme so ernst nahm. Das hier bedeutete nichts Gutes.

»Es geht um Hailey.« Seine Stimme war ruhig, aber fest. »Ich habe Nachforschungen über ihre Eltern angestellt. Genauer gesagt, über ihren Vater.«

Ich blinzelte und trat einen Schritt zurück, was Tyler veranlasste, die Hände sinken zu lassen.

»Was meinst du mit Nachforschungen? Wieso hast du vorher nicht mit mir gesprochen?«

»Ich weiß«, erwiderte er schnell. »Aber ich konnte nicht mehr warten, ich musste irgendetwas tun. Also habe ich ihn in Miami ausfindig gemacht und von deiner Absicht erzählt.« Eine Pause, in der ich glaubte, wahnsinnig zu werden, bevor Tyler schließlich weitersprach. »Er will zehntausend Dollar, um das Sorgerecht aufzugeben.«

Übelkeit stieg in mir auf, während sich meine Kehle ungewöhnlich eng anfühlte. »Was? Zehntausend Dollar?«

Die Worte kamen nur krächzend hervor, aber fühlten sich nicht weniger falsch an, als sie meine Lippen verließen. Als ob sie nicht wirklich zu meiner Realität gehören konnten.

Wie konnte jemand das Sorgerecht für ein Kind verkaufen wollen?

Und warum hatte Tyler einfach eigenmächtig gehandelt?

Ich spürte, wie mein Kopf zu schwirren begann, als die Fragen auf mich einstürmten.

Zehntausend Dollar.

»Ja«, bestätigte Tyler leise, dass ich ihn beim ersten Mal nicht missverstanden hatte. »Ich weiß, ich habe eigenmächtig gehandelt. Aber ich wollte nicht, dass du dich damit rumschlägst. Wollte es regeln, bevor es überhaupt ein Thema wird. Die Sache vereinfachen, damit Hailey endgültig bei dir bleiben kann.«

Langsam setzte ich mich auf einen Stuhl und vergrub das Gesicht in den Händen. Die Tränen, die in meinen Augen brannten, verbot ich mir. Jetzt war nicht die Zeit, um schwach zu sein. Gleichzeitig kochte Wut in mir auf. Nicht nur auf Brooks, sondern auch auf die ganze verdammte Situation.

Die letzten Entwicklungen setzten dem allem wirklich die Krone auf. All die Emotionen der letzten Monate, all die Sorgen und Ängste, was aus Hailey werden würde, drohten, mich völlig einzunehmen.

Tief atmete ich durch. Ihnen konnte ich auch noch später nachgeben. Nachts, wenn ich allein in meinem Bett lag und sie freie Bahn hatten, weil mich die Alltagspflichten nicht länger ablenkten.

Und mich niemand dabei sah, wie ich die Kontrolle verlor.

»Was machen wir jetzt?« Meine Stimme zitterte so sehr, dass die Worte nur abgehakt meinen Mund verließen.

Und da war noch etwas, das an meinem Unterbewusstsein klopfte.

Wir. Ich hatte Tyler klar und deutlich in meine Frage eingeschlossen. Die Bedeutung dessen ergriff schlagartig von mir Besitz, hüllte mich wie ein Umhang ein und grub sich gleichzeitig in mein Herz.

Wir.

Tyler und ich.

Wir waren ein Team.

Ich vertraute ihm.

Oder?

Heiliger Bimbam.

Tyler, der nichts von meiner inneren Achterbahnfahrt zu bemerken schien, kniete sich vor mir nieder und umfing mit seinen Händen meine. Seine großen, starken, von der Sommersonne gebräunten Hände umschlossen meine vollständig. So wie seine Handlungen mich völlig einzunehmen schienen und mir die Luft zum Atmen nahmen.

Sah er denn nicht, dass ich eine kompetente, erwachsene Person war, die schon fast ihr gesamtes Leben lang auf eigenen Beinen stand und für sich selbst sorgte?

Das wüsste er, wenn du ihm endlich von deiner Vergangenheit erzählen würdest.

»Nadine«, riss mich die raue Stimme aus dem absolut verkorksten Wirrwarr meiner eigenen Gedanken und fast war ich dankbar dafür. Wenn da nicht die Realität gewesen wäre, in die sie mich zurückholte und mit der wir uns auseinandersetzen mussten. »Ich weiß, dass ich dich hätte einbeziehen sollen. Aber ich wollte nur das Beste für euch beide. Du weißt, wie ich für dich und Hailey empfinde. Ich will, dass ihr sicher seid. Und dass du nicht durch die Hölle gehen musst, um die Vormundschaft zu bekommen. Oder Hailey womöglich wieder verlierst.«

Seine Worte drangen nur langsam zu mir durch.

»Und was jetzt? Willst du ihm einfach das Geld geben?«, fragte ich schließlich.

Tyler schüttelte den Kopf. »Das kommt nicht infrage. Ich werde diesen Mistkerl nicht dafür bezahlen, dass er sich von seinem eigenen Kind abwendet.«

»Aber dann wird er Hailey nicht hergeben.«

Und was sollte ich dann machen? Wieder zurückkehren zu meinem Normalzustand vor Hailey? Ich konnte mich doch jetzt schon gar nicht mehr daran erinnern, wie es gewesen war. Sie gehörte hier zu mir, in dieses Cottage.

Abermals holte er mich aus den kreisenden Gedanken zurück ins Hier und Jetzt, als er meine Hände, die er noch immer umschlossen hielt, drückte. »Es könnte sein, dass es dazu nicht kommen wird.«

Meine Augen schossen zu seinen. »Was meinst du?«

»Wir vermuten, dass Brooks in nicht ganz saubere Angelegenheiten verstrickt ist. Das Unternehmen, für das er arbeitet, steht bereits unter Beobachtung der örtlichen Polizei und hat auch schon die Aufmerksamkeit des Drogendezernats auf sich gezogen.«

Mir fehlten die Worte. Das schien auch Tyler zu merken, der mit zunehmender Aufregung in der Stimme weitersprach.

»Wenn das stimmt, kommt Brooks ins Gefängnis. Und dann wird dir die Vormundschaft zugesprochen, ohne dass du dafür kämpfen musst, Baby.«

Wie eine Liebkosung fühlte sich sein Blick an, der auf mir lag, während er mir all das erzählte.

Wie konnte ich ihm da noch böse sein, dass er die Dinge in die Hand genommen hatte?

Wie konnte ich da noch denken, dass es niemanden gab, dem ich so wichtig war, dass er sich um Dinge kümmerte, die mir am Herzen lagen?

Wie konnte ich da noch länger davon ausgehen, dass mein Leben ohne diesen umwerfenden, frustrierenden, verboten verführerischen Mann besser wäre als mit ihm an meiner Seite?

Wo er mir seit Monaten zeigte, dass ich mich auf ihn verlassen konnte. Dass er für mich – und Hailey – da war.

Dass er uns liebte.

Für einen Moment wurde mir so schwindlig, dass ich die Augen schließen musste.

»Trouble?«, vernahm ich wie durch dichten Nebel, die Sorge um mich deutlich hörbar.

Mit aller Kraft öffnete ich die Lider. Schluckte und sah diesem Mann vor mir fest in die Augen. »Ich liebe dich.«

Sekunden vergingen, in denen absolut nichts passierte. Am Rande nahm ich das Brummen des Kühlschranks und das Ticken der Küchenuhr wahr. Vor dem Fenster fuhr ein Auto vorbei und in der Ferne erklang das Brummen eines Rasenmähers. Das Leben ging an diesem Sommertag einfach weiter. Doch in mir drin schien die Welt stillzustehen.

Tyler hockte noch immer vor mir und sah mich an. Mehrmals öffnete er den Mund, doch kein Laut verließ ihn. Bis plötzlich ein Ruck durch ihn ging, er mich unter den Armen packte und vom Stuhl riss.

»Sag das nochmal«, erklang es scharf.

So musste er klingen, wenn er einen Verbrecher auf frischer Tat ertappte, dachte ich mit einem Anflug von Hysterie und musste mir eine Hand vor den Mund pressen, um nicht wie eine Frau, die ihren Verstand verloren hatte, aufzulachen.

Tief holte ich Luft, ließ die Hand sinken und sah ihm in die Augen. Diese strahlend grünen Augen, schimmernd wie ein sonnengefluteter Wald, denen nie etwas entging, blickten mich an. Als würde ich das Kostbarste sein, das sie je gesehen hatten.

Und die einen verdächtigen Schleier trugen.

»Ich liebe dich.«

»Baby!«

Ein Strahlen ergriff sein Gesicht und im nächsten Augenblick hatten meine Füße den Kontakt zum Boden verloren. Tyler hob mich hoch, als wog ich nicht mehr als eine Feder, und drehte sich mit mir in der Küche, bis wir beide atemlos lachten. Für einen kurzen Moment war alles andere vergessen. Die Sorgen, die Ängste, die Unsicherheit. Da war nur dieses Gefühl der vollkommenen Liebe, das uns beide umhüllte. Seine Arme hielten mich fest, als würde er mich nie wieder loslassen wollen.

Er ließ mich wieder auf die Füße sinken, aber die Hände blieben auf meiner Taille, die Stirn ruhte an meiner, sein Lächeln spürbar an meiner Haut.

»Du hast keine Ahnung, wie lange ich auf diese Worte gewartet habe«, flüsterte er, seine Stimme rau vor Emotionen.

Ich spürte, wie mein Herz einen schnellen Takt schlug. Es fühlte sich an, als würde jede Faser meines Körpers auf ihn reagieren. Auf seine Nähe, seine Wärme.

»Es tut mir leid, dass ich so lange gebraucht habe, um das zu erkennen.«

Tyler zog mich noch näher an sich heran, bis kaum mehr Luft zwischen uns passte. »Alles gut, Trouble. Ich wusste es die ganze Zeit.

Ich wusste, dass wir füreinander bestimmt sind und ich nur etwas Geduld haben muss, bis auch du es erkennst.«

Ich hob mein Gesicht, um ihn anzusehen, und dann, ohne weiter nachzudenken, zog er mich in einen sanften, aber unmissverständlichen Kuss. Seine Lippen auf meinen waren wie eine Antwort auf jede Frage, die ich je hatte. Es war nicht nur ein Kuss. Es war ein Versprechen.

Ein Versprechen, dass er bei mir war.

Bei uns.

»Uuuh, was haben wir denn hier?«

Die Stimme kam direkt von der Tür und ich sprang förmlich aus Tylers Armen, als ich Hailey entdeckte, die uns mit verschränkten Armen und hochgezogenen Augenbrauen beobachtete. Ihr Lächeln wirkte beinahe süffisant und war so typisch Teenager, dass weitere Glücksgefühle in mir aufstiegen und ich das Gefühl hatte, an ihnen zu platzen. Gleichzeitig löste ich mich so hastig von Tyler, als hätten wir uns bei irgendetwas Verbotenem erwischen lassen.

»Habe ich etwas verpasst?«

Ich fühlte, wie mir die Röte ins Gesicht stieg, während Tyler nachlässig die Arme vor der Brust verschränkte, was mich kurzzeitig ablenkte, weil dadurch die Muskeln in seinen Oberarmen mehr als deutlich zutage traten. Ein Blick in sein Gesicht zeigte mir, dass er sich dieser Tatsache bewusst war, dem amüsierten Kräuseln seiner Mundwinkel nach zu urteilen.

»Hailey, ich ... ähm«, begann ich, wusste aber sofort, dass es hoffnungslos war. Sie würde sich über diese Situation noch tagelang amüsieren.

Und ich würde alles dafür tun, dass dem nichts in die Quere kam, weil sie sich Sorgen darum machte, ob sie zurück zu ihrem Vater musste.

»Oh, bitte!« Hailey verdrehte dramatisch die Augen. »Als ob ihr zwei das noch geheim halten könntet. Ich bin kein kleines Kind mehr.« Sie grinste frech und ließ sich auf einen der Stühle fallen. »Also, was ist hier wirklich los?«

Ich warf Tyler einen verzweifelten Blick zu und er zog seine Schultern hoch, als ob er sagen wollte: »Du entscheidest.«

Ich seufzte.»Es ist kompliziert«, versuchte ich zu erklären, aber Hailey ließ sich davon nicht beeindrucken.

»Kompliziert? Ihr habt euch gerade geküsst, das ist nicht kompliziert. Außerdem wart ihr in Charlevoix auch nicht so sneaky, wie ihr das vielleicht gehofft habt. Ich weiß, dass Tyler nicht auf der Couch geschlafen hat.« Sie lehnte sich lässig zurück, als ob hier gerade nichts Monumentales vonstattenging.»Ich wusste es von Anfang an. Ihr seid ein Paar.«

»Es ist mehr als das«, sagte Tyler ruhig, aber mit ernster Stimme. Er setzte sich neben sie und sah sie direkt an.»Es geht auch um dich, Hailey.«

Ihre Augen weiteten sich ein wenig und plötzlich war der freche Teenager-Ausdruck verschwunden.»Was meinst du?«

Ich setzte mich auf die andere Seite von ihr, legte eine Hand auf ihren Arm und atmete tief durch.»Tyler hat mit deinem Vater gesprochen«, sagte ich leise.

Haileys Gesicht verhärtete sich sofort.»Und was hat er gesagt?«, fragte sie scharf. Als ob sie ein Pflaster blitzschnell von einer Wunde abreißen würde.»Will er mich zurück?«

»Nein, er will dich nicht zurück«, sagte Tyler.»Er will ... Geld.«

Hailey schnaubte und verdrehte die Augen.»Typisch. Was sonst?«

Mein Herz flog ihr zu. Wie tough konnte man mit fünfzehn sein und sich nicht darüber wundern, dass der eigene Vater das Sorgerecht gegen eine Summe Geld eintauschen wollte.

Plötzlich trat ein ängstlicher Ausdruck in ihre Augen.»Hat er gesagt, wie viel? Ich habe ein bisschen was gespart. Aber wenn es nicht reicht ...«

Nachdrücklich drückte ich ihren Arm.

»Hat er. Und du wirst ihm nichts von deinem Ersparten geben. Das ist dein Geld und es steht dir zu.«

»Aber ...«

Dieses Mal unterbrach sie Tyler. Er erzählte ihr, was er auch mir zuvor gesagt hatte, und erklärte in aller Ruhe, wie das weitere Vorgehen war. Dabei konnte ich förmlich zusehen, wie die Anspannung aus Hailey floss und der ängstliche Ausdruck etwas wich, das wie Zuversicht aussah.

Mein starkes Mädchen.

»Moment mal«, meldete ich mich zu Wort, als alle Fragen von Hailey geduldig durch Tyler beantwortet waren. »Wie lief es eigentlich bei dir?«

Zufrieden blickte sie mich an. »Ich habe den Job und kann morgen direkt anfangen.«

Stürmisch fiel ich ihr um den Hals.

Als sie mich nach unserer Rückkehr vor ein paar Tagen gefragt hatte, ob es in Ordnung wäre, wenn sie sich einen Ferienjob suchen würde, hatte ich dem sofort zugestimmt. Wir hatten beim Abendessen zusammen überlegt, was infrage kommen würde, und waren auf den Oak's Mart gekommen. Abel konnte immer eine helfende Hand gebrauchen und entlohnte seine Aushilfskräfte mehr als fair.

Offensichtlich hatte Hailey ihn auch von ihren Fähigkeiten überzeugt.

Nichts war geklärt, die Vormundschaft stand noch immer in der Schwebe. Aber trotz aller neuesten Entwicklungen sah ich zuversichtlich in die Zukunft.

KAPITEL 26

NADINE

»Was wird das hier?«

Zu Hause wartete eine Menge Arbeit auf mich – schließlich waren Ferien und somit Zeit für mich, mich den zahlreichen Projekten zu widmen, die ein in die Jahre gekommenes Cottage so mit sich brachte – und ich war von den Ereignissen und Erkenntnissen der letzten Zeit emotional zu mitgenommen, um mich auf Tyler und seine Überraschung einzulassen.

Was tat ich somit als erwachsene Frau und gestandene Highschool-Direktorin?

Richtig.

Ich moserte und jammerte wie ein kleines Kind.

Davon ließ sich Mr Wir-machen-am-helllichten-Tag-blau-und-lassen-es-uns-gut-gehen allerdings nicht beeindrucken. Natürlich nicht. Er war ja auch der Spaß-Chief.

Ruckartig blieb er vor mir auf dem Weg stehen. Da er mich an einer Hand hinter sich hergezogen hatte, blieb mir keine Zeit, um abzubremsen. Und verzog prompt vor Schmerzen das Gesicht, als ich gegen seinen stählernen, durchtrainierten Körper prallte.

»Trouble«, erklang es eindeutig um Gelassenheit bemüht. Das Funkeln in den Augen allerdings verriet sein Amüsement. »Wir hatten bislang noch keine Zeit, diesen monumentalen Augenblick gebührend zu feiern. Während ich in Arbeit versunken bin, hast du alle möglichen Trophäen als Mutter des Jahres reingeholt und nebenbei dein gesamtes Haus generalüberholt. Heute ist mein erster freier Nachmittag seit dem Ende unseres Urlaubs und das müssen wir für uns nutzen.«

Wo er recht hatte.

»Hailey ...«, setzte ich dennoch zu einem Protest an. Wem machte ich hier eigentlich etwas vor? Das hier waren Tyler und ich. Nur weil ich ihm meine Liebe gestanden hatte – und mir war durchaus bewusst, dass er es bislang noch nicht wieder gesagt hatte, bis auf das eine Mal nach unserem Ausflug zur Lavendelfarm –, hieß das nicht, dass ich plötzlich aufhörte, ihm das Leben schwer zu machen. Er war immer noch der Spaß-Chief, den kein Wässerchen trüben konnte. Warum also sollte ich damit aufhören, auch wenn es gefühlstechnisch anders zwischen uns stand und wir uns nicht mehr bei jedem Aufeinandertreffen anfeindeten? Jemand musste ihn schließlich an der kurzen Leine halten.

Ein Job, den ich nur allzu gern übernahm.

»Hailey wird nach dem Ende ihrer Schicht im Oak's Mart von Rebecca abgeholt, die mit ihr und Charlotte nach Grand Rapids ins Kino fährt und sie erst spät heute Abend nach Hause bringt.«

Entrüstet stieß ich eine Hand in die Hüfte und schaute ihn aus verengten Augen an. Da er immer noch die andere Hand in seiner hielt, verlor meine Geste etwas an Wirkung und das amüsierte Funkeln in seinen Augen verstärkte sich nur weiter.

»Das hast du geplant!«

»Natürlich habe ich das«, bestätigte dieser Schuft auch noch meine Anklage. »Ich habe Rebecca sogar das Geld fürs Kino gegeben. Plus welches für Popcorn und Softdrinks für die drei.«

Als wäre das noch nicht genug an Dreistigkeit gewesen, zwinkerte er auch noch und setzte damit dem Ganzen die Krone auf.

Bevor ich jedoch etwas darauf erwidern konnte, hatte Tyler eine Hand auf mein Gesicht gelegt. Mein Körper, dieser Verräter, schmiegte sich prompt dagegen. Wie aus einem Luftballon entwich die Luft aus meinem Mund, der sich bei der Berührung leicht geöffnet hatte. Und mit ihr die Anspannung aus meinem restlichen Körper. »Baby, ich wollte dir nur eine Freude machen. Wie dir vielleicht in all dem Trubel entgangen ist, gibt es da nämlich noch etwas, was ich dir sagen muss. Drei kleine Worte, die du mir so mutig letzte Woche gesagt hast und die ich bislang noch nicht erwidert habe. Obwohl mir schon eine ganze Weile klar ist, wie ich zu dir stehe, und ich es dir in Charlevoix auch schon mitgeteilt habe. Aber wie ich dich kenne, machst du dir jetzt trotzdem einen Kopf, weil es das erste und einzige Mal war, dass du es von mir gehört hast.

Und dann ist da noch die Sache mit meiner Vergangenheit in Chicago, über die du bestimmt noch mit mir reden möchtest. Auch wenn es das ist: meine Vergangenheit. Und ich mit ihr abgeschlossen habe. Aber wenn es dir hilft, kannst du mich darüber ausfragen und ich werde dir alles erzählen.

Außerdem möchte ich ein paar ungestörte Stunden mit dir verbringen, fernab von unserem Alltag, Teenagern, herumtreibenden Eltern, die diese Bezeichnung nicht verdienen, und zahllosen sogenannten Notrufen von den Einwohnern unserer verrückten Kleinstadt. Nur du und ich, ein leckeres Picknick, ein schmackhafter Wein und nichts als die Weite des Sees um uns herum. Und vielleicht ein Gespräch über unsere Zukunft und warum es so lange gedauert hat, bis du mich in dein Herz gelassen hast. Kein Druck«, ergänzte er noch schnell, da er mich bei seiner Ansprache nicht eine Sekunde aus dem Blick gelassen und somit gesehen hatte, wie sich zum Ende hin meine Augen zu Kugeln geformt hatten.»Okay?«

Tief atmete ich durch, um meinen galoppierenden Puls wieder unter Kontrolle zu bringen.»Okay«, stieß ich schließlich hervor. Bis auf den letzten Punkt hatte sein Plan tatsächlich sehr verführerisch geklungen. Ich war schon eine Ewigkeit nicht mehr mit dem Boot auf den See hinausgefahren.

Da wohnte man in einem malerischen Ort direkt am Lake Michigan und nutzte ihn nur so sporadisch. Geradezu eine Schande war das. Warum tickten die Menschen eigentlich so?

Ein kurzer, nicht weniger heftig ausfallender Kuss von Tyler holte mich aus den Gedanken zurück. Zusätzlich wurde ich mit einem strahlenden Lachen belohnt, das die kleinen Fältchen in der gebräunten Haut rund um seine Augen hervorblitzen ließ und das Grün in ihnen noch mehr zum Leuchten brachte.

»Dann los.«

Damit griff er wieder nach meiner Hand und setzte den Weg auf dem Bootssteg fort.

Das konnte ja was werden.

Das sanfte Brummen des Motors ließ mich tief in den Sitz sinken, während das Boot leise über das Wasser glitt. Unter mir spürte ich das ständige Auf und Ab der Wellen, wie ein beruhigender Rhythmus, der mein inneres Chaos in Schach zu halten versuchte. Der Himmel war klar, die Spätnachmittagssonne tauchte den See in goldenes Licht. Aber in mir drin war es alles andere als ruhig. Die Weite des Wassers, das Glitzern der Wellen; normalerweise hätte mich das alles entspannt. Schließlich liebte ich das Wasser und war deswegen nie aus Oaks Harbor, außer für einen kurzen Abstecher zum Studium, weggegangen. Trotz meiner Kindheit.

Doch heute ... heute war es anders.

Tyler saß neben mir auf dem Kapitänssitz und hielt entspannt mit einer Hand das Steuerrad umklammert, während die andere auf meinem Oberschenkel ruhte. Obwohl ich mich in seiner Nähe immer sicher fühlte, hatte ich diese Unruhe in mir. Seine Augen huschten immer wieder zu mir, als wollte er sicherstellen, dass ich noch da war. Und war der Knoten zu Beginn unserer Spritztour noch unterschwellig gewesen, so konnte ich ihn mittlerweile nicht länger ignorieren.

»Hast du ein bestimmtes Ziel vor Augen? Oder fahren wir einfach nur sinnlos umher?«

Die Worte kamen angriffslustiger über meine Lippen, als ich beabsichtigt hatte. Ich verschränkte die Arme, nicht nur gegen die überraschend kühle Brise an diesem warmen Sommertag, sondern auch gegen diese verdammte Unsicherheit in mir.

Tyler grinste unbekümmert und ließ den Blick über den See schweifen, bevor er mich ansah.

»Eine Überraschung.«

»Ich hasse Überraschungen«, murmelte ich und sah auf das Wasser hinaus, das sich vor uns erstreckte. Mein Herz hämmerte unangenehm in der Brust, obwohl ich genau wusste, dass er es nur gut meinte. Trotzdem. Ich hatte keine Ahnung, wie ich mit dieser Situation umgehen sollte. Oder was er von mir wissen wollte.

Wenn ich ehrlich war, hatte ich Angst, dass es mit uns enden könnte, noch bevor es richtig begonnen hatte. Vor allem, wenn er die ganze Wahrheit über meine Vergangenheit erfuhr.

Tyler schaltete schließlich den Motor aus, ließ das Boot inmitten der Wellen treiben, und drehte sich in all seiner Pracht zu mir um. Sein Gesicht war so ganz nah an meinem, und ich konnte in den Augen das sehen, was ich schon so oft bei ihm gespürt hatte, aber mir nie eingestehen wollte. Geschweige denn als Wahrheit annehmen konnte.

»Du weißt, dass es nicht um das Boot oder den See geht, oder?« Seine Stimme war weich und wie nebenbei begann er, beruhigende Kreise über die freigelegte Haut an meinem Oberschenkel zu malen, wo mein Rock ein Stück nach oben gewandert war. »Es geht darum, dass du es dir wert bist, Nadine.«

Ich schluckte hart und kämpfte verzweifelt gegen den plötzlichen Kloß im Hals. »Ich weiß nicht, ob ich das kann, Tyler.«

»Was? Geliebt zu werden?« Seine Worte trafen mich tief, und ich wich instinktiv seinem Blick aus. Starrte stattdessen auf die glänzende Wasseroberfläche. »Weißt du, warum du dich immer so zurückhältst? Dein Herz nur schwer öffnen und andere hinlassen kannst? Denn glaub mir, dein Herz ist so gut und groß, dass es eine verdammte Ehre ist, sich darin einen Platz zu ergattern. Eine Ehre, die ich mein gesamtes restliches Leben mit allem, was ich habe, erkämpfen werde.«

Mein Atem stockte. Dieser Mann. Wie konnte ich ihm da nicht geben, was er von mir verlangte?

»Weil ich es nicht anders kenne«, flüsterte ich und bemerkte nur am Rande, wie brüchig meine Stimme klang, während das Blut in meinen Ohren rauschte.

Tyler schwieg einen Moment und ich konnte förmlich spüren, wie er über die Worte nachdachte, sie in seinem Kopf abwog und seine Schlüsse daraus zog.

Die Frage war nur, welche Schlüsse.

»Willst du mir mehr darüber erzählen?«

Ich wusste, dass dieser Moment unausweichlich war und irgendwann kommen musste. Dieser Moment, in dem ich ihm von meiner Vergangenheit würde erzählen müssen. Von dem, was mich zu der Person gemacht hatte, die ich heute war.

Doch es fühlte sich an, als würde ich ihm damit eine hässliche Last aufbürden, die ich selbst kaum tragen konnte und deshalb immer in die hinterste, dunkelste, abgeschiedenste Ecke verdrängte, wenn sie sich doch einmal ans Licht wagte.

Tief holte ich Luft und versuchte, mich zu wappnen. Für all das, was unweigerlich folgen würde, wenn ich das Fass erst einmal geöffnet hatte.

»Ich bin zwar in Oaks Harbor aufgewachsen«, begann ich leise, ohne ihn anzusehen. Stattdessen blickte ich auf das Wasser, das sich um uns herum erstreckte, während ich begann, an meinem Daumennagel zu knibbeln. »Aber nicht im malerischen Teil der Stadt, sondern am Stadtrand im Osten. Die üble Ecke, die keiner sehen will. Nicht so trostlos wie Ashton, aber auch nicht weit davon entfernt. Mein Vater ... er war nur selten da. Zum Glück. Und meine Mutter ...« Meine Stimme brach kurz, aber ich zwang mich, weiterzusprechen. Es gab jetzt kein Zurück mehr. »Meine Mutter war meistens betrunken. Wenn sie denn aus dem Bett kam. Postpartale Depression, die nie diagnostiziert wurde, wie ich mir später selbst erschlossen habe, da es mit meiner Geburt begann. Das hat sie mir schließlich oft genug an den Kopf geworfen, wenn sie einen ihrer Wutanfälle hatte. Ausgelöst durch den Alkohol. Manchmal hatte sie gute Tage. Dann waren wir auf dem Spielplatz oder sie hat mit mir Kekse gebacken. Aber meistens habe ich mich um alles gekümmert. Um den Haushalt. Um das Essen. Um sie. Um mich selbst. Wenn mein Vater zu Hause war, habe ich mich in meinem Zimmer versteckt und bin erst wieder rausgekommen, wenn er geschlafen hat oder weg war. Meine Mutter hat in ihrer Wut mit Worten um sich geworfen. Er mit Fäusten.«

Es war seltsam, das auszusprechen. Ich hatte diese Worte so oft in meinem Kopf formuliert, aber laut ausgesprochen ...

201

Sie klangen härter, bitterer. Ich hörte, wie Tyler tief durchatmete, während sich seine eigenen Hände zu Fäusten ballten. Jeder Instinkt in mir rief dazu auf, mich in einer Ecke zusammenzukauern.

Aber das hier war Tyler. Er würde mir nie etwas antun. Und ich war nicht mehr das kleine, hilflose Mädchen von früher.

»So eine Scheiße«, stieß er schließlich hervor, die Knochen in seinem Kiefer deutlich sichtbar. »Leben sie noch?«

»Nein.«

Es fühlte sich beinahe wie eine Erleichterung an, das auszusprechen.

»Und dann ist da Hailey«, sagte er sanft. »Kein Wunder, dass du sie bei dir aufgenommen hast und wie eine Löwin um ihr Wohl kämpfst. Sie erinnert dich an dich selbst, nicht wahr?«

Ich nickte langsam, während ich den Blick durch die Gegend schweifen ließ. »Ja. Sie ist so stark, aber gleichzeitig so verletzt. Es fühlt sich an, als würde ich mich in ihr sehen, und das macht es so schwer. Ich will nicht, dass sie die gleichen Fehler macht wie ich.«

Tyler legte eine Hand auf mein Kinn und drehte mein Gesicht so vorsichtig zu sich, als würde er Angst haben, dass ich zerbrach.

»Du hast keine Fehler gemacht, Nadine. Du hast überlebt. Du hast dein Leben in die Hand genommen und jetzt lässt du niemanden mehr an dich heran, weil du Angst hast, verletzt zu werden. Weil die beiden Menschen, die dich hätten beschützen und lieben müssen, es nicht getan haben. Aber ich bin nicht hier, um dir wehzutun.«

Sein Blick hielt meinen fest und für einen Moment war da nur Stille. Die Worte, die ich ihm so lange nicht sagen konnte, hingen zwischen uns, und ich spürte, wie sich mein Herz einen winzigen Spalt öffnete.

»Ich weiß nicht, ob ich das kann«, flüsterte ich, schließlich ließen sich alte, fest eingefahrene Muster nicht so einfach abstreifen wie ein Handschuh. Auch wenn ein Teil von mir es wollte.

So sehr.

»Du hast es schon. In dem Moment, in dem du mir Eintritt in dein Leben gewährt hast«, murmelte er leise und beugte sich zu mir vor. Seine Lippen berührten meine in einem sanften Kuss und ich fühlte, wie die Spannung in meinem Körper nachließ. Als würde Tyler jede Angst, jeden Zweifel mit dieser Berührung vertreiben wollen.

Und für einen Moment gelang es ihm. Ich ließ mich in den Kuss fallen, gab nach. Mein Körper, der so lange auf Rückzug eingestellt war, begann sich ihm zu öffnen, auf eine Weise, die ich mir nicht hätte vorstellen können. Anders als in den letzten Wochen. Denn dieses Mal bekam er alles von mir.

Die Vorstellung bereitete mir eine Heidenangst.

Bevor ich in Panik verfallen konnte, zog Tyler mich von meinem Platz hoch und ohne ein weiteres Wort weiter unter Deck. Der Innenraum der Jacht war klein und gemütlich, warm und ruhig, wie ich beim ersten Inspizieren nach unserem Betreten im Hafen festgestellt hatte. Das sanfte Schaukeln des Bootes ließ mich noch mehr in diesen Moment sinken.

Unter Deck, im dämmrigen Licht der kleinen Kabine, legte Tyler mich behutsam auf das Bett. Seine Hände wanderten in einem hypnotischen Rhythmus über meinen Körper und mit jeder Berührung löste sich ein weiteres Stück der Mauer, die ich jahrelang um mich gebaut hatte. Erbarmungslos durchdrang er all die Schichten, die ich um mein Herz gewickelt hatte, und zwang mich somit, die Wahrheit zu akzeptieren: Dass ich dieses Gefühl verdient hatte.

Dass ich das alles verdient hatte.

Dass ich *ihn* verdient hatte.

Also ließ ich mich fallen. In seine Arme, in seine Wärme, in diese überwältigende Welle von Emotionen, die ich so lange unterdrückt hatte. Und in dem Moment, als ich mich ihm ganz hingab, fühlte ich zum ersten Mal seit Jahren, dass ich nicht mehr allein war.

Später, als wir eng aneinander gekuschelt lagen und das Boot uns sanft mit seinen Bewegungen schaukelte, erklang seine Stimme leise. Wie eine Liebkosung.

»Ich liebe dich.«

Sein Herz pochte in einem beruhigenden Rhythmus unter meiner Hand, die ich zuvor auf seine Brust gelegt hatte, und gab mir die Bestätigung, die ich brauchte.

Ich konnte ihm vertrauen. Tyler würde mir nie willentlich wehtun.

»Ich liebe dich auch«, flüsterte ich zurück.

Und zum ersten Mal glaubte ich wirklich, dass ich es verdient hatte.

KAPITEL 27

HAILEY

Die Glocke über der Tür des Oak's Mart klingelte, als ich im hinteren Teil des Geschäfts Milch und Käse in das Kühlregal sortierte. Es war später Nachmittag und der Laden war ruhig. Wie immer in so einer Situation waren die Stimmen in meinem Inneren dann besonders laut.

Um mich von ihnen nicht einlullen zu lassen und womöglich Glauben zu schenken, konzentrierte ich mich mit aller Macht auf meine Aufgabe. Regale einzuräumen war nicht gerade eine anstrengende Tätigkeit. Aber es war besser, als nichts zu tun und nur gelangweilt herumzusitzen, weil gerade Ferien waren. Dass ich dabei etwas Geld verdiente, kam mir umso gelegener.

Charlotte hatte vorhin geschrieben und gefragt, ob ich Lust hätte, nach meiner Schicht zu ihr zu kommen. Eigentlich freute ich mich darauf. Zeit mit Charlotte bedeutete immer viel Spaß und Rumalbern und Kichern.

Erst letzte Woche hatte ihre Mutter uns ins Kino nach Grand Rapids gefahren. Als sie mich gefragt hatte, hatte ich, ohne groß zu überlegen, zugesagt. Kinobesuche hatten bislang in meinem Leben nicht auf der Liste an Aktivitäten gestanden, die ich unternommen hatte.

Und es gab mir die Gelegenheit, für einen Nachmittag und Abend aus dem Cottage zu fliehen. Seit Nadine und Tyler offiziell ein Paar waren, fühlte ich mich manchmal zwischen ihnen fehl am Platz. Nicht, dass sie mir das Gefühl gaben, lieber allein zu sein und ich sie störte. Im Gegenteil. Dennoch konnte ich mir nicht vorstellen, dass sie es nicht bevorzugen würden, Zeit zu zweit zu verbringen anstatt gemeinsam mit mir.

Dementsprechend nahm ich Einladungen von Charlotte allzu gerne an. Wenn wir zusammen waren, hatten meine Gedanken keinen Platz.

Doch in diesem Moment, in dem ich hier allein stand, fiel es mir zunehmend schwerer, sie aus dem Kopf zu verbannen.

Ich seufzte und verstaute den nächsten Milchkarton im Regal, als die Tür wieder aufging. Und hörte kurz darauf schwere Schritte in den hinteren Teil des Ladens kommen, direkt auf mich zu.

Schritte, die mir noch allzu vertraut waren und die mich bis in meine Träume verfolgten. Anscheinend war jetzt der Augenblick gekommen, dass mein größter Albtraum Realität wurde.

Mein Magen zog sich unheilvoll zusammen. Langsam hob ich den Kopf.

Da stand er.

Mein Vater.

Wie losgelöst von der Situation fragte ich mich, ob die Menschen in der Stadt wussten, wie es war, mit ihm unter einem Dach aufzuwachsen. Auch wenn genug über die Lebensumstände in Ashton bekannt war, schließlich war Oaks Harbor die Klatschzentrale im westlichen Michigan, war ich mir sicher, dass sie im Grunde keine Ahnung hatten. Wie schlimm es wirklich war, so jemanden als Vater zu haben. Die Angst, die Unsicherheit, die Verwirrtheit darüber, dass jemand, über den die eigenen Klassenkameraden nur Gutes berichteten, bei einem selbst nur für Angst und Schrecken sorgte. Von Ausflügen in den Park oder zur Eisdiele nichts zu sehen.

Dafür regelmäßige Gänge zum Kühlschrank nach einem barschen Befehl, um das nächste Bier zu ihm in seinem ranzigen Fernsehsessel zu bringen.

Bereits in der ersten Klasse hatte ich mich als Außenseiterin gefühlt, als ich festgestellt hatte, wie anders das Leben meiner Mitschüler zu Hause aussah.

»Hailey«, knurrte er, seine Stimme wie eine grobe Feile, die über meine Nerven kratzte, und riss mich aus der Reise in die Vergangenheit. Sofort war mir klar, dass das hier kein guter Tag war. Sein Blick war wild und er schwankte leicht, als er auf mich zuging. Der Geruch von Alkohol schlug mir entgegen. Seine Augen mit den geweiteten Pupillen schwirrten unstet durch die Gegend und schienen nichts zu fokussieren. Hatte er in diesem Zustand etwa hinter dem Lenkrad gesessen?

»Was machst du hier?«, fragte ich betont kühl und hielt den Blick auf seine Augen gerichtet. Ich durfte nicht zeigen, wie sehr mich seine Anwesenheit aus der Fassung brachte. »Ich arbeite, also ... was willst du?«

Weiter konnte ich nicht sprechen, ohne das Zittern in meiner Stimme zu verraten.

Er grinste schief, aber es war kein freundliches Lächeln. Grotesk und merkwürdig verzogen und alles andere als sympathisch.

»Du bist meine Tochter, Hailey. Ich kann dich besuchen, wann ich will.«

Mein Puls beschleunigte sich und ich musste mich beherrschen, um nicht den Blick abzuwenden. War er zurück und dachte, er hätte irgendein Recht, mein Leben zu kontrollieren?

»Also bist du zurück aus Miami?«

Sein Gesicht verzog sich zu einer grimmigen Fratze. »Was ist das für ein Ton, den du hier anschlägst? Hat dir niemand Manieren während meiner Abwesenheit beigebracht?«

In diesem Moment kam Abel aus dem Lagerraum, eine Kiste mit Waren in den Händen. Er schien sofort zu erfassen, dass etwas nicht stimmte, und kam langsam näher.

»Alles in Ordnung, Hailey?«, fragte er, wobei er den Blick zwischen mir und meinem Vater hin- und hergleiten ließ.

Bevor ich darauf antworten konnte, hatte mein Vater schon reagiert. »Misch dich nicht ein, alter Mann! Das ist eine Sache zwischen mir und meiner Tochter.«

Abel, dieser sympathische Bär von einem Mann, ließ sich nicht einschüchtern. »Wenn es Ärger gibt, geht mich das etwas an. Das hier ist immer noch mein Geschäft.«

»Alles okay«, begann ich, wollte die Situation irgendwie deeskalieren.

Doch es kam zu spät.

Mein Vater machte einen Schritt auf Abel zu. »Und ich sagte, dass es nur mich und mein Gör etwas angeht.«

Plötzlich geschah alles gleichzeitig. Abel wich zurück, als mein Vater ihn grob an der Schulter packte und wegschob, wie ein Hindernis, das ihm im Weg stand. Dabei stolperte Abel über die Kiste, die er zuvor abgestellt hatte. Er fiel um, griff im Fallen nach Halt und riss ein Regalbrett mit sich zu Boden. Der Laden füllte sich mit einem lauten Krachen, als Gläser um ihn herum der Schwerkraft zum Opfer fielen und auf den Fliesen zersprangen.

»Dad!«, rief ich, aber er war nicht mehr Herr seiner Sinne. Ein Blick in sein Gesicht offenbarte mir die dunklen, wütend zusammengekniffenen Augen und ich wusste, dass er in einem dieser Zustände war, in denen er nicht mehr in der Lage war, sich zu bremsen. Bevor ich mich in Sicherheit bringen konnte, griff er nach meinem Arm und zerrte mich mit sich.

»Du kommst mit! Jetzt sofort!«

Kein Schreien. Nur ein unheilvolles Grollen, was die Wirkung noch verstärkte. Ich wollte mich nur noch in eine dunkle Ecke verkriechen und die Augen vor allem verschließen, bis es ausgestanden war.

Der Griff war schmerzhaft und unter einem Anflug von Panik versuchte ich mich loszureißen. »Lass mich los!«

Alles, was das zur Folge hatte, war, dass er nur noch fester zupackte und mich Richtung Ausgang zog, als wäre ich ein Spielzeug.

Abel, der sich mittlerweile aufgerappelt hatte, versuchte, dazwischenzugehen. Mein Vater stieß ihn erneut zur Seite, Abel taumelte erneut trotz seiner Statur und prallte gegen das nächste Regal. In seiner Rage konnte mein Vater die größten Bären zum Umfallen bringen. Das Regal wackelte und drohte, vollständig umzukippen. Und der Raum schien plötzlich zu eng, zu laut. Die Wände rückten näher, und alles, was ich wollte, war fliehen.

Und dann, inmitten dieses Chaos, hörte ich die Sirenen. Erst leise und am Rande meiner Wahrnehmung, sodass es sich wie ein Trugschluss anhörte. Wie ein Hoffnungsschimmer, der sich doch nur wieder im Nichts auflösen würde. Dann zunehmend lauter. Die Zeit schien stillstehen und ich wagte kaum zu atmen, als die blauen Lichter des Polizeiwagens durch die Fenster blitzten.

Ein vertrauter Anblick.

Diese trügerische Hoffnung.

Tyler.

Ich sah, wie er die Tür aufriss und hereinstürmte, gefolgt von zwei weiteren Polizisten. Für einen Moment trafen sich unsere Blicke und ich spürte, wie mir Tränen in die Augen schossen. Tyler erschloss in Windeseile die Lage, sein Gesicht wurde hart und undurchdringlich.

Er würde mich hier rausbringen.

»Lass sie los, Brooks«, sagte er mit einer Stimme, die wie Eis klang.

Er zog seine Waffe nicht, aber seine Hand lag ruhig auf dem Gürtel, bereit, wenn es nötig wäre.

Mein Vater reagierte nicht sofort. Stattdessen sah er Tyler an, als könnte er nicht glauben, was hier vor sich ging. Er hielt mich immer noch fest, aber seine Finger lockerten sich ein wenig.

»Was willst du, Bulle?«, knurrte er.

»Du wirst Hailey jetzt loslassen«, wiederholte Tyler ruhig, seine Augen fest auf meinen Vater gerichtet. »Und dann gehst du mit mir raus. Ohne Theater. Wo wir beide uns in Ruhe unterhalten werden.«

Für einen Moment dachte ich, mein Vater würde sich wehren. Seine Augen flackerten unsicher, als würde er nach einem Ausweg suchen. Doch dann ließ er mich plötzlich los, als wäre ich ein Stück Müll, das ihm nichts mehr nützte. Ich stolperte rückwärts und meinte, jeden Moment zu Boden zu fallen. Aber Abel war zur Stelle und fing mich auf.

Tyler trat zwischen uns, hielt meinen Vater im Blick, die Spannung im Laden nach wie vor zum Zerreißen gespannt. Die beiden anderen Polizisten traten näher und es dauerte nicht lange, bis sie meinen Vater jeweils auf einer Seite flankierten und ihn aus dem Laden führten.

Ich stand da, noch immer atemlos, und sah zu, wie Tyler die Situation managte, wie er mit ruhiger Entschlossenheit die Kontrolle zurückgewann. Er sprach kurz mit Abel, ließ sich von ihm die Situation schildern, bevor er zu mir kam. Sein Blick war sanft und plötzlich fühlte ich mich wie ein kleines Kind, das nur noch weinen wollte. »Alles okay?«, fragte er leise, sein Gesicht auf Augenhöhe, da er leicht in die Knie gegangen war, als er sich vor mich gestellt hatte, eine Hand beruhigend und schwer auf meiner Schulter.

Ich konnte nichts weiter tun, als zu nicken. Die Tränen liefen mir ungehindert über das Gesicht, und ohne zu überlegen, legte ich meine Arme um ihn. Tyler hielt mich fest, als wäre es das Natürlichste der Welt, und ich wusste, alles würde gut werden.

KAPITEL 28

TYLER

» W enn das nicht ein atemberaubender Anblick für meine müden Augen ist.«

Was für ein Tag ...

Wenn dieser Bericht nicht gewesen wäre, hätte ich schon längst in meinem Fahrzeug gesessen und wäre auf dem Weg zu Nadine gewesen. An meine letzte Mahlzeit konnte ich mich nur noch vage erinnern. Ich wusste nur, dass sie an die zwölf Stunden her war.

Und Nadine, wie von den Engeln gesandt, betrat eben in diesem Augenblick mein Büro auf dem Revier, einen Korb, aus dem es verheißungsvoll duftete, in der Hand.

Wir hatten erst vor ein paar Stunden miteinander telefoniert. Nachdem ich Brooks vor dem Oak's Mart verhaftet und an das Drogendezernat übergeben hatte. Es hatte sich nämlich herausgestellt, dass dieser auf der Flucht war, nachdem das Lager der Spedition in Miami, für die er tätig war, einer Razzia zum Opfer gefallen war.

Einer erfolgreichen Razzia, bei der Drogen, Schusswaffen und nicht zugelassene Substanzen entdeckt worden waren.

Und nachdem ich mit dem Richter gesprochen hatte, der mir zugesichert hatte, dass Hailey in Nadines Obhut bleiben konnte, bis die

Vormundschaft geklärt war. Die mit größter Wahrscheinlichkeit Nadine ebenfalls zugesprochen werden würde. Da Haileys Mutter verschollen und ihr Vater im Gefängnis war, gab es keine Gründe, die dagegensprachen.

Innerhalb eines halben Tages waren all unsere Probleme gelöst worden. Manchmal musste man dem Schicksal einfach seinen Lauf lassen.

Dass Hailey dabei in die Schusslinie geraten war, darauf hätte ich allzu gerne verzichtet. Noch immer hätte ich vor Erleichterung in die Knie gehen können, dass Brooks ohne Aufstand den Laden verlassen hatte. Ihn wegen seiner Involvierung in die verbotenen Geschäfte der Spedition vor Haileys Augen zu verhaften, hatte ich nicht über mich bringen können.

Gott sei Dank hatte ich das auch nicht gemusst.

»Mein armer Chief.«

Nadines blauen Augen strahlten und schienen mich förmlich in ihren Bann zu ziehen, während sie die Tür mit ihrer bedachten Art leise hinter sich schloss und die Distanz zu meinem Schreibtisch überbrückte. Ohne ein weiteres Wort umrundete sie den Tisch und blieb vor mir stehen.

Anstatt aufzustehen und ihr entgegenzukommen, blieb ich auf dem Schreibtischstuhl sitzen.

Ich hatte nie behauptet, ein Gentleman zu sein.

Stattdessen machte ich kurzen Prozess und zog Nadine auf meinen Schoß, kaum stand sie vor mir.

»Vorsichtig!«, erklang es keuchend.

Ich nahm ihr den Korb ab und stellte ihn neben mir auf den Teppich. Was auch immer darin so verführerisch roch und meinen Magen zum Knurren brachte, konnte auch noch ein paar Minuten länger warten. Als Erstes hatte ich diese Frau auf meinem Schoß zu küssen.

»Hi«, murmelte ich Minuten später an ihren Lippen.

»Harter Tag?«, fragte sie, Wärme in ihren Augen funkelnd.

Diese Frau …

Statt einer Antwort widmete ich mich erneut ihrem Mund, dessen feucht glänzenden Lippen von unserem letzten Kuss mich einluden, meine Zunge erneut in ihr zu versenken.

211

Und das tat ich. Ich knabberte an ihrer Unterlippe, leckte über die Mundwinkel und stieß schließlich in die dunkle Höhle vor. Nahm mir, was ich brauchte, ohne Rücksicht auf unsere Umgebung zu nehmen.

Nadine wurde auf meinem Schoß zunehmend unruhiger und begann, mit ihrem Po hin und her zu wackeln.

»Tyler ...«

»Was, Trouble?«, fragte ich mit rauer Stimme. »Was brauchst du?«

»Dich«, erklang es erstickt zwischen unseren Küssen. »Immer nur dich.«

Meine Beherrschung verschwand aus dem Fenster und mit einer Hand pflügte ich alles, was sich vor mir auf dem Schreibtisch befand, zur Seite. Dass der Tacker und, den Geräuschen nach zu urteilen, meine bereits vor Stunden geleerte Kaffeetasse dabei zu Boden gingen, kümmerte mich in diesem Moment herzlich wenig. Ich musste Nadine jetzt haben.

Schwungvoll stand ich mit ihr in den Armen auf und nur am Rande nahm ich wahr, wie der Stuhl hinter mir in die Wand krachte. Ohne mich darum zu kümmern, setzte ich Nadine vor mir auf dem Schreibtisch ab, umklammerte ihre Oberschenkel, zog sie auseinander und stellte mich dazwischen. Ihre Beine schlossen sich direkt um meine Hüfte, so als ob sie nicht anders konnte. Sofort wurde ich von ihrer Wärme empfangen.

»Was wird das hier, Chief?«, fragte sie mit einem amüsierten Glitzern in den Augen.

»Ich nehme mir nur meine Vorspeise, bevor ich mich auf den Hauptgang stürze«, murmelte ich an dem Übergang zwischen Hals und Schulter, da, wo Nadines Haut besonders weich und empfindlich war. Prompt wurde ich belohnt, als ich mehr spürte, als sah, wie ein Schauer durch ihren Körper lief. Meine Hände fuhren oberhalb des Bunds ihrer Sommershorts von den Hüften entlang, bis sie sich am Knopf in der Mitte trafen. Ganz der Mann auf einer Mission und mit einem unbändigen Appetit hielt ich mich nicht lange mit Spielchen auf. Erst der Knopf und kurz darauf der Reißverschluss wurden schließlich Opfer meiner Finger, und es dauerte nicht lange, bis ich Nadine befahl: »Po hoch.«

Ohne zu protestieren, kam sie meiner Aufforderung nach. Bevor ich jedoch weitermachte, umrundete ich mit schnellen Schritten den Schreibtisch, ging zielstrebig zur Tür und verschloss sie von innen. Auch wenn es spät war, wollte ich nicht riskieren, dass mir jemand in diesem Moment einen Besuch abstattete.

Als ich wieder zurück an meinen Lieblingsplatz – zwischen Nadines Beinen – stand, schoss mir ein weiterer Blitz durch den Kopf.

»Was ist mit Hailey? Wie hat sie die Erlebnisse des Tages verarbeitet?«

»Du möchtest jetzt wirklich über Hailey reden?«, murmelte Nadine an meinem Hals und ließ kurz darauf ihre Zunge in der Kuhle zwischen den Schlüsselbeinen versinken.

»Trouble«, grummelte ich, griff nach ihren Schultern und schob sie ein Stück zurück, um ihr ins Gesicht blicken zu können.

Mit einem weichen Ausdruck in den Augen sah sie zu mir auf. »Hailey geht es gut. Auch wenn ihr Vater ihr einen gehörigen Schrecken eingejagt hat, ist sie erleichtert, wie alles ausgegangen ist. Sie war erstaunlich gefasst, nachdem ich ihr von der Festnahme erzählt habe. Sie hat an ihrem ursprünglichen Plan festgehalten und verbringt den Abend bei Charlotte. Ich habe mit ihr vereinbart, dass ich sie um zehn abhole.«

»War das so schwer?«, wollte ich gespielt streng wissen und untermalte den Effekt weiter, indem ich eine Augenbraue hob.

»Hey, du bist derjenige, der mich um den Verstand geküsst hat, kaum bin ich hier aufgetaucht, und mich anschließend auf seinem Schreibtisch drapiert und mich um meine Hose gebracht hat.«

»Wirst du etwa ungeduldig, Baby?«, sagte ich und konnte ein süffisantes Grinsen nicht unterdrücken.

»Du hast ja keine Ahnung, wie sehr«, schmollte Nadine. Die nächsten Worte klangen allerdings schon ganz anders. »Jetzt, wo alles geklärt und erledigt ist, ist eine tonnenschwere Last von mir gefallen. Stattdessen ist da diese Leichtigkeit und Freude in mir, die sich kaum in Worte fassen lässt. Wie Luftblasen, die aufsteigen und platzen wollen. Ich weiß überhaupt nicht, wohin mit dieser ganzen Energie.« Beinahe schon übermütig purzelten die Worte aus ihr heraus.

Liebevoll blickte ich auf sie hinunter, während ich ihr mit den Fingern über die Wange strich.

»Dann wollen wir mal etwas dagegen unternehmen.«

Langsam ging ich ein paar Schritte rückwärts, suchte blind mit einer Hand hinter mir nach dem Stuhl und ließ mich auf ihm nieder, als ich ihn schließlich gefunden hatte. Oh ja, von diesem Ausblick hatte ich schon so manche Nacht geträumt, wenn ich wieder einmal schlaflos in meinem Bett gelegen hatte. Und es gab nur eine Sache, die meine Aussicht noch besser machen würde.

»Zieh dich aus, Baby«, gab ich ihr zu verstehen.

Meine Stimme klang wie Schmirgelpapier, und es wunderte mich absolut nicht. Es war, wie Nadine gesagt hatte. Die Gefahr war vorüber, Hailey würde bei Nadine bleiben können und einer gemeinsamen Zukunft mit uns stand nichts mehr im Wege. Was war ich doch für ein glücklicher Kerl. Ich wusste, es war nur eine Frage der Zeit, bis ich Nadine einen Ring an den Finger stecken und es in Stein meißeln würde. Zunächst allerdings …

Diese atemberaubende Frau vor mir auf dem Schreibtisch kam meiner Aufforderung nach. Doch typisch Nadine warf sie mir einen provozierenden Blick zu und zog sich das Shirt mit demonstrativer Langsamkeit über den Kopf, nur um es schließlich lässig an einem Finger auf den Boden fallen zu lassen. Ihr BH folgte dem Weg des T-Shirts, nachdem sie hinter sich gegriffen und ihn geöffnet hatte und ihn anschließend verboten langsam über ihre Arme sinken ließ. Als Nächstes steckte sie ihre Daumen unter die Seiten ihres Höschens. Und hob langsam erst eine Seite und dann die andere hoch, während sie es über ihren Hintern streifte.

Mittlerweile war es gehörig eng in meiner Uniformhose geworden und ich musste Hand anlegen, um mir etwas Erleichterung zu verschaffen. Nadine, die mich während ihrer Showeinlage nicht eine Sekunde aus den Augen gelassen hatte, verkniff sich ein wissendes Grinsen. Das Funkeln in ihren Augen verriet sie jedoch. Ich stieß ein Knurren aus und nur Sekunden später fand ihre Unterwäsche das gleiche Schicksal wie der Rest der Sachen auf dem Boden meines Büros.

Gott sei Dank. Viel länger hätte ich das nicht mehr mitgemacht.

In Rekordgeschwindigkeit überbrückte ich die Distanz zwischen uns und ohne jegliche Vorwarnung oder Finesse vergrub ich das Gesicht zwischen ihren Beinen. Über mir hörte ich, wie Nadine ein Zischen ausstieß und nahm am Rande wahr, wie sie sich auf ihren Ellenbogen zurücklehnte. Der erste Gang gehörte ihr, dieser umwerfenden Frau, von der ich mir sicher war, dass kein Tag unseres gemeinsamen Lebens langweilig werden würde. Das hier mit ihr und mir, das war für immer. Ich gab alles, was ich besaß, um Nadine in die höchsten Sphären zu katapultieren. Denn nichts weniger hatte sie verdient und ich würde jeden Tag meines Lebens geben, um ihr das zu zeigen.

Sie war noch nicht ganz von ihrem Höhepunkt zurück auf die Erde gekehrt, als ich auch schon meine Hose geöffnet hatte und mich in ihrer einladenden Wärme wiederfand. Für Raffinesse hatten wir noch ein ganzes Leben lang Zeit. Heute brauchten wir beide es schnell. Mussten uns versichern, dass es uns gut ging. Dass wir uns beide hatten. Und dass wir immer füreinander da waren, wenn der andere uns brauchte.

»Ich liebe dich«, stieß ich die Worte einzeln hervor, während ich mich wieder und wieder in ihr versenkte. »Ich liebe dich. Ich liebe dich. Ich liebe dich.«

Immer wieder, bis das letzte schließlich in einem langgezogenen Seufzen verklang. Nadine zog sich beinahe schon schmerzhaft eng um mich zusammen und in diesem Moment war es auch um mich geschehen. Wir erklommen gemeinsam Höhen, die nur mit einer Verbindung möglich war, wie Nadine und ich sie hatten.

Es gab kein besseres Gefühl auf der ganzen Welt.

EPILOG

Zwei Jahre später

War ich froh, dass der heutige Tag endlich da war. Nicht mehr lange und mein letztes Schuljahr an der Oaks Harbor High würde beginnen. Danach hieß es College für mich. Und da es in der Nähe von Oaks Harbor kein College gab, musste ich unweigerlich in eine andere Stadt ziehen. Für mich war das okay, schließlich wartete das Leben auf mich. Erst das Medizinstudium, gefolgt von Praktika und dann eine eigene Kinderarztpraxis.

Für Nadine jedoch war es nicht so einfach, zu akzeptieren, dass ich flügge wurde.

»So kann sie dir wenigstens nicht mehr so leicht davonlaufen«, hatte ich Tyler geantwortet, als er mich im letzten Jahr gefragt hatte, wie ich seinen Plan für den Antrag fand.

Heute war es nun endlich so weit und Nadine und Tyler heirateten. Endlich. Die vielen Diskussionen über die kleinen Details waren mir beinahe zeitweilig zu viel geworden, schließlich hatte Nadine mich in alles einbeziehen müssen. Vermutlich, damit ich mich nicht ausgeschlossen fühlte. Als ob das in dieser Familie jemals möglich gewesen wäre.

Als die beiden darüber gestritten hatten, wessen Trauzeugin ich sein sollte, hatte ich mich wohlweislich zurückgehalten, auch wenn mein Herz extrem laut geschlagen hatte. Manchmal konnte ich mein Glück, das ich mit diesen beiden Menschen gefunden hatte, noch immer kaum fassen.

Mein Vater saß weiterhin wegen Beihilfe zu illegalem Drogen- und Waffenhandel im Gefängnis. Von meiner Mutter hatte ich seit ihrem Weggang vor etwas mehr als zwei Jahren nichts mehr gehört. Ich hatte meinen Frieden mit all dem geschlossen. Was ich letzten Endes auch Nadine und Tyler zu verdanken hatte. Die beiden hatten mir tagtäglich gezeigt, was Familie wirklich bedeutete. Was es hieß, geliebt zu werden, einfach weil man Teil einer Familie war. Und nicht, weil man dafür etwas hatte leisten müssen.

In wenigen Monaten wurde ich achtzehn. Und selbst wenn jemand von den beiden sich jemals wieder bei mir melden würde, sie konnten mir nichts mehr anhaben. Ich war fast erwachsen, bereit, mein eigenes Leben zu gestalten, und wusste, dass Nadine und Tyler immer hinter mir stehen und mich bei allem unterstützen würden.

Zurück zu heute und dem Dilemma, wessen Trauzeugin ich sein sollte. Tyler hatte schließlich vorgeschlagen, dass Suzie und Liam und Rebecca und Max Trauzeugen sein könnten und ich Nadine stattdessen zum Traualtar führen könnte. So hätten alle etwas davon und keiner wäre benachteiligt. Nadine hatte daraufhin angefangen zu weinen und war Tyler schniefend um den Hals gefallen. Dieser hatte ihren Rücken getätschelt und mir über ihre Schulter hinweg zugezwinkert.

Ja, dieser Softy lebte dafür, Nadine glücklich zu machen.

Und das zeigte er ihr jeden Tag. Nadine konnte noch so genervt auf seine Albernheiten reagieren, im Geheimen liebte sie ihn dafür noch mehr. Das wussten wir alle.

Der andere Grund, warum ich leichten Herzens nächstes Jahr ausziehen konnte, war, dass Nadine endlich schwanger war. Noch wusste niemand von dieser Tatsache außer uns dreien. Ehrlicherweise hatte ich viel früher damit gerechnet. Schließlich ging Tyler in seiner

Rolle als selbsternannter Familienvater regelrecht auf. Aber auch hier vermutete ich, dass Nadine auf mich Rücksicht genommen hatte und mir nicht das Gefühl geben wollte, dass ich nicht mehr wichtig wäre, wenn ein Baby da wäre.

Diese Angst hatte ich ihr beiläufig in einem Gespräch im letzten Jahr kurz nach der Verlobung genommen, als ich gesagt hatte, dass es der perfekte Zeitpunkt wäre, um ein Baby ins Hause Friedman-Monroe einziehen zu lassen, da es hier eindeutig zu ruhig war, wenn wir in heimischer Harmonie zu Abend aßen. Nadine hatte mich in einem Anflug von Sentimentalität in den Arm genommen und mir versichert, dass niemand meinen Platz in ihrem Herzen einnehmen würde.

Erst letzte Woche hatten mir die beiden schließlich freudestrahlend und dennoch mit einem zurückhaltenden Ausdruck in den Augen von der frohen Kunde berichtet. Ich hatte ihnen schnell versichert, wie sehr ich mich für uns alle freute.

Und es war nicht gelogen. So konnte ich mich ohne Sorgen auf mein letztes Schuljahr in Oaks Harbor konzentrieren und auf meine College-Zeit vorbereiten.

Heute stand jedoch erst einmal eine Hochzeit an und zum aktuellen Zeitpunkt war ich mir nicht sicher, ob sie pünktlich starten würde. Nadine huschte wie ein aufgeschrecktes Huhn durchs Haus, suchte irgendwelche Kleinigkeiten, von denen ich mir sicher war, dass sie absolut belanglos waren, und steckte immer noch im Bademantel. Wenigstens ihre Frisur und ihr Make-up saßen bereits.

Tyler hatte traditionell die Nacht nicht bei Nadine verbracht, sondern war zu Max und Rebecca ins Gästezimmer gezogen, und stand mittlerweile garantiert bereits ungeduldig wartend vor dem Rathaus, wo die Trauung stattfinden würde.

Die beiden hatten sich für eine einfache Vermählung im Standesamt entschieden, nur im engsten Kreis. Die Feier würde heute Nachmittag im Lake Star stattfinden, welches die beiden für den Tag gemietet hatten. Durch ihre Rollen in der Stadt als Chief und Direktorin hatten sie auch gefühlt diese komplett eingeladen.

Eines stand fest, es würde ein Riesenfest werden.

»Nadine«, sprach ich sie schließlich an, als sie zum zwanzigsten Mal an mir vorbeiraste. Und legte all die typische Genervtheit eines Teenagers in meine Stimme.

Rebecca und Suzie standen mit verschränkten Armen in ihren Brautjungfernkleidern daneben und grinsten sich verstohlen zu. Beide waren bereits verheiratet und sahen diesem Tag gelassen entgegen. Ja, es hatte in Oaks Harbor in den letzten Jahren einige Happy Ends und anschließende Vermählungen gegeben.

Mein Ausruf zeigte den gewünschten Erfolg, und Nadine blieb vor mir stehen. Mit aufgerissenen Augen sah sie mich an.

»Habe ich etwas vergessen?«, wollte sie mit hektisch klingender Stimme wissen. Auf ihren Wangen zeigten sich bereits rote Punkte, und ich wusste, ich musste hier dringend eingreifen.

»Erstens, Tyler nimmt dich so, wie du bist. Egal, ob du ungeschminkt bist oder in Turnschuhen auf Tyler zugehst. Zweitens, es wäre super, wenn du deinen Bademantel gegen das Kleid tauschen könntest. Dann können wir uns nämlich endlich auf den Weg zum Rathaus machen, wo Tyler bereits steht und auf dich wartet.«

Es war wie im Film, als Nadine mit ihren noch immer aufgerissenen Augen ihren Körper hinab und wieder zurück zu mir sah, immer im Wechsel.

»Das Kleid. Du hast recht. Wo habe ich nur das Kleid gelassen?«

Rebecca räusperte sich, eindeutig amüsiert, und streckte ihr besagtes Kleid auf einem Bügel hängend entgegen. »Wie wäre es mit diesem hier?«

»Dich schickt der Himmel!«

Nadine riss es ihr aus den Händen, ließ an Ort und Stelle ihren Bademantel zu Boden fallen und stieg in das Kleid. Suzie half ihr mit dem Reißverschluss am Rücken, während Rebecca nach den Schuhen griff, die auf dem Boden im Flur bereitstanden, und half ihr hinein.

»Bereit?«, fragte sie schließlich, nachdem sie sich aus der Hocke wieder erhoben hatte.

Nadine nickte in ihrer resoluten Art, atmete hörbar tief durch und antwortete. »Bereit.«

Ich strich noch einmal mit den Händen über den Rock des mintgrünen Kleides, das ich gemeinsam mit den drei Freundinnen bei einem Ausflug nach Chicago ausgewählt hatte. Plötzlich hatte auch von mir die Nervosität Besitz ergriffen, und schnell löste ich meine Hände wieder von dem Stoff, damit sie keine Schweißflecken darauf hinterließen.

Zu viert verließen wir das Haus, stiegen in den Wagen, der bereitstand, und fuhren zum Rathaus.

Stunden später war die Feier im vollen Gang. Der Kuchen – ein Traum aus Beeren und Sahne – war angeschnitten, der Brautstrauß war geworfen und auf der Tanzfläche gab es kaum noch einen freien Platz. Ich hatte noch nicht viele Hochzeiten in meinem Leben erlebt, aber ich wusste mit Sicherheit, dass diese Feier die mit Abstand größte und ausgelassenste war.

Aufgrund der Menge an Gästen hatten sich Tyler und Nadine im Vorfeld für ein lockeres Buffet entschieden, ohne feste Sitzordnung. Ihr Konzept war aufgegangen und man konnte in den strahlenden Gesichtern der Gäste sehen, wie viel Spaß sie hatten.

Ich stand am Rand der Tanzfläche, nippte an meiner Cola und unterhielt mich mit Charlotte. Sie hatte vor wenigen Wochen die Highschool beendet und ging im Herbst ans College nach Chicago. Wir waren in den letzten Jahren zu guten Freundinnen geworden, und ich würde sie vermissen.

Plötzlich wurde mir das Glas aus der Hand gerissen und ich fand mich in einer Umarmung zwischen Tyler und Nadine wieder.

»Zeit für einen Familientanz«, trällerte Nadine und zog mich gemeinsam mit Tyler mitten auf die Tanzfläche.

Wenn ich nicht gewusst hätte, dass sie schwanger war, hätte ich vermutet, dass sie vom vielen Champagner bereits beschwipst war. So allerdings musste ich davon ausgehen, dass es einfach der Tag gewesen war. Sie strahlte vor Glück, während Tyler mit einem stolzen, liebevollen Funkeln in den Augen und einem breiten Grinsen auf sie herabblickte. Gemeinsam schunkelten wir, mehr schlecht als recht, zur Musik, während sie mich beide fest umklammerten.

Was hatte ich doch für ein Glück gehabt, als ich mir vor zwei Jahren, die sich mittlerweile wie eine halbe Ewigkeit anfühlten, ausgerechnet Nadines Gartenhaus als Unterschlupf ausgesucht hatte.

ENDE

ÜBER DIE AUTORIN

Jenna Hansen ist das Pseudonym einer Autorin, die mit ihrer Familie in Norddeutschland lebt. Ihre Leidenschaft für das Lesen wurde in den Sommerferien zwischen der zweiten und dritten Klasse geweckt, als sie stundenlang in ihrem Zimmer auf der Couch saß und sich in die Seiten der von ihrer älteren Cousine geschenkten Mädchenromane vertiefte, anstatt draußen mit ihren Freunden zu spielen. Während des Lesens entdeckte sie eine grenzenlose Fantasiewelt und entwickelte die schönsten und aufregendsten Geschichten für ihre Protagonistinnen. Ihre Liebe zum geschriebenen Wort und zu Geschichten mit Happy End ist bis heute unverändert stark geblieben. Mit ihrer Arbeit als Autorin erfüllt sich Jenna einen lange gehegten Kindheitstraum.

Jennas Website: www.jennahansen.de
Folgt Jenna auf Instagram: @authorjennahansen
Jennas Facebookseite: Jenna Hansen | Facebook
Jenna auf Pinterest: Jenna Hansen | Pinterest

CONTENT NOTE

Dieses Buch beinhaltet die folgenden
potenziell triggernden Themen:

Physische und emotionale Gewalt,
Vernachlässigung

BISHER ERSCHIENEN VON JENNA HANSEN

Oaks Harbor: Letzte zweite Chance
(Oaks-Harbor-Reihe Band 1)

Rebecca Gordon steht vor dem Nichts. Als sie ihren Mann beim Fremdgehen erwischt, packt sie die Kinder und ein paar Sachen ins Auto und flüchtet zu ihren Eltern in ihre Heimatstadt, um dort in Ruhe ihre Wunden lecken zu können. Das gestaltet sich gar nicht so einfach, als sich der neue Nachbar als Überraschungsgast aus der Vergangenheit herausstellt ...

Max Irving möchte sein Haus renovieren, seine Eishockeymannschaft trainieren und ab und zu mit seinen Kumpels Poker spielen und ein Bier trinken. Was er auf keinen Fall möchte, ist, an seine dämliche Teenagerschwärmerei erinnert zu werden, die zu nichts als Herzschmerz geführt hat. Bis sie plötzlich mit ihren Sprösslingen zurück zu ihren Eltern zieht, die zufälligerweise seine neuen Nachbarn sind ...

Letzte zweite Chance ist ein Kleinstadt-Roman und der erste Teil der beliebten Oaks Harbor-Reihe von Jenna Hansen.

Oaks Harbor: Schatten der Vergangenheit
(Oaks-Harbor-Reihe Band 2)

Suzie Hartley wollte eigentlich nur einen Neuanfang wagen, ohne ihre Vergangenheit voller schmerzhafter Erinnerungen. In einer idyllischen Kleinstadt in Michigan scheint sie endlich angekommen zu sein, bis die Schatten ihrer Vergangenheit sie erneut einholen.

Liam Morrison hat mit seinen eigenen inneren Wunden zu kämpfen, nachdem er nach vierzehn Jahren bei den Marines wieder in seiner Heimatstadt eintrifft. Er stößt zufällig auf eine kleine Elfe und siehe da, in ihrer Gegenwart fühlt er sich plötzlich wie erlöst. Bis zu dem Tag, an dem Suzie spurlos verschwindet und ein Wettlauf gegen die Zeit beginnt.

Kann Liam sie finden und ihre gemeinsamen Wunden heilen? Eine bewegende und emotionale Geschichte über Mut, Liebe und den Versuch, der eigenen Vergangenheit zu entkommen.

Bis ich wieder lachen kann

Das Leben meint es aktuell nicht gut mit Katie Miller. Von ihrem Mann verlassen, lebt sie nun mit den Kindern allein in ihrem ehemals gemeinsamen Zuhause. Es wächst ihr zunehmend alles über den Kopf und sie droht an ihren Lebensumständen und dem Druck, allem gerecht zu werden, zu zerbrechen. Früher so eine lebensfrohe und glückliche junge Frau, beschließt Katie, dass es so nicht weitergehen kann. So macht sie sich auf die Suche, um die Kontrolle über ihr Leben zurückzuerhalten und ihren Lebensmut zurückzugewinnen. Was sie dabei findet, hätte sie in ihren kühnsten Träumen nicht erwartet und lässt sie nach der langen Zeit der Dunkelheit wieder aufblühen und die Liebe nicht nur zum Leben, sondern vor allem zu sich selbst wiederentdecken.

Ein Buch über das Suchen und Finden des eigenen Selbst und der Liebe zum Leben.

Immer nur du

Eigentlich hat Riley Larsson alles, was sie sich immer für ihre Zukunft gewünscht hat. Sie lebt mit ihrem Freund Lucas, einem erfolgreichen Investmentbanker, in einer atemberaubenden Wohnung in der Metropole London mit Blick auf die Themse. Als Projektmanagerin ist sie bereits erfolgreich die Karriereleiter hinaufgestiegen. Heiraten und dann irgendwann eine Familie gründen, stehen als nächstes auf ihrer Liste.

Eigentlich sollte Riley rundum glücklich und zufrieden mit ihrem Leben sein. Wären da nicht ihre vielen Geschäftsreisen, die sie immer wieder nach New York führen, und dieser eine Kollege, der ihr schon seit vielen Jahren durch den Kopf geistert. Wäre da nicht die eine kleine entscheidende Sache mit dem perfekten Timing und zur richtigen Zeit am richtigen Ort sein. Denn auch Jake hat schon lange Gefühle für Riley. Aber es hatte einfach nie sollen sein zwischen ihnen beiden.

Oder?